天龍神舞

천룡신무

천룡신무 1

월인 新무협 판타지 소설

초판 1쇄 찍은 날 § 2005년 7월 6일
초판 1쇄 펴낸 날 § 2005년 7월 13일

지은이 § 월인
펴낸이 § 서경석

편집장 § 문혜영
편집책임 § 장상수
편집 § 이재권 · 유경화

펴낸곳 § 도서출판 청어람
등록번호 § 제1081-1-89호
등록일자 § 1999. 5. 31
어람번호 § 제2-0641호

주소 § 경기도 부천시 원미구 심곡1동 350-1 남성B/D 3F (우) 420-011
전화 § 032-656-4452   팩스 § 032-656-4453
http://www.chungeoram.com
E-mail § eoram99@chollian.net

ⓒ 월인, 2005

ISBN 89-5831-617-9 04810
ISBN 89-5831-616-0 (세트)

천룡신무

天龍神舞

월인 新무협 판타지 소설

1

하산(下山)

도서출판
청어람

목차

 시작하며……

　어려서부터 하얀 모시적삼을 입고 추시는 우리 할머니, 할아버지들의 춤이 참 좋았다.

　어깨부터 들썩거리며 쳐다만 보아도 절로 흥이 나는 춤!

　어릴 때는 마냥 그렇게 좋았는데 대학 시절 태껸 동아리 공연을 자주 접할 기회가 있어 몇 번 따라 해보기도 하며 그 춤이 태껸과 너무 닮았다는 것을 느꼈다.

　그냥 외형만 닮았다는 것이 아니라 그 춤을 출 때와 태껸의 동작을 따라 할 때는 기분이나 몸속으로 전해지는 느낌에서도 너무 유사했다.

　그건 뭐랄까, 온몸 구석구석의 얽힌 부분과 맺힌 부분을 부드럽게 훑어 내려 주는 듯한 느낌이었다.

　또 그것은 억지로 끄집어내는 것이 아니라 가슴 깊은 곳에서 우러나와 온 영혼을 가득 채우고 자연스럽게 너울너울 흘러넘치는 느낌이었다.

　무척이나 충만하고 자유로운 느낌.

　그 충만하고 자유로운 춤사위 속에서 엄청난 기운이 발산되는…….

태견은 그런 느낌의 춤이고 무술이었다.

춤이 곧 무공이 될 수 있고, 또 우리의 춤과 태견이 중원의 어떤 무공보다 우수할 수 있다는 생각을 자주하며 무협의 소재로 삼고 싶었다.

예와 도를 숭상하고 고고한 학처럼 살아가던 사람들의 신비한 춤을 무공으로 표출하며 중원을 누비는 꿈을 꾸어보지만 피가 내를 이루고 배신과 음모가 강을 이루는 곳에서 그 춤을 추려니 어려울 뿐이다.

우리 고유의 무술인 태견이 일제 시대를 거치며 그자들의 농간으로 많이 쇠퇴한 것이 너무 안타까웠는데 요즈음은 그 맥을 찾고 이으려는 사람들이 점점 늘어나는 것 같아 무척 마음이 놓인다.

월인.

춤은 인간이 표출할 수 있는 가장 완성된 형태의 동작이다.

序

나 호양문(互暘門)의 문주 상천행(上天幸)은 지난날 어리석은 행동을 참회하며 이 글을 적는다.

…중략……

그날 계곡을 산책하다가 나는 그들의 춤을 보았다.

떠오르는 태양을 바라보며 남녀노소 모두 모여 추는 그들의 춤은 무척 생소했다.

때로는 연체동물이 움직이는 것 같은 이상한 몸놀림.

때로는 살얼음판 위를 밟고 다니는 것 같은 가벼운 움직임.

그들의 춤은 그러했다.

처음엔 그렇게 이상해 보이기도 했지만 조금 더 지나자 덩달아 어깨가 들썩거려지고, 무언가가 내부를 가득 채운 뒤 너울너울 흘러넘치는 듯한 충만감과 자유로움을 느끼게 해주었다.

　　　　　*　　　　　*　　　　　*

　결코 무공이라고 볼 수 없던 춤!

　그러나 내 과욕으로 인해 양처럼 순하던 그들이 분노했을 때, 나는 그 춤의 무서움을 뼈에 사무치게 느꼈다.

　어린아이가 물건을 잡듯이 단순하게 뻗어오던 손동작도 그들이 추던 춤사위 속으로 녹아들자 어떤 검초로도 쳐낼 수 없는 신묘한 움직임으로 변했다.

　아무렇게나 부딪쳐 오는 그들의 어깨도 그 춤사위와 함께하자 만근석을 가를 만한 힘이 뻗어 나왔다.

　수십 년을 갈고닦은 초식으로도 마지막 한 가닥까지 끌어올린 내력으로도 당해낼 수 없었던 춤!

　내가 겪은 그들의 춤은,

　공포를 넘어선 신비였다.

　구름이 노닐다 가는 어느 계곡에서 떠오르는 태양을 바라보며 그들은 오늘도 그렇게 너울너울 춤을 추고 있을 것이다.

　죽어서라도 그들을 만나게 된다면 오체투지하며 용서를 빌고 싶다.

　그러나 나는 지옥으로 갈 것이고, 그곳에선 그들을 절대로 만나지 못할 것이다.

　　　　　　　　　─기담록(奇談錄) 제십이장 호양문(互暘門)의 비사 중에서.

第 一 章

추방(追放)

추방(追放)

$山$을 이룬 암벽이 검은색을 띠어 이산(黔山)이라고도 불리는 황산(黃山)은 일 년 중 이백 일 이상은 운무에 뒤덮여 있다.

구름에 뒤덮인 산봉들의 모습이 멀리서 보면 마치 구름바다에 떠 있는 섬들과 같아서 황산운해(黃山雲海)라 부르기도 한다.

황산운해는 기암의 바다인 석해(石海), 기암절벽에 솟아난 소나무의 바다인 송해(松海)와 함께 황산삼해(黃山三海)로도 일컬어진다.

연화봉(蓮華峰), 광명정(光明頂), 천도봉(天都峰)을 중심으로 일흔 두 개의 봉우리가 넓게 펼쳐진 황산을 한 번 올라본 사람들은 오히려 오악(五岳)의 아름다움을 능가한다고 칭찬을 아끼지 않는다.

그 일흔두 개의 봉우리 중 유난히 안개가 두껍게 덮인 한 봉우리의 중턱에는 평소와는 다른 기이한 기운이 감돌고 있었다.

속세의 것이 아닌 듯한 그 기운은 천천히 산정(山頂)의 동굴을 향해 움직였다.

"잘 주무셨는지요, 사부님?"

산정 바로 아래에 위치한 좁은 동굴 입구에서 굵직한 청년의 목소리가 흘러나왔다.

입구는 좁았지만 내부는 작은 모옥이 한 채 들어앉아도 될 만큼 넉넉한 넓이의 자연 동굴이었다.

그 동굴 한쪽에서 단정한 자세로 앉아 아침 문안 인사를 하는 제자를 한참 동안 아무 말 없이 쳐다보던 노인은 나직한 목소리와 함께 입을 열었다.

"그만 하산하거라."

"하산이라니요?"

노인의 입에서 흘러나온 뜻밖의 말에 청년은 잠이 덜 깬 눈을 끔벅이며 노인을 쳐다보았다.

"산을 내려가란 말이다."

노인의 목소리가 다시 짤막하게 동굴 안을 울렸다. 그러나 잠이 완전히 달아나지 않은 표정의 청년은 노인의 말을 여전히 알아듣지 못하는 눈빛이었다.

잠시 더 그렇게 서 있던 청년 진우청(秦優淸)은 뭔가 깨달은 듯 잔뜩 찌푸린 얼굴로 사부를 쳐다보았다.

"아침도 안 먹었는데 벌써 물을 길어오란 말씀입니까, 사부?"

진우청은 저만치 나뒹그러져 있는 물지게를 바라보며 퉁명스럽게 내뱉었다. 그리고 한숨을 푹 내쉬었다.

요즘 들어 점점 도가 더해간다는 생각이 들었다. 하루에 세 번 떠다 나르게 하던 물지게를 네 번으로 늘린 것도 죽을 지경이었는데 이젠 아침도 먹기 전에 한 번 더 떠오게 만들어 하루에 다섯 번으로 늘릴 모양인가 보다.

'빌어먹을! 이러다간 뼈마디가 남아나지 못하겠군.'

진우청은 내심 투덜거렸다.

산 아래 개울까지 거리가 얼마인가?

가파른 비탈길로 오 리(五里) 길이니 왕복 십 리가 아닌가? 맨몸으로 달려갔다 오더라도 하루에 다섯 번 왕복이면 피를 토하고 죽을 일이다. 그런데 물지게까지 지고 왕복한다면 내장까지 토하고 죽어도 모자랄 만한 일인 것이다. 그러나 이놈의 몸뚱이는 피도 내장도 없는지 그 어느 것 한 번 토하는 일 없이 꿋꿋하게 잘 견디고 있었다.

애초 한 번 왕복시킬 때 거품을 물고 쓰러졌다면 지금쯤 두 번이나 많아야 세 번 정도로 굳히고 있을 것이지만 어서 밥을 먹고 싶다는 생각에 기를 쓰고 제 시간에 달려온 것이 화근이었다.

그 왕성한 식욕 때문에 이젠 하루 다섯 번으로 굳어지려 하고 있는 것이다.

진우청은 땡감 씹은 표정을 하고 있다가 어기적거리며 일어섰다.

안 떠왔다간 어김없이 밥을 굶길 터이니 한시라도 빨리 출발해야 아침을 제 시간에 먹을 수 있을 것이다.

그렇게 엉거주춤 일어선 진우청의 고막 속으로 사부의 목소리가 다시 들려왔다.

"이젠 더 가르칠 것이 없으니 그만 네놈 집으로 가란 말이다."

콰앙!

사부의 목소리가 벼락 치는 소리가 되어 진우청의 뇌리를 진동시켰다.

집으로 가라니?

이 무슨 마른하늘에 날벼락 떨어지는 소린가?

하산하라는 말을 아침을 먹기 전에 물을 한 번 더 떠오라는 말로 해석했던 진우청은 그제야 내장이 입으로 토해지는 기분을 느끼며 그 자리에 주저앉았다.

무공을 완성하고 고수가 되어 집으로 가는 것이야 가문의 영광이겠지만 십 년 동안 물지게 지고 나르기와 이상한 동작의 도인술만 배우고 쫓겨나면 그야말로 집안 망치는 반풍수 신세가 아닌가?

사부께서는 그걸 용무(龍舞)니 천룡신무(天龍神舞)니 하는 거창한 이름으로 불렀지만 느릿느릿 흐느적거리는 몸짓과 온몸에 뼈마디가 없는 것처럼 움직이는 동작은 도인술이라고 부르기에도 손색이 많은, 차라리 뱀춤에 더 가까웠다.

그러나 꿩 잡는 것이 매라고, 그런 춤이나마 철저히 기초를 다져 상승무공을 더 빨리 익히게 된다면 전화위복이 될 수도 있는 것이다.

그런데 그 춤만 끝내고 집으로 가라니?

"사부, 대체 그게 무슨 말씀이십니까? 집으로 가라니요? 무슨 그런 천부당만부당한 말씀을 하시는지요?"

진우청은 누렇게 뜬 얼굴로 사부의 표정을 살폈다.

"더 가르칠 것이 없으니 하산하라는데 무슨 천부당만부당이더냐?"

평소와 다르게 새옷으로 깨끗하게 차려입은 노인은 조금도 변함없는 음성으로 말했다.

"사, 사부……."

진우청은 누렇다 못해 이젠 시커멓게 변한 얼굴로 사부를 쳐다보았다. 그리고 폭포수처럼 말을 쏟아냈다.

"사부, 오늘부터는 절대로 꾀 부리지 않고 사부께서 가르치신 춤을 하루 이백 회 반복해 추겠습니다. 또한 물지게도 하루 다섯 번, 아니, 여섯 번 떠다 나르겠습니다. 그리고 끼니는 하루 두 끼, 그것도 반으로 줄여 먹겠습니다. 그러니… 자질이 모자라더라도 조금만 더 참으시고 제발 집으로 가라는 분부만은 거두어주십시오."

진우청은 오체투지하며 애원했다.

"떠나거라!"

노인은 다시 짤막하게 말하고는 가벼운 한숨을 내쉬었다.

"안 됩니다, 사부! 제자, 너무 미천하여 아직 기초도 제대로 못 닦았는데 어찌 떠나란 말씀이십니까?"

"용무(龍舞)는 이젠 모두 익히지 않았느냐?"

노인은 여전히 군더더기없는 말투로 답했다.

"그깟 춤 몇 가지 달랑 가르쳐 주시고 쫓아내면 집에 가서 조부님 손에 맞아 죽으라는 말입니까, 사부? 하산을 시키시려면 뭘 제대로 가르쳐 주시고 나서 시켜야 할 게 아닙니까?"

애원이 통하지 않자 진우청은 이제 반 협박조로 소리를 질렀다.

"내가 가르칠 건 다 가르쳤는데 뭘 더 어쩌란 말이냐?"

노인은 차분한 음성으로 말했다. 그러나 할 말만 짤막하게 하고 굳게 다문 입술에서는 언제나처럼 강한 고집이 느껴졌다.

"이건 약속이 다르지 않습니까, 사부? 아버님께서는 사부님의 제자가 되기만 한다면 강호의 고수가 될 수도 있을 것이라 하셨습니다. 그런데 무공은 안 가르쳐 주시고 겨우 뱀춤 몇 가지만 가르치고 내쫓으시면……."

"고얀 놈!"

이제껏 평정을 잃지 않던 노인이 마침내 일갈을 토했다.

"네놈이 배운 춤은 뱀춤이 아니라 용무이니라! 그리고 무림의 고수니 뭐니 하는 건 네놈 아비가 네놈에게 한 소리지 내가 한 약속이 아니다! 그러니 그걸 가지고 따지려 들지 말거라!"

노인은 매정하게 말을 끊고 동굴 입구 쪽으로 시선을 돌렸다.

산허리를 타고 오르던 신비한 기운 한줄기는 점점 가까워지고 있었다.

동굴 입구 쪽을 바라보는 노인의 눈에 옅은 초조감이 어렸다. 그러나 얼굴빛이 사색이 된 진우청은 손톱만큼도 그런 기운을 읽지 못하고 계속해서 고함을 질러댔다.

"아무리 그렇지만 사부, 도법이나 검법, 하다못해 몽둥이 휘두르는 기술이라도 한 수 가르쳐 주셔야지 조부님 손에 맞아 죽지 않을 게 아닙니까? 준비 운동만 잔뜩 시킨 후 내쫓으시면 어떡하란 말씀이십니까?"

진우청의 목소리가 이젠 절망으로 바뀌어 동굴 안에 울려 퍼졌다.

"그거면 네놈 몸뚱이 하나는 네 맘대로 움직일 수 있느니라. 더 이상 뭘 바라느냐?"

"십 년 동안 뱀, 아니, 용무를 추지 않았다 하더라도 제 몸뚱이는 제 맘대로 움직일 수 있습니다."

진우청은 기가 막혀 말이 나오지 않는다는 표정으로 숨을 헐떡거렸다.

그런 진우청의 뇌리에 은자 오만 냥이란 거금이 떠올랐다.

바람같이 떠도는 노인에게서 아무도 알아채지 못한 비범함을 발견한 진우청의 부친 진장월(秦壯月)은 노인에게 아들을 맡기기 위하여 온갖 수단을 다 동원했다. 그러나 아무것도 바라지 않고 아무 욕심도 없는 노인에게 제자를 거두게 하는 일은 바람을 잡기보다 더 힘들었다.

진장월은 밤을 새워 머리를 싸맸지만 노인의 마음을 움직일 방법이 없었다. 그렇게 아침 나절까지 머리를 싸매던 어느 순간, 진장월은 얼떨결에 '제 자식놈을 제자로 받아주기만 하면 은자 일만 냥을 내놓아 하남성의 빈민들에게 살 터전을 만들어주겠습니다' 라고 노인에게 제안했다.

그때 진장월은 노인의 눈빛이 약간 흔들리는 것을 느낄 수 있었다. 그리고 아들 진우청을 봤을 때 노인의 눈빛은 좀 더 심하게 흔들렸다.

노인의 마음을 동하게 할 방법을 발견한 진장월은 그곳을 집요하게 공격했고, 결국 처음 제시한 금액의 다섯 배인 은자 오만 냥으로 빈민들의 살 터전을 만들겠다는 약속을 하고 바람 같은 노인에게 아들을 맡긴 것이다.

진우청은 거칠게 숨을 몰아쉬었다.

은자 오만 냥!

그게 뉘 집 강아지 이름인가?

은자 한 냥이면 쌀이 다섯 가마니다. 요즘은 돈 가치가 좀 떨어졌을 테니 네 가마니나 세 가마니?

그러니 오만 냥이면?

그건 나중에 충분한 시간을 가지고 다시 계산해 보기로 하자.

어쨌든 달랑 뱀춤 몇 가지 배우자고 은자 오만 냥을 썼다는 것을 세상 사람들이 알면, 특히 조부께서 알면 말 그대로 죽은 목숨이다.

조부께서는 절대로 사부가 그런 춤만 가르쳐 주셨다고 믿지 않으실 것이다. 십중팔구 손자 놈이 못나서 절세의 무공을 그렇게밖에 못 펼친다고 믿으실 것이다.

그렇기에 어떻게든 사부의 마음을 돌려서 하다못해 몽둥이로 병든 두꺼비 후리는 기술 하나라도 배워가야 한다. 그것이 조부님 손에서 목숨을 부지할 수 있는 방책이다.

*　　　　*　　　　*

결국 몽둥이 후리기 기술은 배우지 못했다.

그러니 이젠 몽둥이찜질당할 일만 남은 것이다.

"어이구, 내 팔자야!"

가파른 비탈길을 내려오며 진우청은 장탄식을 했다.

십 년을 하루같이 그 이상한 춤만 익히게 했지만 이를 악물고 참았다.

말을 알아듣기 시작하면서부터 '싹수가 노란 놈'이란 소리를 귀에 못이 박히도록 들었으니 기초를 다지는 데 남들보다 몇 배는 시간이 더 걸리나 보다 했다. 기초를 튼튼히 다지고 남은 십 년 동안 무공을 익히면 되는 것이다.

그리고 천천히 배우면 배울수록 하산 날짜가 늦어지니 절대로 손해 볼 것이 없는 일이었다.

세월에는 장사가 없는 법. 한 이십 년 정도 세월을 축내고 내려가면 조부께서도 많이 누그러져 계실 것이다. 그리고 자신은 서른 살이 다 된 장년이 되어 있을 것이니 설사 공부가 부족하다 하더라도 이미 장성한 놈을 복날 개 패듯 패지는 못하실 것이다.

늘 하시는 말씀대로 가문의 법도가 엄하니 말이다.

그런데 십 년 세월밖에 축내지 못하고, 몽둥이 휘두르기 기술은 고사하고 주먹 쥐는 법 하나 제대로 배우지 못한 채 추방을 당하니 그 완벽한 계산에 차질이 온 것이다.

"휴우~"

진우청은 산이 무너져라 한숨을 토했다. 그리고 등을 돌려 까마득한 돌산을 올려다보았다.

물지게를 지고 이 절벽 같은 길을 오르내리는 일이 아무리 공포스럽다 해도 조부님의 칼날 같은 눈빛과 회초리에 비할 수는 없다. 그렇기에 그동안 천자문 다음으로 원망했던 이 비탈길이 언젠가 물을 긷다 우연히 눈이 마주친 아랫마을 처녀의 호리호리한 자태보다 더 애틋하게 느껴졌다.

이제 가면 언제 다시 밟아볼 것인가?

지금이라도 피와 땀이 배어 있는 돌부리들을 밟고 한달음에 뛰어올라 가고 싶었다.

그러나 사부는 절대로 허언을 하시는 분이 아니다.

한 번 입 밖으로 나온 말은 하늘이 두 쪽 나도 실행해야 했다.

그래서 이제껏 사부께서 내린 굶으라는 명령과 굶은 횟수는 단 한 끼의 오차도 없이 정확히 일치했다.

"휴우~"

진우청은 다시 긴 한숨을 내쉬었다. 그리고 못내 통탄스런 목소리로 중얼거렸다.

"아쉬운 대로 오 년만 더 축냈어도……."

"놈……."

돌산 꼭대기에서 뒷짐을 지고 선 노인은 구름이 산허리를 감싸고 있는 절벽 아래를 내려다보고 있었다.

속인의 근접을 불허하는 듯 구름은 두껍게 장막을 두르고 있었지만 구름 속을 뚫고 속세를 내려다보는 노인의 눈에는 제자의 모습이 선명하게 들어왔다.

"네놈이 내 짐을 모두 짊어지고 떠나주는구나."

노인의 얼굴에 한줄기 미소가 어렸다.

제자를 만나던 순간 자신에게 남았던 십 년의 시간.

아무리 근골이 뛰어나 보여도 십오 년은 걸릴 것이라 생각했기에 애초에 미련의 씨앗을 뿌리지 않으려 했었다. 다 떨치지 못한 오 년의 미련이 한으로 남아 만근의 무게로 육신을 내리누르리라 예상했기에…….

그러나 제자는 그 무게를 깨끗이 짊어지고 산을 내려가고 있다.

제자를 쳐다보던 노인의 눈이 찰나의 순간 먼 과거로 향했지만 과거의 연(緣)은 애써 잊은 듯 노인의 시선은 다시 제자의 등을 향하고 있었다.

"네 녀석의 순박한 천성에 비해 강호는 너무 무정한 곳이거늘……."

노인의 얼굴에 잠시 근심이 어렸다. 그러나 그 근심의 빛은 터덜터덜 돌산을 내려가는 제자의 바위 같은 어깨와 통나무 같은 팔뚝을 보며 흐릿한 미소로 바뀌었다.

"강호는 황량한 사막과 같은 곳, 그곳에 정을 두지 말거라. 내 마지막 바람이니라……."

나지막하게 중얼거린 노인은 육신 속에 남은 마지막 무게마저 긴 날숨으로 뱉어냈다.

제자의 걸음은 만근처럼 무거워 보였지만 자신의 육신은 깃털처럼 가벼워지는 것을 느꼈다.

속세에 머물 시간이 모두 지나고 이젠 영원(永遠)이라는 또 다른 육신 속으로 스며들 시간이 왔다.

깃털보다 더 가벼워진 육신과 한 점 미혹(迷惑)없는 마음은 영원의 세계로 빨려들 준비를 모두 마쳤다.

한 가닥 춤사위로 육신과 마음의 모든 무게를 떨어내며 평생을 바쳐 열망했던 세상.

그 세상의 문이 서서히 열리고 있었다.

천기를 짚어본 노인은 천천히 바위 위로 향했다. 그리고 조용히 가부좌를 틀었다.

"허허!"

가부좌를 틀고 호흡을 가다듬던 노인은 어느 순간 허탈한 웃음을 토했다.

왼쪽 허리 어림에 새겨진 상처에서 까마득히 잊혀졌던 통증 한 가닥이 느껴지며 노인의 몸을 조여오기 시작했다.

평생을 염원하며 기다리던 문은 열렸건만 가슴 밑바닥에 침잠해 있는 원망 한줄기는 아직 다 털어내지 못한 모양이었다.

까마득히 먼 과거의 원망 한 가닥이 한 줌 무게로 변해 마지막 순간 육신을 짓눌렀다.

"모두 내 부덕의 소치인 것을……."

노인의 눈이 체념으로 감겨졌다.

천룡신무(天龍神舞)와 함께한 평생의 노력도 다 씻어내지 못한 한 가닥 원망으로 인해 수포로 돌아가는 것이다.

"아이구! 그 노인 때문에 굶어 죽어가던 내 아들이 살았소. 누군지 함자나 알려주시구랴."

"그건 나도 모르오. 단지 내 못난 자식을 가르쳐 주기로 한 대가로 은자 오만 냥을 풀어 여러분을 도와주라 해서 그러는 것뿐이라오."

"누군지 모르지만 감사합니다, 노인장!"

"어떤 노인인지 모르지만 복 많이 받으시라고 전해주시오."

체념과 함께 눈을 감은 노인의 고막 속으로 환청인 듯 웅성거리는 목소리들이 들려왔다.

수많은 목소리들에 서린 입김이 구름이 되어 허망한 표정이 된 노인의 주변으로 내려앉았다.

마지막 한 줌 무게 때문에 속세에 머물러 있던 노인의 몸이 구름에 실려 천천히 허공으로 떠올랐다.

제자를 받아들이며 하남 땅의 빈민들에게 베푼 선행.

그 은혜를 입은 한 사람 한 사람의 입에서 토해져 나와 거대한 우주의 파동(波動) 속에 저장되어져 있던 감사의 염(念)들이 한없이 음유로운 기운으로 노인을 감싸며 노인의 몸을 부드럽게 공진(共振)시켰다.

노인의 몸이 서서히 양광으로 동화되어 갔다. 그리고 대기 속으로 녹아들기 시작했다.

일체의 형상이 모두 허상으로 스러져 갔다.

까마득한 돌산도, 장막을 친 듯 두껍게 산허리를 감은 구름도…….

모두가 허상이었다.

애초에 아무것도 없었다.

태허(太虛)!

그리고 무(無)!

가없는 무위(無爲)로의 귀의(歸依)가 시작되었다.

'모두… 네 녀석 덕분이구나.'

빛무리로 변해가는 노인의 얼굴에 더없이 인자한 미소가 어리며 흐릿한 형상의 손이 제자를 향해 뿌려졌다.

번쩍!

마지막 한줄기 빛이 오색찬란한 광채를 뿌리며 노인의 손끝에서 뿜어져 나온 은은한 향기가 제자를 향해 뻗어 나갔다.

"치사한 노인네, 그동안 생식만 하더니 제자 놈을 쫓아내고 더덕 뿌리라도 굽는 모양이군."

구름 위에서 퍼져 나오는 정체 모를 빛과 기이한 향기에 코를 벌름거리던 진우청은 눈을 하얗게 떴다.

"쫓아 보내려거든 아침이라도 먹여서 보내든지……. 그리고 혼자서 잡수시려거든 냄새나 풍기지 말든지."

투덜거리던 진우청은 문득 자신의 발 아래를 내려다보았다.

"어라? 갑자기 몸이 왜 이리 가벼워졌지?"

진우청은 고개를 들어 돌산 꼭대기를 쳐다보았다.

십 년 동안 한결같이 운무 속에 몸을 숨긴 채 그 자태를 다 드러내지 않았던 돌산은 여전히 두꺼운 구름으로 장막을 드리우고 있었다.

"냄새를 맡는 것만으로도 몸이 이렇게 가벼워지는 걸 보니 더덕이 아니라 산삼이었군. 거듭 치사한 노인네."

오만상을 찌푸린 진우청은 아랫배를 쓰다듬었다.

한 끼 굶는 것을 돌산 두 번 오르내리는 것보다 더 싫어하는 위장은 벌써 난리를 치고 있었다. 처음에는 굶기를 밥 먹듯 했지만 최근 일 년은 단 한 끼도 거르지 않고 철저히 규칙적인 식사를 했다. 그래서 갑작스런 불규칙을 받아들일 수 없는 모양이었다.

"어디?"

진우청은 귀를 쫑긋 세웠다.

서서히 바람 소리가 사라지고 사방을 돌아다니는 미세한 벌레 소리까지 들리기 시작했다.

매끼 솔잎 가루 몇 숟갈만 드시고는 그렇게 정정할 수가 없다. 그래서 그동안 사부가 몰래 뭘 잡숫지 않나 싶어 수시로 사방을 향해 집중하던 청각은 발달할 대로 발달했다.

사부께서는 시키는 대로 용무를 열심히 추면 오감이 극도로 발달한다고 말씀하셨다. 허언을 않는 사람이니 그렇다고 봐야겠지만 그것만으로는 어림 반 푼어치도 없다. 굶어 죽지 않기 위한 필사의 투쟁이 청각을 이렇게 발달시킨 것이다. 그리고 이런 체격을 유지시켜 주고 있는 것이다.

폴짝― 폴짝―

작은 발자국 소리가 들렸다.

토끼란 놈이 풀을 찾아 부지런히 돌아다니는 소리였다.

폴짝― 폴짝―

저건 토끼에 놀란 개구리란 놈이 오줌을 싸고 달아나는 소리다.

같은 폴짝이지만 선명하게 구별되었다.

톡—

진우청은 발끝 어림에 있는 돌멩이 하나를 집어 올렸다.

바둑알만한 작은 돌멩이였다.

더 큰 것은 사냥감을 아예 피떡으로 만드니 조심해야 했다.

핑—

진우청의 손끝을 벗어난 돌멩이가 섬전처럼 쏘아져 나갔다.

픽—

보지 않아도 느낄 수 있었다.

토끼는 고통을 느낄 새도 없이 즉사했으리라.

'네놈 몸뚱이 하나는 네 마음대로 움직일 수 있다'는 사부의 그 말씀도 역시 허언은 아닌 모양이었다.

물지게를 져다 나르며 생기는 힘과 함께 용무를 반복해 갈수록 돌팔매질 실력도 엄청나게 늘었다.

백발백중에 한꺼번에 열 개가 넘는 목표물도 동시에 맞출 수 있었다.

그러나 그런 잔재주는 아무리 많이 익혀봐야 무슨 소용인가? 정작 익혀야 할 몽둥이 휘두르기 기술 하나 제대로 배우지 못했는데…….

"일단은 허기부터 해결하자."

고개를 흔든 진우청은 토끼를 집어 들었다.

쩝쩝!

진우청은 대충 익은 토끼 고기를 게걸스럽게 집어삼켰다.

순식간에 토끼 한 마리가 굵은 뼈 몇 개만 남긴 채 세상에서 사라졌다.

"꺼억—"

긴 트림을 토하며 갈증을 느낀 진우청은 숲 속 깊은 곳에 자리한 연못을 향해 걸음을 옮겼다.

몇 해 전 초겨울, 외줄 위에서의 용무를 완성하자마자 사부께서는 자신을 이 연못으로 데리고 왔다. 그동안 수없이 개울물을 져다 나르면서도 보지 못했던 연못은 그때 이미 두꺼운 얼음으로 덮여 있었다.

사부께서는 그 얼음 위에서 용무를 추게 했다.

움막을 짓고 그해 겨울은 내내 이곳에서 용무를 추며 물을 긷기 위해 돌산을 오르내리지 않아도 된다는 사실에 뛸 듯이 기뻤지만 그 기쁨은 반나절도 지나기 전에 사라지고 말았다.

바닥이 공같이 둥그렇게 만들어진 나막신을 신고 수정같이 매끄러운 얼음판 위에서 추는 용무는 단 하루 만에 온몸의 근육과 뼈마디를 뒤틀리게 했다.

아무리 중심을 잡으려고 해도 미끄러지고, 그때마다 날아드는 사부의 노한 음성과 끼니의 박탈은 지금까지 추어온 어떤 용무보다 더 진저리를 치게 했다.

단 한순간이라도 호흡이 어긋나거나 발바닥의 무게를 느끼는 순간이면 어김없이 빙판 위를 나뒹굴었다. 그리고 숱하게 저녁을 굶었다.

저녁을 굶는 날이면 사부께서는 어김없이 자신이 드시는 약초 가루를 같이 먹게 하셨다.

소태보다 더 쓰디쓴 이상한 가루약.

그건 차라리 안 먹는 것이 나았다.

배는 하나도 안 부르고 아침까지 그 쓴맛이 온 혈맥 속을 떠돌아다녀 뱃속에서 소태나무가 자라나는 것이 아닌가 하는 걱정까지 들게 했다.

"이곳과도 이별이구나."

진우청은 잔잔한 수면을 아쉬움 가득한 눈으로 바라보았다.

미세한 파문 하나 일지 않는 연못 물은 천상의 감로주이기라도 한 듯 갈증을 증폭시켰다.

연못 깊숙이 머리를 처박은 진우청은 온 연못 물을 다 들이키기라도 할 듯 벌컥거렸다.

"푸우―"

물속에서 머리를 빼낸 진우청은 도리질을 쳤다.

봄이 한창 무르익었지만 얼음장 같은 심연수(深淵水)와 소슬바람은 머리를 차갑게 식혔다.

토끼 고기를 굽고 걸신들린 듯이 먹을 때는 잠시 떠나 있던 걱정이 냉기와 함께 다시 주인을 찾아왔다.

조부님의 눈빛도 떠올랐다.

그리고 그 손에 들린 회초리도…….

아마도 이젠 몽둥이로 바뀌리라.

"으이그!"

진우청은 다시 도리질을 쳤다.

배가 고픈 건 좋은 점도 있었다.

시장기가 슬슬 들기 시작하면서부터는 뭔가를 먹고 살아남아야겠다는 생각 외에 다른 어떤 생각도 할 수 없었다. 따라서 아무리 큰 걱정도 일단은 자리를 양보했다.

그러나 배가 부르고 나면 그놈들은 어김없이 제자리를 찾아온다.

다시 걱정이 시작되었다.

부친의 청에 못 이겨 자신을 사부께 맡길 때 조부께서는 자질이 우둔한 놈이니 한 이십 년 정도 느긋이 데리고 있으며 가르쳐 달라고 신신당부하셨는데 그 기간의 반만 채우고 돌아온 놈을 보면 필시 야반도주한 줄 아실 것이다.

게다가 배운 것이라고는 이상한 동작의 춤밖에 없으니 말해 무엇 하랴.

고지식한 사부께서 일부러 집에까지 찾아와서 그게 아니라는 것을 증명해 주실 리도 만무하고.

몽둥이찜질 복이 터졌다.

진우청은 다시 한 번 조부의 얼굴과 사부의 얼굴을 떠올리며 오만상을 찌푸렸다.

뭔가 대책을 마련해야 했다.

"가만… 있자……?"

엄한 조부와 야속한 사부를 생각하며 땅이 꺼져라 한숨을 내쉬던 진우청의 눈이 어느 순간 기광을 발했다.

고지식하기 짝이 없는 사부.

좀 전에 한 생각 그대로 사부께서 자신의 집으로 다시 찾아갈 일은 저 돌산이 바다가 되기 전에는 없을 것이다.

혹시 근처를 지나신다 해도 개똥을 본 듯 피해 다닐 것이다.

사부는 그런 사람이었다.

"그렇다면……?"

자신이 십 년 만에 추방당한 사실을 누가 알리오?

"우— 하하하하!"

진우청은 계곡이 쩌렁쩌렁 울릴 정도로 큰 웃음을 터뜨렸다.

아무것도 아닌 일을 가지고 이제껏 땅이 꺼져라 걱정을 한 것이다.

자신이 하산한 것을 아는 사람은 자신과 사부밖에 없다.

뭐, 굳이 하늘이 알고 땅이 안다고 보탠다면 넷으로 불어나지만 그 누구도 조부님께 그걸 알릴 존재는 없다.

천자문은 죽어라 못 외는 놈이 이런 쪽으로는 비상하게 머리가 돌아간다는 조부님의 말씀이 떠올랐다.

어쨌든 살길을 찾았다.

"다 축내지 못한 십 년 동안 가출이다!"

날아갈 듯한 기분이 된 진우청은 바람처럼 하산하기 시작했다.

물지게를 지고서도 가파른 비탈길을 평지처럼 치달리던 천룡도하(天龍渡河)의 춤사위가 그의 발끝에서 자연스럽게 펼쳐졌다.

第二章

세상 속으로

세상 속으로

쪼르릉—

종달새의 지저귐 소리가 봄볕을 타고 맑게 울려 퍼졌다.

산속의 봄은 아직 쌀쌀한 한기를 다 떨쳐 내지 못하고 있었지만 산 아래쪽의 봄은 만개한 꽃송이와 함께 활짝 피어 있었다.

아래로 내려올수록 볼을 스치는 바람은 점점 부드러워졌고, 그 바람을 타고 날아드는 꽃 향기도 점차 짙어지고 더 이상 그 종류를 헤아릴 수 없을 정도로 다양해졌다.

그야말로 춘삼월 호시절이란 말이 실감나게 해주었다.

연신 밀려드는 꽃 향기에 코를 몇 번 킁킁거린 진우청은 터덜거리는 걸음을 멈추고 천천히 등을 돌렸다.

추방당한 지 며칠이 지나 수많은 기암거송으로 이루어진 황산의 산자락을 완전히 벗어나고 있었다.

때로는 산짐승들을 잡아먹기도 하고 때로는 인가에서 장작 한 무더기를 패준 대가로 나물죽 한 그릇을 얻어먹으며 온갖 고생을 했지만 서서히 멀어져 가는 황산은 바위처럼 무딘 그의 감성에도 한 가닥 감회를 어리게 했다.

그러나 십 년이 넘게 단 한순간의 틈도 없이 용무에만 매달렸던 진우청은 그 감회의 색채를 세세히 잡아내지 못하고 이내 입술을 움직였다.

"섭섭한 건지 개운한 건지 구별을 못하겠군. 진절머리나는 물지게와 용무를 더 이상 추지 않아도 된다는 사실은 날아갈 듯하지만 아무런 마음의 준비도 하기 전에 내쫓기고 보니 이거야말로 사고무친의 고아가 된 기분에 끈 떨어진 연 신세가 아닌가?"

입맛을 다시며 중얼거린 진우청은 이제는 방향도 가물가물해진 돌산 쪽을 바라보며 눈을 흘겼다.

산에 있을 때는 몰랐다.

시키는 대로 굶으라면 굶고 먹으라면 걸신들린 듯 사부께서 내어 준 음식을 목구멍 속으로 쑤셔 넣으면 되었으니까.

그러나 산을 내려오고 산짐승들보다는 인간들을 더 많이 접하면서부터는 무엇보다 필요한 것이 돈이었다.

주먹밥 한 개를 구하려 해도 돈이 필요했으며 나물죽 한 그릇도 대가없이는 얻어먹기 힘들었다.

산골 인심이란 것이 도심과는 비교할 수 없이 넉넉하다 했지만 광에서 인심 난다는 말처럼 춘궁기의 산골은 인심을 논할 수 있는 형편이 아니었다.

모두들 눈이 퀭하니 들어갔고 영양가없는 나물죽만 들이킨 어린아이들은 배만 볼록한 채 아사 직전의 모습이었다.

그런 절박함 속에서도 돈이 있으면 사정이 달라졌다.

돈이 있는 나그네들은 고갯마루 아래에 자리한 객점에서 한 끼 식사를 해결할 수도 있었고, 풍찬노숙을 면할 수도 있었다.

다시 한 번 사부에 대한 야속한 마음이 봇물처럼 가슴을 타고 흘렀다.

기암절벽 생활 십 년이면 산삼이 세 뿌리라 했는데 사부는 산삼은커녕 땡전 한 푼 쥐어주지 않고 쫓아 보낸 것이다. 그런다고 속절없이 굶어 죽을 자신은 아니었지만 고지식하기 짝이 없는 노인네란 생각이 거듭 들었다.

"그나저나 앞으로가 더 걱정이구나."

다시 산 아래쪽으로 몸을 돌린 진우청은 저 앞으로 뻗어 있는 관도를 쳐다보며 혀를 찼다.

그나마 토끼라도 잡을 수 있는 산세는 완전히 사라지고 인간들만 득실거리는 세상의 입구가 관도를 따라 아스라이 펼쳐지고 있었다.

저곳에서는 더 더욱 돈이 필요할 테니 땡전 한 푼 없는 자신은 그야말로 거지 신세가 될 것이다.

"하남진가 진장월 대인의 둘째 아들이 거지 신세란 말이지?"

진우청은 기가 막힌 듯 자신의 몰골을 내려다보았다.

애초부터 허름했던 옷은 험한 산을 내려오며 나뭇가지에 찢기고 노숙의 찌든 때로 인해 거지 중의 상거지 행색이었다.

"사람 팔자 시간문제로다."

고개를 설레설레 흔든 진우청은 관도 쪽으로 걸음을 옮겼다.

거지가 되든 강도가 되든 다시 산으로 올라갈 수는 없는 노릇이었다. 당장 어디서 자고 무얼 해야 할지는 몰랐지만 일단은 앞에 보이는 세상 속에 파묻혀 봐야 할 일이었다.

"그나마 다리품은 좀 줄일 수 있으려나?"

관도에 막 발을 올린 진우청은 저만치 석양을 등지고 달려오는 마차를 보고 안도의 한숨을 내쉬었다.

이미 어스름이 깔리고 있어 완전히 어둠이 내리기 전에 주린 배를 움켜쥐고 관도를 따라 성읍까지 달려가는 일도 만만치 않아 보였는데 마침 같은 방향으로 천천히 달려오는 마차는 더없이 반가운 마음이 들게 했다.

"워! 워!"

관도 한복판에서 양팔을 한껏 벌리고 선 진우청을 보고 죽립을 깊게 눌러쓴 마부는 낮은 소리와 함께 말고삐를 당겼다.

빠르게 치달리다 갑자기 멈춘 것은 아니지만 한 마리 곰처럼 떡 버티고 서서 통나무 같은 팔을 마구 흔드는 진우청의 모습에 선두의 말 두 마리가 양 앞발을 번갈아 치켜들며 투레질을 했다.

"워! 워!"

한 번 더 고삐를 흔들어 말들을 진정시킨 마부는 천천히 고개를 들었다. 그리고 진우청을 향해 시선을 고정시켰다.

'짐승의 눈이라도 빼다 박은 것인가?'

죽립 사이로 뚫린 두 개의 구멍에서 순간적으로 시퍼런 빛이 뻗어 나오는 것 같은 느낌을 받은 진우청은 내심 중얼거리며 눈을 끔벅거렸다.

산속에서 십여 년을 지내며 심심찮게 맹수들과 마주치고 그 눈들을 보아온 진우청이었다.

야생 짐승들의 눈빛에는 인간에게서는 볼 수 없는 흉맹함이 섞여 있었다. 특히 밤이 되면 그 흉맹함은 도깨비불 같은 두 개의 불빛으로 쏟아졌다.

처음 산 생활이 시작되었을 때 꽤나 신경을 거슬리게 했던 것이 그것이었다.

어스름 달빛을 타고 등잔만하게 쏟아져 나오는 두 개의 불빛을 도깨비불로 착각하여 오금이 저린 적도 있었다.

좀 더 지나 그것들의 실체를 알고 익숙해지며 잊고 있었던 느낌이 죽립을 쓴 마부의 눈빛과 함께 뇌리 속에서 되살아났다.

조금 전 죽립 사이로 뻗어 나온 마부의 눈빛은 이제껏 마주친 가장 흉맹한 맹수의 눈빛보다 더한 흉포함이 담겨 있었다.

인간의 눈도 저런 빛을 낼 수가 있는 모양이구나 하며 재차 눈을 마주쳐 가던 진우청은 이제는 착각이라도 한 듯 순식간에 가라앉아 있는 마부의 눈빛에 잠시 혼란을 느끼며 눈을 가늘게 떴다.

"무슨 일인가?"

뭔가를 탐색하려는 빛이 담긴 진우청의 시선을 차단하려는 듯 죽립 속에서 한줄기 음성이 흘러나왔다.

낮지만 단호함이 어린 목소리였다.

"그러니까……."

진우청은 순간적으로 자신이 왜 길 한복판을 막고 섰는지도 잊은 채 멀뚱거렸다.

"그러니까… 아참, 그렇지. 같은 방향인 것 같으니 저기 성읍까지만 좀 태워주시오."

진우청의 말에 마부의 고개가 조금 치켜들려졌다.

얼굴이 다 드러나지는 않았지만 뚜렷하게 각이 진 턱과 날카롭게 꼬아진 세 가닥 수염에서 완고함과 단호한 기운이 절로 풍겨 나왔다.

그 턱이 움직이며 메마른 목소리가 울렸다.

"비켜서라!"

처음처럼 낮고 짧은 음성이었지만 이번에는 서릿발 같은 한기가 묻어 있어 목소리만으로도 살갗을 얼어붙게 만들 것 같았다.

그러나 그런 낌새를 전혀 못 느끼는지 진우청은 빙글거리며 입을 벌렸다.

"태워주신다면야 당연히 길을 비켜 드려야지요."

길 복판에 버티고 섰던 진우청은 마차를 향해 걸음을 옮겼다.

진우청의 행동에 잠시 어이가 없는 빛으로 쳐다보던 마부의 눈에서 다시 아까와 같은 안광이 뻗어 나오며 채찍을 든 손이 미세하게 움직였다.

마부의 소매가 천천히 부풀고 늘어져 있던 채찍 한쪽 끝이 독사의 대가리처럼 고개를 치켜들었다.

주의 깊게 살펴보지 않는다면 눈치채지 못할 변화였지만 마부는 채찍을 든 손에 공력을 주입하고 있었다.

―노야! 쓸데없이 이목을 끄는 일은 만들지 않는 게…….

채찍을 든 마부의 손이 막 움직이려는 순간 마차 안에서 여인의 전음이 마부의 귓전에 울렸다.

채찍을 휘둘러 당랑처럼 겁도 없이 마차를 막은 놈을 단번에 처치하려고 했던 마부는 나직한 호흡과 함께 왼쪽 손에 모았던 공력을 회수했다.

단 한 번의 손놀림이면 깨끗이 마무리하고 다시 마차를 전진시킬 수 있겠지만 대로변에서의 살인은 전음을 날린 여인의 말처럼 귀찮은 일을 만들지도 모른다. 당분간 자신들은 그런 일을 가장 조심해야 할 입장이었다.

차후에 벌어질지도 모를 귀찮은 일의 싹은 잘랐지만 승차 허락이라도 받은 듯 당당하게 마차를 향해 다가오는 진우청을 어떻게 처리해야 할지 판단이 서지 않은 마부는 면사여인 쪽을 향해 슬쩍 고개를 돌렸다.

처치하지는 않았지만 그렇다고 태워줄 입장도 아니었다.

"무슨 일인가요?"

진우청이 말들을 지나 마차 옆으로 다가왔을 때쯤 검은색 면사로 얼굴을 가린 여인은 주렴을 걷고 마차가 멈춘 이유를 전혀 모른다는 듯한 목소리로 질문을 던졌다.

"어떤 청년이 길 한복판에서 다짜고짜 가로막는 바람에……."

마부 역시 시침을 떼고 변명을 하듯 여인의 질문에 답했다.

"무슨 일인가요, 공자?"

진우청을 쳐다본 면사여인은 똑같은 질문을 진우청에게 다시 던졌다.

"보시다시피 길은 먼데 해는 저물고… 마침 방향도 같으니 저기 성읍까지 좀 태워주었으면 합니다."

기이한 눈빛으로 잠시 면사여인을 쳐다보던 진우청은 한 발 더 다가서며 지친 기색이 완연한 목소리로 답했다.

"미안하군요. 마침 이 마차 안에는 공자를 태울 만한 자리가 하나도 없답니다. 그러니 공자의 부탁을 들어드릴 수가 없군요. 정말 미안해요."

자신의 면사를 쳐다보며 이채를 띠던 진우청의 시선에 잠시 주춤하던 면사여인은 안타까움이 깃들었지만 단호한 어투로 말을 마치고는 마부를 향해 손짓을 했다.

"이랴!"

마부가 채찍을 휘두르자 움찔 놀란 말들이 다시 마차를 끌어 나아가기 시작했다.

"얻어 타는 주제에 자리까지는 바라지 않을 테니 내치지만 말아주시오!"

마차가 진우청을 지나치려는 순간 한줄기 외침과 함께 슬쩍 발을 내밀어 마차 발판을 디딘 진우청의 신형이 그 자리에서 사라졌다. 그리고는 어느새 마차 지붕 위로 훌쩍 솟아올랐다.

갑작스런 진우청의 행동에 마부는 물론이고 주렴 안으로 상체를 끌어들이며 자리에 앉던 여인도 흠칫하며 신형을 굳혔다. 단지 네 마리의 말만이 마차를 끌고 앞으로 나아가고 있었다.

"천둥벌거숭이 같은 놈!"

잠시 동안의 정적이 내리깔린 후 마차 안에 있던 몇 명의 죽립인 중 한 명이 살기를 내뿜으며 상체를 틀었다.

사내의 허리춤에 있던 검이 검갑에서 세 치 정도 검신을 드러내며 새하얀 검광을 마차 안에 뿌렸다.

죽립인의 상체가 미미하게 움직임과 동시에 검은 가장 뽑기 좋은 상태로 주인의 손길을 기다리고 있었다. 죽립인의 몸이 한 번만 더 움직인다면 검은 순식간에 천장을 향해 찔러들 것 같았다.

"경거망동하지 말라고 하지 않았나요? 그리고 천장의 재질이 어떤 건지 잊은 건 아니겠지요?"

면사여인의 말이 낮고 빠르게 울리자 검을 뽑으려던 죽립인은 자신의 실수를 깨닫고 행동을 멈추었다. 외양은 다른 마차와 같았지만 화살이나 도검이 침입하지 못하게 강철로 덧대어진 지붕은 자신의 검이라 해도 꿰뚫기는 불가능했다. 그것을 잠시 망각한 것이다.

─그냥 떨어뜨려 버리세요, 노야.

마차 지붕을 한 번 쳐다본 면사여인은 마부를 향해 전음으로 지시했다.

이젠 어스름이 내리깔리는 관도이니 조금 빠른 속도로 질주해도 큰 이목은 집중시키지 않을 것이다.

그런 속도로 달려가며 좌우로 흔들어 버리면 잡을 것이라고는 하나도 없고 큰 공처럼 동그랗게 만들어진 매끄러운 지붕 위에서 거머리가 아닌 이상 굴러 떨어질 수밖에 없을 것이다.

떨어지는 충격에 목뼈라도 부러져 죽으면 조금 귀찮아질 소지도 있겠지만 넓은 어깨 위에 달린 굵은 목이 쉽게 부러질 것 같아 보이지는 않았다.

"이랴!"

면사여인의 의도를 십분 이해한 마부는 채찍을 휘둘렀다.

조금씩 빠르게 움직이던 말들이 채찍과 고삐의 움직임에 따라 순식간에 속력을 높이기 시작했다.

마부의 고삐질이 점차 빨라지자 마차는 관도의 좌우 쪽을 금세라도 벗어날 듯 뱀 꼬리처럼 요동치며 치달리기 시작했다.

마차의 질주가 점점 더 거칠어지고 마차 안에 앉은 사람들의 자세마저도 점점 흐트러지기 시작할 즈음에도 마차 지붕 위에 버티고 선 진우청이 떨어질 기미를 보이지 않자 조금 전에 검을 뽑으려 하던 죽립인이 면사여인을 쳐다보았다.

이렇게 좀 더 질주하다가는 지붕 위의 진우청이 떨어지기 전에 마차 안에 탄 자신들이 먼저 바닥으로 나뒹굴어 험한 꼴을 보일 수도 있을 것 같았기 때문이다.

"좀 더 두고 보기로 해요."

면사여인이 지시만 내리면 금방이라도 검을 뽑아 들고 마차 지붕 위로 날아오를 채비를 갖추던 죽립인은 다시 한 번 혈기를 억누르고 자세를 가다듬었다.

그러는 사이 마차는 더욱 크게 요동을 쳤고, 자연히 안에 있던 사내들은 머리 위에 있는 손잡이를 잡기 시작했다.

'믿을 수가 없어!'

면사여인도 죽립인을 제지했던 손으로 손잡이를 잡으며 신경을 곤두세웠다.

흑단목에 강철로 덧대어진 마차 지붕까지 뚫고 모든 상황을 쳐다볼 수는 없었지만 세찬 폭풍우에 흔들리는 갈대처럼 신형을 흔들며 둥근 지붕 위에서 중심을 잡고 있는 진우청의 움직임이 마지막 한줄기 노을에 비친 어렴풋한 그림자와 함께 확연히 느껴졌다.

관도의 바닥이 다른 길과 비교할 수 없을 정도로 평평하다 하지만 빙판처럼 매끄러울 리 없다. 넓게 깔아놓은 돌판 사이로 움푹 들어간 틈도 있었고 깨어진 돌이 불쑥 튀어나온 곳도 있었다.

마부노인은 고삐를 흔들어 마차의 바퀴가 교묘하게 그것들을 밟고 지나가게 했지만 그때마다 지붕 위에 선 진우청은 두 다리와 허리로 마차가 요동치며 전해지는 충격들을 모조리 흡수하고 춤을 추듯 흔드는 두 팔로 남은 진동들을 허공으로 흩뿌리며 버티고 서 있었다.

그 현란하고 기묘한 움직임에 면사여인은 잠시 모든 걸 망각한 채 지붕 위로 온 신경을 집중시켰다.

'저곳에서도 버틸 수 있을까?'

면사여인은 지붕에 고정시켰던 신경을 분산시키며 주렴 사이로 펼쳐진 관도를 바라보았다.

성읍이 가까워지며 아래로 경사진 관도는 끝에서 크게 휘어지고 있었다. 그리고 그 다음부터는 성읍까지 빨랫줄을 늘어놓은 듯 직선으로 뻗어 있었다.

지붕 위의 낮도깨비에게는 지금까지 달려온 길 중 가장 험하고, 더 나아가 마지막 시험대가 될 것 같았다. 이곳마저 버틴다면 더 이상 마차를 흔드는 방법으로는 떨어뜨릴 수가 없을 것이라 생각 들었다.

두두두—

마차가 이제껏 그 어떤 순간보다 크게 요동치며 급격히 옆으로 쏠리기 시작했다.

면사여인을 포함한 마차 안의 사내들은 본능적으로 신형을 굳히며 손잡이를 잡은 손에 힘을 주었다.

"어엇!"

급격히 회전하던 마차 안에 탄 죽립인들의 입에서 거의 동시에 짧은 비명이 터져 나왔다.

자신의 온갖 노력에도 불구하고 마차 지붕 위에 버티고 선 진우청 때문에 오기가 발동한 마부는 어느 순간 과도하게 고삐를 한쪽으로 당겼고, 마차는 그만큼 반대쪽으로 쏠리며 급기야 한쪽 바퀴 두 개가 들리기 시작했다.

말에 의해 앞으로 끌려가는 힘과 급회전에 의해 밖으로 쏠려 나가려는 힘이 위태롭게 균형을 이루며 두 개의 바퀴만으로 마차가 굴러가는 상황에서 그 팽팽히 균형을 이룬 힘의 한 요소가 된 마차 안의 사람들은 긴장된 표정으로 급히 서로를 쳐다보았다.

이런 마차 하나쯤 허공에서 떨어져 내려 덮친다 하더라도 여유있게 대처할 수 있는 충분한 능력을 갖춘 사람들이었기에 최악의 경우엔 마차를 포기하고 밖으로 훌쩍 날아 나가면 그만이다. 그러나 그때는 말 그대로 마차는 포기해야 한다. 그리고 마차 바닥 밑에 숨긴 모든 물건들도 아울러.

그런 복잡한 생각들이 마차 안에 있는 사람들의 행동을 순간적으로 굳어지게 만들었다.

쾅!

아슬아슬하게 균형을 이루던 힘이 어느 한쪽 방향으로 쏠려 폭주하려는 순간 마차 지붕 위에서 둔중한 격타음이 울렸다.

격타음과 함께 한쪽으로 폭주하려던 힘이 중점을 향해 모여지며 그 방향이 반대쪽으로 돌려졌다. 동시에 굽은 관도 밖으로 튕겨 나가려던 마차는 기우뚱 중심을 잡았고, 번쩍 들려졌던 두 개의 바퀴는 가까스로 지면에 붙으며 다시 직선으로 뻗은 관도 위로 달려나갔다.

"마차를 세우세요!"

한차례 폭풍이 지나간 후 면사여인이 고함을 질렀다.

전혀 예기치 못한 상황에 당황한 눈빛을 애써 감춘 면사여인은 주렴을 걷었다.

저만치서 마차 지붕을 한 발로 강하게 내리찍고 허공으로 솟구쳤던 진우청이 헐레벌떡 달려오고 있었다.

"정말 고맙소, 소저! 그리고 노인장! 덕분에 반 시진은 족히 걸릴 거리를 일각 만에 도착했소!"

멈춰 서자마자 진우청은 면사여인과 마부를 향해 포권을 해 보이고
는 다시 목소리를 높였다.

"언젠가 다시 만나면 그땐 빚을 갚겠소! 그럼 소생은 배가 고파서 이
만……."

두 사람이 뭐라고 대꾸하기도 전에 진우청은 아랫배를 쓰다듬으며
성읍의 불빛을 향해 달려갔다.

"령주(令主)!"

면사여인의 옆 자리에 앉은 사내가 여인의 주의를 일깨웠다.

"미안해요."

면사여인이 짤막하게 답하고는 마부를 향해 시선을 돌렸다.

"지금부터는 최대한 조용히 목적지를 향해 말을 몰아주세요, 노야."

면사여인은 자신의 내부를 뒤흔드는 기운을 다스리며 낮게 한숨을
내뱉고는 지시를 내렸다.

면사여인의 지시에 마부는 아무 일 없었다는 듯 조심스럽게 고삐를
흔들었다.

마부의 고삐질에 따라 한 치 오차 없이 움직이는 네 마리의 말은 마
부와 면사여인의 의중을 짐작하기라도 한 것처럼 발굽 소리조차 죽이
며 마차를 끌고 나갔다.

'우연이었을까?

면사여인은 짧은 순간이었지만 온 뇌리를 당혹감으로 가득 채우게
했던 낮도깨비 같은 인간의 정체가 무엇인가 하는 의문에 앞서 그런
의문이 먼저 일어났다.

여인의 작고 흰 손이 무심결에 들려져 면사를 젖히고 볼을 쓰다듬었다.

왼쪽 볼 아래에 자리한 작은 점 하나가 여인의 손끝에 닿았다.

여인은 흠칫 놀라며 얼른 손을 아래로 내렸다.

필요에 의해 정교하게 만들어 붙인 검은 점.

그러나 이번 일이 끝날 때까지 그 점은 자신의 몸이어야 했다.

무심결에라도 이질감을 느끼며 지금처럼 손을 갖다 대어서는 안 되는 일이었다.

이제껏 전혀 이질감이 느껴지지 않았던 왼쪽 볼 아래의 점에 뚜렷한 이질감을 느끼게 만들었던 눈빛은 단순한 우연이었을까?

여인은 빠르게 지나간 상황들을 반추(反芻)했다.

주렴을 열고 낮도깨비 같은 청년과 대면했을 때 잠시 눈을 마주친 후 기이한 빛을 띠며 왼쪽 뺨 아래로 미끄러지던 그 청년의 시선.

단순한 우연이라 보기엔 뭔가 석연치 않다.

무심결에 느껴지는 왼쪽 볼 아래의 이질감이 그 의문을 더욱 증폭시켰다.

하지만…….

흑잠사(黑蠶絲)로 짠 면사를 뚫고 자신의 진면목을 직시할 수 있는 고수가 얼마나 될까?

그 천방지축 같은 인간이 그럴 수 있을 것이라고는 상상도 하지 못했다.

처음에는 그렇게 대수롭지 않게, 아니, 전혀 그런 의심을 염두에 두지 않았다. 그러나 오(吳) 노야가 의도적으로 거칠게 모는 마차 지붕 위에서 정말 낮도깨비처럼 견디고 오 노야의 평정심까지 흔든 인간이라면 문제는 달라진다.

여인의 뇌리에 진우청의 마지막 목소리가 강하게 울려왔다.

소저!

그리고 노인장!

그 천둥벌거숭이 같은 인간은 자신뿐만 아니라 오 노야의 진면목까지 꿰뚫어 본 것 같다는 느낌이 들었다.

"현기조장(玄旗組長)!"

상념에서 깨어난 면사여인이 급히 소리쳤다.

여인의 맞은편 대각선의 위치에 앉아 있던 사내 하나가 움찔 고개를 들었다.

죽립 끝이 미세하게 바람을 일으켰다.

"할 일이 하나 더 생겼어요. 오늘밤 일을 끝낸 후 방금 그 청년의 정체를 알아보세요. 동방회(東邦會) 쪽의 인물일지도 모르니. 지금 출발하세요."

"잘 알겠습니다!"

여인의 지시가 끝나자마자 마차를 빠져나간 사내의 신형이 어둠 속에 파묻혔다.

第 三 章

내력을 숨긴 자,
내력을 모르는 자

내력을 숨긴 자, 내력을 모르는 자

*휘*주(徽州)는 황산의 동부 신안강(新安江) 상류에 있는 도심으로 진나라 때에 현이 설치되었다.

전당강(錢塘江)의 지류인 신안강의 상류 지역 북안에 위치하며 절강성(浙江省)과 인접해 있고, 무호(蕪湖) 및 절강성, 강서성(江西省)에 이르는 공로(公路)가 집중하여 수륙 교통이 편리하다.

예로부터 '휘묵(徽墨)'이라는 이름으로 알려진 먹의 특산지로 붓, 먹, 벼루가 유명하다. 부근 일대는 쌀과 차의 재배가 활발한데 특히 차의 명산지여서 황산모봉차(黃山毛峰茶), 노죽대방차(老竹大方茶)도 유명하다.

차의 거래 및 기타 상업도 성한데 이곳 상인으로 외지에 진출하여 활약하는 자가 많아 신안상인(新安商人)으로 불리고 있다.

"몸으로 때우겠다… 그 말이지?"

휘주제일주루인 용소루(龍沼樓)의 한쪽 자리에 앉아 있던 초달(哨撻)은 우두둑 손마디를 꺾으며 몸을 일으켰다. 그를 따라 두 명의 사내도 음충맞은 미소와 함께 의자에서 일어섰다.

초달과 그의 의형제들인 용추(傭椎), 건평(建坪)의 본업은 휘주 저잣거리의 상점들을 돌며 누구로부터 누구를 보호해 주는지도 모를 명목의 보호비를 거두는 것이고, 부업은 이곳에서 가장 큰 주루인 용소루에서 진수성찬을 대접받으며 심심찮게 일어나는 이런 상황을 해결해 주는 것이다.

오른손으로 젓가락을 쥐고 입 안으로 연신 음식을 집어넣으면서 그것도 모자라는지 왼손으로 오리 다리 하나를 잡고 젓가락이 잠시 입에서 떨어지는 순간을 메우고 있는 인간을 처음 봤을 땐 그 먹성과 좀처럼 보기 드문 근골에 잠시 정신이 팔렸었다. 그러나 조금 뒤 자연히 그 행색으로 눈이 가며 오랜만에 부업거리 하나를 건졌음을 직감했다.

부업거리가 줄어들어 눈치가 보이던 차에 벌어진 상황이라 초달 등의 눈에는 짧은 순간 반가움의 빛이 넘쳐났다. 그러나 그들은 얼른 그 빛을 지우고 최대한 싸늘한 표정을 지었다.

"돈이 없으면 처먹지를 말아야지, 네놈이 감히 용소루의 역사를 바꾸겠다고?"

초달은 자신들이 이곳에서 부업을 하면서 단 한 번도 무전취식(無錢取食)이 허용되지 않은 역사를 들먹이며 잡아먹을 듯이 진우청을 노려보며 다가왔다.

잠시 멀뚱히 초달 등을 쳐다보던 진우청은 긴 트림을 토했다.

밥을 먹기 전에는 안절부절못했지만 밥을 먹고 나자 초달 등이 조장

한 살벌한 분위기에도 불구하고 진우청의 표정은 세상 부러울 게 하나도 없다는 식으로 느긋하기만 했다.

그런 진우청의 모습에 자연 세 사내의 안색은 흙빛으로 변해갔다.

"그러니까 장작감이 있는 곳을 가르쳐 달라고 하지 않았소!"

긴 트림을 토한 진우청은 자신의 제의에 일언반구도 않고 곧바로 초달에게 고해 바쳐 이런 상황을 만든 점소이를 힐끔 노려보며 볼멘소리를 질렀다.

순서가 조금 바뀌긴 했지만 별문제없을 것이라 생각했다.

산을 내려오는 도중에는 통나무 더미가 쌓여 있는 집에 들어가 무조건 장작부터 패주었다.

그러면 처음에는 '별 미친놈 다 보겠네' 하는 표정으로 쳐다보던 집주인이나 안주인도 순식간에 다 패놓은 장작에 두 눈을 동그랗게 뜨다 결국엔 황급히 나물죽 한 그릇을 내어주거나 계란보다 조금 크긴 했지만 잡곡 주먹밥을 한 개 건네주기도 했다.

그러나 이 주루에서는 장작더미가 있는 곳을 쉽게 찾을 수도 없었고, 배가 너무 고파 먼저 먹기부터 하고 장작을 패주자는 생각과 함께 그 순서를 바꾼 것뿐이었다.

지금껏 그 어느 때보다 진수성찬을 먹었으니 몇 배 더 많은 장작을 패주어야 할 것이라는 계산은 하고 있었다.

"이놈이?"

초달의 눈에서 시퍼런 불길이 뻗어 나왔다.

오랜만에 부업거리를 만들어준 놈이었기에 처음에는 내심 반가운 마음과 함께 이곳 주인이 만류할 때까지 자신들 손에 패대기쳐질 처지를 생각해 약간의 측은지심(惻隱之心)까지 가지고 있었다. 그러나 자신들을 보고도 눈 하나 깜짝하지 않는 태평스런 모습에 측은지심은 깨끗이 사라지고 이젠 살생지심(殺生之心)이 그 자리를 대신하고 있었다.

"죽고 싶어 환장한 놈이구나."

건평도 허리에 찬 소도에 손을 대며 한 발짝 다가왔다.

"돈은 없지만 밥값만큼 일을 해주겠다는데 왜 그리 딱딱하게 구시오? 내 정확히 열흘 쓸 장작은 다 패줄 테니 나무 있는 곳이나 가르쳐주시오."

다가서는 건평을 한 번 쳐다본 진우청은 자리에서 일어섰다. 그리고 어서 장작이 있는 곳으로 안내나 하라는 듯이 세 사내를 번갈아 쳐다보았다.

"어디서 굴러온 개뼈다귀인지 모르겠지만 이런 고급 주루에서 손수 장작을 팬다고 생각하느냐? 돈만 주면 반듯하게 팬 장작을 당장이라도 산더미같이 구할 수 있는 곳이 이곳이다."

두 사람보다 조금 뒤에 서 있던 용추의 입에서 차가운 음성이 흘러나왔다.

"어쩐지 안 보이더라니……."

그제야 진우청은 난감한 표정이 되며 중얼거렸다.

하긴 이런 고급 주루라면 하루 땔 장작만 하더라도 그 양이 만만치 않을 것이라는 생각이 들었다. 그걸 열흘치나 재어놓고 사용하지는 않을 것이다. 그때그때 공급해 주는 사람이 있고, 그렇게 장사를 할 것이다.

'그렇다면 무엇으로 밥값을 대신한단 말인가?'

진우청은 산을 내려오며 어렵게 터득했던 끼니 해결 기술이 이곳에서는 전혀 통하지 않는다는 사실에 한숨을 내쉬었다. 그리고 아무리

곤궁해도 역시 도심보다는 산골 인심이 낫다는 생각이 절로 들었다.

"그럼 어떡하면 되겠소?"

현재로는 밥값을 치를 방법이 없다는 것을 느낀 진우청은 뒤에 선 용추를 향해 불쑥 질문을 던졌다. 앞에 다가선 두 사내보다 그래도 뒤에 선 사내가 조금은 더 이성적으로 보였기 때문이다.

용추의 입술이 가늘게 옆으로 늘어졌다.

"눈!"

"눈?"

진우청이 용추의 말에 자신의 눈을 쓰다듬었다.

"아니면 네놈의 그 살찐 다리 하나를 떼어주면 밥값을 낸 것으로 해주지."

입가에 번지던 가느다란 미소를 지운 용추가 앞에 나선 두 사람보다 더 싸늘한 표정이 되어 몸을 움직였다.

"아니, 그보다는 목뼈가 더 좋겠군. 우리 휘주삼귀(徽州三鬼) 앞에서 네놈처럼 목이 뻣뻣한 인간은 본 적이 없지. 그러니 그 뻣뻣한 목뼈를 하나 잘라내서 자세히 관찰해 보고 싶은데⋯⋯."

가장 뒤에 서 있던 용추가 이제는 가장 앞으로 나와 콧김을 뿜어냈다.

휘익―

콧김이 얼굴 근처까지 뿜어졌다고 느끼는 순간 용추의 주먹이 허공을 갈랐다.

간결하면서도 최대한 단거리로 뻗어오는 동작이 뒷골목에서 여러 사람 코뼈깨나 부순 실력이었다.

'엇!'

갑작스런 용추의 주먹에 진우청의 아랫배에 무의식적으로 힘이 들어갔다.

비록 분위기가 험악해지는 것을 느끼긴 했지만 다짜고짜 주먹부터 날아올지 예상 못했기에 진우청의 두 눈 또한 크게 뜨여졌다.

쉬익―

그러나 놀람의 감정은 찰나의 일이고, 날아오는 주먹은 어느 순간 느릿하게 코끝을 스치며 제자리로 돌아가고 있었다.

"헛!"

건평의 입에서 외마디 고함이 터져 나왔다.

목표를 가격하지 못하고 허공을 가른 용추의 주먹이 하마터면 자신의 턱을 날릴 뻔했기 때문이다.

건평은 의아한 눈빛으로 용추를 쳐다보았다. 용추 역시 이해할 수 없다는 표정으로 건평을 쳐다보았다.

한두 번 휘두른 주먹도 아닌데 자신이 거리를 잘못 쟀을 리 없다. 그런데 꼼짝도 하지 않고 서 있는 촌놈의 콧잔등을 제대로 때리지 못하고 헛손질을 하고 만 것이다.

'분명히 꼼짝도 하지 않았는데……?'

용추는 건평을 쳐다보던 시선을 돌려 진우청을 쳐다보았다.

자신들과 마찬가지로 뜻밖의 사태에 눈을 부릅뜬 진우청의 표정에서 용추는 자신이 실수했다는 걸 깨달았다.

먹성 좋은 촌놈 역시 자신의 콧잔등을 비켜간 주먹에 놀라는 한편 어리둥절해하는 모습이었다.

자신들보다 한참 뛰어난 실력을 갖추었거나 말 그대로 실력을 숨긴 무림의 고수라서 귀신같은 신법으로 자신의 주먹을 피했다면 결코 저런 표정일 수 없다. 오만하거나 비릿한 냉소 한 가닥은 물고 있을 것이다.

용추는 얼굴을 찌푸렸다.

오늘따라 유난히 달착지근하게 느껴지던 술이 문제라는 생각이 들었다.

뭐, 언제라고 술이 달착지근하지 않은 때가 없었지만 오늘같이 보호비가 다른 때보다 잘 걷히고, 많이 걷힌 날은 술 맛이 훨씬 더 낫다. 그렇게 기분 좋게 마신 술이 지금은 정반대로 기분을 나쁘게 만들고 있었다.

쓴 입맛을 다신 용추는 세차게 머리를 흔들어 술기운을 떨쳐 낸 후 진우청을 쏘아보았다.

진우청의 얼굴에는 여전히 어리둥절한 기운 한 가닥이 다 가시지 않고 있었다.

'왜 갑자기 주먹이 느려졌지? 분명히 겁만 줄 기세는 아니었는데.'

순간적으로 아랫배에 뭉쳐 두었던 호흡을 가볍게 내뱉은 진우청은 이해가 안 되는 의문에 뚫어져라 용추를 쳐다보며 눈을 끔벅거렸다.

용추의 주먹이 처음의 속도 그대로 날아왔다면 속절없이 코뼈가 박살났을 일이었지만 경각심을 느끼며 아랫배에 힘을 불어넣는 순간 용추의 주먹은 순간적으로 깊은 물속에서 휘두르기라도 하는 것처럼 느려졌고, 그 순간 슬쩍 고개를 젖혔다.

고개를 젖히는 순간에도 용추의 주먹은 여전히 느리게 눈앞을 지나가 혹시 이러다가 갑자기 방향을 꺾어 쳐 나오지 않을까 하는 의심에 두 눈을 부릅뜨고 최소한의 움직임만으로 그 주먹을 피해낸 후 신속히 자세를 바로 했다. 그러나 용추의 주먹은 끝까지 물속에서 허우적거리는 듯 제자리로 돌아갔다. 그리고 그 상황이 아직 이해가 되지 않고 있었다.

"취했군, 둘째!"

초달이 정적을 깨뜨리며 소리를 질렀다. 그리고 용추를 흘겨보았다.

평소에도 술을 좋아했고, 오늘따라 훨씬 더 좋아하더니 하마터면 추한 꼴을 보일 뻔했다는 아찔한 생각이 들었다.

놈이 똥오줌 못 가리는 촌놈이어서 멀뚱히 쳐다만 보고 있었기에 망정이지 한 가닥 하는 놈이고 반격이라도 시도했다면 헛손질로 인한 흐트러진 중심에 충격이 두 배가 되었을 것이다.

"죄송합니다, 형님."

용추는 인상을 쓰며 초달에게 고개를 숙였다. 그리고는 부스러뜨릴 듯 우두둑 하고 손마디를 다시 꺾었다.

용추의 상체가 진우청을 향해 돌려졌다.

그 순간,

땡그랑—

후두두둑—

다시 용추의 주먹이 진우청의 턱을 향하기 직전, 양손에 가득 채울 만한 동전 무더기들이 주루 한쪽 구석에서 날아와 요란한 소리와 함께 바닥에 뿌려졌다. 그중에는 하얀 광채가 선명한 은화도 몇 개 섞여 있었다.

"유 공자!"

용추가 헛손질을 했을 때보다 더 황당한 눈빛으로 시선을 돌리던 세 사내는 화들짝 놀라며 소리를 질렀다.

동전, 은전들이 소낙비 내리듯 날아온 주루 구석에서 그림자 하나가 비틀거리며 안쪽으로 나오고 있었다. 이윽고 그 그림자는 흐트러진 한 사내의 모습으로 바뀌었다.

"더럽게 시끄럽군! 누군가 했더니… 역시 휘주의 잡종들인가?"

몇 발 걸어나와 비틀 상체를 흔든 사내는 술 냄새를 혹하고 풍기며 퉁명스럽게 중얼거렸다.

등불의 광채가 미치지 못하는 구석에서 걸어나올 때는 영락없는 파락호의 모습이었지만 불빛에 완전히 드러나자 그 행색은 결코 평범한 것이 아니었다.

구겨지고 술이라도 쏟았는지 가슴패기부터 허리까지 흠뻑 젖은 옷 매무새는 진우청과 쌍벽을 이룰 것 같았지만 질 좋은 하얀 비단에 그 백의만큼 흰 피부만 본다면 흡사 남장 여인이 아닌가 싶을 착각이 들 정도였다. 짙은 눈썹과 손질하지 않은 수염이 그런 착각을 불식시켰다.

이십대 중반쯤 되어 보이는 나이에 훤칠한 키와 균형 잡힌 몸매는 아무리 술에 찌들었어도 귀공자의 풍모가 자연스럽게 풍겨 나왔다.

그런 사내의 갑작스런 등장과 함께 막힘없이 뱉어낸 잡종이란 단어에 휘주삼귀는 꿀 먹은 벙어리처럼 한동안 말문을 열지 못하고 사내를 쳐다만 보고 있었다.

"잡종들이란 말이 떫은가 보군?"

고개를 몇 번 흔들어 사방으로 술 냄새를 흩뿌린 사내는 냉소와 함께 다시 중얼거렸다.

"말씀이 지나치시오, 공자!"

마침내 초달이 서슬 퍼런 눈을 치켜뜨며 맞받아 소리를 질렀다.

나이로 쳐도 자신의 두 동생들보다 한참 어린 사내에게 듣는 잡종들이란 소리가 소화하기 힘들었던 것이다.

아무리 신분 차이가 나지만 그래도 이곳 뒷거리 하나를 차지한 자신이 아닌가.

그러나 사내는 아랑곳하지 않고 다시 자기 할 말을 내뱉었다.

"잡종 같은 동네에서 더 잡종 같은 놈들에게는 잡종 소리도 과분하지. 안 그런가? 꺼억ㅡ"

긴 트림을 토한 사내는 옆에 있는 빈자리에 앉으며 더 이상 들고 있기도 힘들다는 듯 탁자 위에 고개를 모로 처박았다. 그리고는 눈만 거슴츠레하게 뜬 채 입술을 움직였다.

"언제부터 우리 동네가 저녁 밥값 없는 사람 눈을 빼고 다리를 자르는 곳이 되었나? 그러고도 잡종 마을의 잡종 소리를 듣지 않을 재간이 있다고 보나? 큭큭!"

메마른 웃음과 함께 사내는 모로 처박고 있던 고개를 간신히 들어 올리려다 다시 내렸다.

"공자, 취하셨소. 그만 댁으로 돌아가시오."

건평이 입술을 씹으며 겨우 분기를 가라앉힌 후 낮아진 목소리로 말했다.

이 거리에서 유일하게 그들도 어쩌지 못하는 인간이기에 집으로 돌려보내는 것이 상책이었다.

"왜? 내 돈 내고 내 술 마시는데 네놈들이 무슨 상관이냐? 술값은 며칠 전에 벌써 계산되어 있고, 저기 던진 돈은 저 친구 밥값이야! 그러니 꼴 보기 싫은 상판대기 그만 치워! 술 맛 떨어지니까!"

사내의 거침없는 독설에 건평의 주먹이 부르르 떨렸다. 그러나 여전히 초인적인 인내심을 발휘한 건평이 입을 열었다.

"하지만 공자, 이런 놈은……."

"왜? 내 돈은 싫어? 참, 아니군. 이건 우리 아버지 돈이지. 우리 아버지 돈이 더러워?"

사내의 입에서 우리 아버지란 말이 나오자 건평은 물론 다른 두 사내의 기세가 금방 꺾이며 당황하는 표정을 지었다.

"그, 그런 말이 아니오, 공자!"

휘주삼귀가 동시에 답했다.

"큭큭! 난 안 무서워도 우리 아버지와 내 동생은 무섭지? 끄윽— 무섭고말고. 큭큭!"

괴소를 흘린 사내는 시선을 돌려 이번에는 진우청을 쳐다보았다.

"자네, 이곳에서 오래 머무를 생각인가?"

"아, 아니오. 그런 계획은 없고… 그냥 지나가다……."

멀뚱거리며 사내를 쳐다보던 진우청은 고개를 저으며 대답했다.

"잘 생각했네. 여긴 오래 머무를 곳이 못 되네. 그러니 한시바삐 떠나게. 그래도 모르니 혹시 며칠 더 머무르려거든 이곳에서 밥을 시켜 먹게. 이봐, 점소이!"

진우청에게 말을 하던 사내는 갑자기 고개를 돌리며 점소이를 불렀다.

점소이가 바람처럼 달려나왔다.

"아이쿠!"

달려나오던 점소이가 다시 조금 전처럼 허공에 흩날리는 동전 무더기에 얼굴을 맞고는 비명을 질렀다.

사내가 허리춤에 있는 전낭을 열어 그 속에 있던 나머지 돈을 모두 점소이에게 흩뿌린 것이다.

"이 돈을 모두 줍고 저 청년에게 언제든지 음식을 줘. 알겠지? 나중에 내 동생보고 확인해 보라고 할 테니 속일 생각은 하지 마."

사내가 이번에는 동생을 들먹이며 윽박지르자 점소이는 새파랗게 질리며 허리를 굽실거렸다.

"어서 집어가!"

사내가 고함을 치자 점소이는 주춤거리며 바닥에 떨어진 동전을 집으려 허리를 굽혔다. 그런 점소이를 쳐다보던 진우청이 사내를 향해 서둘러 포권을 했다.

"오늘 대접 고마웠소. 신세를 갚을 날이 있겠지요. 그럼 이만."

고개를 까닥한 진우청은 한시라도 빨리 이곳을 빠져나가고 싶다는 표정과 함께 급히 신형을 옮겼다.

우당탕─

문을 향해 서둘러 달려가던 진우청이 탁자에 발이 걸려 넘어지며 점소이 앞으로 굴렀다.

"헉!"

바위 같은 덩치가 굴러오자 점소이는 비명을 지르며 뒤로 물러났다.

"아이고, 너무 오랜만에 포식을 했더니 배가 무거워서 그만."

얼른 신형을 일으킨 진우청은 멋쩍은 표정과 함께 사내를 향해 다시 한 번 포권을 해 보인 후 혹시라도 휘주삼귀가 재차 시비를 걸까 저어하는 기색과 함께 급히 사라졌다.

잠시 후, 진우청이 나뒹굴었던 자리에는 동전만 수두룩할 뿐 몇 개 보이던 은화가 흔적도 없이 사라진 것을 알아챈 점소이는 와락 인상을 찌푸렸다.

"큭큭!"

진우청이 나간 후 완전히 탁자에 고개를 처박고 인사불성이 된 줄 알았던 사내의 입에서 예의 그 괴소가 나지막하게 흘러나왔다.

"공자님, 그만 일어나시지요."
왁자지껄했던 용소루의 손님들이 거의 사라지고 몇 안 남은 손님들도 이층의 객실로 하나둘 자리를 옮기는 시간까지 진우청에게 저녁 값을 던져 준 사내 유화성(柳華惺)은 탁자에 쓰러져 일어날 줄을 모르고 있었다.

진우청이 은자를 집어 사라진 후 다시 구석 자리로 옮겨 계속 술을 마셨는지 탁자 위에는 아까보다 훨씬 더 많은 술병들이 어지럽게 나뒹굴고 있었다.

청소를 하면서 몇 번이나 난감한 표정을 짓던 점소이는 급기야 유화성을 흔들어 깨우기 시작했다.

"이제 그만 정신을 차리시고 댁으로 돌아가시지요, 공자님!"
점소이는 점점 더 큰 소리로 고함을 질렀지만 만사가 귀찮은 표정으로 고개만 몇 번 흔든 유화성은 여전히 탁자에 머리를 처박고 코까지 골아대기 시작했다.

"술을 마시려면 곱게 마셔야지 원."
이제까지 그런대로 예의를 갖춰 유화성을 깨우던 점소이는 마지막 남은 손님들마저 객실로 올라가고 나자 유화성을 향해 도끼눈을 떴다.

"세상 참 더럽게 불공평하군. 어떤 놈은 죽어라 몇 달째 일을 해도 은자 한 닢 제대로 만져 보기 힘든데 어떤 놈은 처음 보는 놈에게도 장난하듯 은자를 뿌려대고……."
투덜거리던 점소이는 경멸의 눈빛까지 뿜어내며 유화성을 쳐다보왔다.

예전의 평이 어떠했는지는 알 바 아니었다. 자신이 이곳에 왔을 때부터 이 인간은 항상 이 모양이었고 자신의 일을 두 배나 힘들게 한 폐인이었다.

점소이의 손이 천천히 위로 올라갔다.

"유가검보(柳家劍堡)의 자식만 아니었다면 이걸 그냥……."

한 대 치기라도 할 듯 수도(手刀)를 만들어 유화성을 향해 팔을 흔들던 점소이의 안색이 순식간에 사색으로 변했다.

유화성의 목덜미를 겨누고 있던 점소이의 수도가 파르르 떨렸다.

어서 이 손을 거두어들여야 한다는, 그래서 유가검보의 큰공자에게 감히 불손한 행동을 했다는 증거를 없애야 한다는 생각이 간절했지만 돌처럼 딱딱하게 굳은 몸은 어떤 움직임도 불가능하게 했다. 목덜미를 타고 흐르는 차가운 금속의 감촉이 점소이의 몸을 점점 더 얼어붙게 하고 있었기 때문이다.

"계속해 봐. 그 손으로 어떻게 하겠다는 거지?"

석상이 된 점소이의 등 뒤에서 날카로운 여인의 목소리가 들려왔다.

언제 나타났는지 아직 소녀 티를 다 벗지 못한 여인이 점소이의 목에 검인(劍刃)을 들이대고 있었다.

옷소매에 선명한 매화 무늬가 새겨진 날렵한 백의 경장을 차려입은 소녀의 모습은 구석의 어둠을 단번에 몰아내며 주위를 환하게 밝히는 듯했다.

평소 그런 그녀의 모습에 점소이는 항상 넋을 잃었었다. 그리고 지금은 거의 혼절할 지경이 되었다.

그녀는 유가검보의 금지옥엽 유화경(柳華景)이었다.

어렸을 때부터 화산파의 속가제자로 입문하여 매화검을 수련한 그
녀는 자신의 큰오빠 유화성이 점소이 같은 인간에게까지 이런 대접을
받는 사실이 기가 막힌 듯 입술을 질끈 깨물고는 검을 쥔 손에 더욱 힘
을 주었다.

유등 불빛에 반사된 검인이 금방이라도 점소이의 목을 자를 듯 시퍼
런 광채를 내뿜었다.

"화, 화경 아가씨, 살려……."

온 얼굴에 땀을 비 오듯 흘리며 점소이는 죽을힘을 다해 몇 마디 내
뱉었지만 그 말은 새벽 서리보다 더 차갑게 흘러나온 목소리에 막혀
버렸다.

"죽을 짓을 한 줄은 아는 모양이지?"

한 걸음 더 다가선 유화경의 움직임에 점소이의 목에서 선혈이 흘러
내렸다.

마침내 점소이의 바지가 축축하게 젖어들며 지린내를 풍겼다.

"역겨운 자식!"

인상을 와락 찌푸린 유화경은 검을 내림과 동시에 점소이의 복부를
걷어찼다.

일 장 가까이 날아간 점소이의 신형이 주루 구석에 처박히며 집기
부서지는 소리가 사방으로 울려 퍼졌다.

"다시 한 번 더 그따위 행동을 했다가는 정말로 죽여 버릴 테다!"

여전히 분이 풀리지 않는 목소리로 고함을 지른 유화경은 눈살을 찌
푸리며 유화성에게로 다가왔다. 그때까지도 유화성은 세상모르고 코
를 골고 있었다.

"오빠……."

잠시 후, 점소이를 대하던 때와는 딴사람이라도 된 듯 비감 어린 표정으로 유화성을 내려다보던 유화경은 유화성의 맞은편 자리에 앉으며 조용하게 유화성을 불렀다. 그러나 점소이의 고함 소리에도 깨어나지 않던 유화성이 나지막한 유화경의 목소리에 깨어날 리 만무했다.

"큰오빠……."

처음보다 더 낮은 목소리와 함께 유화성을 쳐다보던 유화경의 눈빛이 젖어들었다.

휘주의 송옥이라 불릴 정도로 준수하여 인근 여인들의 방심을 뒤흔들었던 얼굴은 그동안 찌든 술로 인해 늦가을 낙엽처럼 푸석해져 있었고, 언제나 깔끔하게 손질하던 수염도 아무렇게나 자라 유화경의 마음을 더욱 안타깝게 만들었다.

유화경은 조용히 유화성의 손을 잡았다.

여인의 손처럼 희고 긴 손가락도 서서히 생기를 잃어가고 있었다.

한때 환상적인 검무를 펼치던 그 흔적만이 손가락 마디마디에 굳은살로 남아 있었다.

자신에게만은 숨김없이 보여주던 그 검무를 다시는 볼 수 없을지도 모른다는 생각에 유화경은 예리한 송곳에라도 찔린 듯 가슴이 아팠다.

"이제 그만 그녀는 잊어. 잊어야 할 사람을 언제까지나 잊지 못하는 것은 잊지 못하는 사람뿐만 아니라 잊혀지지 못하는 사람에게도 불행한 일이야."

혼잣소리처럼 말한 유화경의 양 볼에 눈물이 흘러내렸다.

언제까지고 유화성을 쳐다보며 앉아 있을 것 같던 그녀는 잠시 정신을 잃었다 깨어나는 점소이의 신음 소리와 함께 본래의 표정으로 되돌아왔다.

얼른 눈물을 훔친 유화경은 벌떡 신형을 일으켰다.

슬픔에 잠겨 유화성을 쳐다보던 그녀의 눈빛은 이내 사라지고 점소이를 걷어차 구석으로 날려 버리던 서슬 퍼런 광채가 그 자리를 대신했다.

"그만 일어나, 큰오빠! 집에 가야 할 것 아냐!"

유화경의 목소리가 빈 주루를 진동시켰다.

"어서 일어나라니까, 큰오빠!"

점점 더 큰 소리와 함께 유화경은 유화성의 어깨를 잡아 흔들었다.

"으응? 누, 누구야?"

흡사 사내들처럼 거칠게 어깨를 흔드는 유화경의 행동에 인사불성이 되어 있던 유화성은 겨우 눈을 떴다. 그러나 그 눈은 금세 다시 감겨졌다.

"어서 일어나! 그리고 집에 가!"

유화경은 고함과 함께 유화성의 어깨를 더욱 세차게 흔들었다.

"화경이구나. 조금만, 조금만 더 자고… 나중에……."

재차 눈을 뜬 유화성은 여동생을 알아보았지만 쏟아지는 잠을 이길 수 없다는 기색이 온 얼굴에 가득했다.

"큰오빠!"

뾰족하게 소리를 지른 유화경은 한숨을 내쉬며 머리를 저었다. 그리고는 다시 고함을 질렀다.

"큰오빠! 저기 작은오빠 왔어!"

"그래, 작은오빠도 같이 왔……."

비몽사몽간에 유화경의 말을 따라 중얼거리던 유화성은 와락 고개를 들었다.

"으응? 화결(華結)이가 왔다고?"

유화성의 얼굴에서 도저히 달아날 것 같지 않던 혼몽(昏懜)한 기운이 사라지며 두 눈에 초점이 잡혀갔다.

"화, 화결이는 어디 있느냐?"

급기야 자리에서 벌떡 몸을 일으킨 유화성은 겁먹은 표정으로 주변을 두리번거렸다.

"역시 큰오빠 술 깨는 덴 작은오빠가 약이야!"

킥 하고 실소를 터뜨린 유화경은 얼른 유화성의 팔을 끌고 문을 향해 걸음을 옮겼다.

*　　　*　　　*

어다나 마찬가지로 시진의 중심에는 밤을 꼬박 밝히는 유등 불빛으로 불야성을 이루고 있었지만 시진의 중심을 벗어난 골목길에는 짙은 어둠이 장막처럼 사방을 감싸고 있었다.

몇 개밖에 보이지 않던 별들마저 구름에 가려지자 사방은 먹물을 칠한 것처럼 한 치 앞도 구별하기 힘들었다.

그 어둠 속을 헤집으며 한줄기 바람이 소리없이 골목을 휘돌아 나갔다.

순식간에 몇 개의 골목을 휘돌아 나간 바람은 골목이 끝나는 지점에서 잠시 멈추었다가 야산 자락을 향해 방향을 바꾸었다.

한줄기 바람이 되어 어둠 속을 치달리던 사내 나지강(羅知强)은 야산 자락 한쪽 모서리에 서서 이마에 흐른 땀을 닦았다.

"이쯤이면 되지 않았나?"

낮은 한숨으로 호흡을 고른 나지강은 어둠 한곳을 향해 그리 크지 않은 목소리로 외치며 밤의 적막을 깨뜨렸다.

나뭇가지를 스치는 바람 소리밖에 들리지 않는 야산 자락에서 혼자 중얼거리는 그의 행동을 누군가 보았더라면 귀신에 홀리지 않았나 싶기도 하겠지만 나지강의 시선은 시종일관 어느 한 방향, 그러니까 지금껏 자신이 지나온 방향을 향해 고정되어 있었다.

한동안 구름에 가려져 있던 반월(半月)이 모습을 조금 드러내자 짙은 어둠이 그 두께를 줄이며 희미하나마 주변의 정물들을 비추기 시작했다.

"……"

달빛이 좀 더 강해지며 나지강의 시선이 고정된 방향에 한 인영이 우뚝 서 있었다.

어둠 속에서도 죽립을 눌러쓴 채 미동도 않고 서 있는 인영은 나지강이 조금 전 그곳을 지나쳐 달려오지만 않았다면 처음부터 그곳에서 나지강을 기다리고 있지 않았나 하는 착각이 들 정도로 한 그루 고목처럼 서 있었다.

"날 미행한 목적은?"

나지강은 죽립인의 몸에서 뻗어 나와 전신을 덮쳐 오는 한기를 떨쳐 버리려는 듯 상체를 한 번 크게 움직이며 질문했다.

"배짱이 좋구나!"

죽립사내의 입에서 겉모습과는 전혀 딴판으로 굵고 부드러운 음성이 흘러나왔다.

목소리만 놓고 본다면 대번에 친근감이 들 정도의 미성이었다.

나지강은 그런 죽립사내의 목소리에 팽팽했던 긴장의 끈이 자신도 모르게 조금 느슨해짐을 느꼈다.

"무슨 말인가?"

나지강은 죽립인의 목소리로 판단해 자신과 비슷한 연배임을 느끼며 질문했다.

"미행을 눈치챘으면서도 이곳까지 오다니… 내 예상으로는 유가검보로 도망칠 줄 알았는데 말일세."

나지강의 반응이 의외라는 듯 죽립사내의 고개가 약간 한쪽으로 기울어졌다.

사내의 고개와 같이 기울어진 죽립 사이로 날카로운 안광 한 가닥이 찌르듯이 뻗어 나왔다.

"그건 내가 할 말이지. 유인하는 줄 알면서도 여기까지 따라오다니… 생각보다 훨씬 멍청한 놈이 아닐까 하는 생각이 드는군."

나지강은 입가에 차가운 미소 한줄기를 피워 올리며 성큼 앞으로 나섰다.

멍청한 놈이라고 비꼬긴 했지만 지금까지의 움직임으로 보아 결코 녹록한 자가 아니라는 생각이 들었다. 몇 개의 골목을 어지럽게 돌아 나오는 자신을 조금도 거리를 두지 않고 이곳까지 따라온 경공 하나만 보더라도 그건 충분히 예상 가능했다.

다행히 다른 일행이 더 있지 않은 것이 마음을 가볍게 했다. 만약 그런 낌새가 느껴졌다면 놈의 말대로 곧장 유가검보를 향해 쉴 새 없이 치달려 포위망을 벗어났을 것이다.

어쨌든 이젠 검을 섞어 놈의 정체와 미행 목적을 알아내야 할 차례였다.

한 발짝 움직인 것 같은 나지강의 신형이 순식간에 거리를 좁히며 죽립인 앞으로 쏘아졌다. 언제 뽑혀졌는지 시퍼런 광채를 발하는 보검한 자루가 어둠을 양단하고 죽립마저 양단해 갔다.

파앗!

보검 끝에 걸린 죽립이 두 조각으로 갈라지며 허공으로 솟구쳐 올랐다.

그러나 그뿐, 죽립 외 다른 무엇을 베었다는 느낌을 받지 못한 나지강은 신속히 선풍보(旋風步)를 밟으며 신형을 회전시켰다. 어느새 오른쪽 측면에서 손 그림자 하나가 쾌속하게 목줄을 노리며 날아들고 있었다.

나지강은 왼발 끝을 축으로 맹렬히 신형을 회전시키며 그 회전력을 고스란히 보검에 실어 죽립인의 팔을 잘라갔다.

그러나 이번에도 그의 보검은 그가 노리는 대상은 자르지 못하고 허공만 양단한 채 비단폭을 찢는 듯한 날카로운 비명을 토해냈다.

'상단?'

나지강은 신경 세포들이 한꺼번에 아우성을 치며 온몸의 피가 정수리로 몰려드는 느낌을 받았다.

측면에서 손을 뻗어오던 죽립인, 아까까지는 죽립을 썼던 사내는 어느새 손을 회수하고 허공으로 치솟아 정수리를 향해 강맹한 장력 한줄기를 날려오고 있었다.

도저히 이해가 가지 않는 사내의 움직임에 나지강은 사력을 다해 신형을 틀었다.

펑 하는 폭음과 함께 나지강이 섰던 자리에서 흙먼지가 튀어 올랐다.

나지강은 순간적으로 등줄기에 얼음물이 흐르는 느낌을 받았다.

죽립을 베는 순간 이후부터 사내의 움직임을 깜박깜박 놓쳐 버린 것이다.

달이 구름 속으로 파고들어 어둠이 다시 짙어지기는 했지만 그건 문제가 될 수 없었다.

보이는 것에 우선하여 감각으로 상대의 움직임을 파악하고 무의식적으로 그 투로를 차단해 가야 하건만 사내가 뿌린 두 번의 공격은 중간 과정은 사라진 채 마지막 동작만이 갑작스럽게 동공 속으로 박혀들어왔던 것이다.

그것은 상대의 움직임이 자신의 감각이 인식할 수 있는 범위를 넘어서 있었고, 초식의 운용 역시 예상을 뛰어넘고 있다는 증거였다. 한마디로 자신보다 적어도 한 수 위라는 말이었다.

그런 신랄한 자각에 나지강은 연속적인 공격을 멈추고 죽립이 벗겨진 사내를 쏘아보았다.

비록 어둠의 장막이 두 사람 사이를 가로막고 있었지만 공력을 돋운 나지강의 망막에 사내의 용모가 비춰졌다.

나지강은 또 한 번 의구심을 감추지 못했다.

사내의 목소리뿐만 아니라 용모 역시 눈에 익었다.

아무리 옛 기억을 헤집어봐도 딱 꼬집어 어디서 만났거나 언제 알고 지냈던 사내라고는 떠오르지 않았다. 그러나 어딘지 모르게 낯이 익었다.

조금 더 옛 기억을 떠올리던 나지강은 보일 듯 말 듯 머리를 흔들며 입술을 움직였다.

"다시 한 번 묻겠다. 네놈은 누구냐? 그리고 날 미행한 목적은?"

사내와의 실력 차를 인식하며 진탕된 기식을 고를 시간도 벌고 사내의 정체를 조금이라도 더 알아내기 위해 나지강은 다음 공격에 최대한 뜸을 들이며 질문했다.

"그 의문은 천천히, 그리고 자네를 확실히 잡는 순간 풀어주지. 행여 열매만 따 먹고 도망가 버리면 낭패니까 말일세."

사내는 낯설지 않은 목소리로 느긋하게 답하며 이빨을 드러내고 웃었다.

그 미소 또한 낯설지 않다는 것을 느낀 나지강은 인상을 찌푸렸다. 떠오를 듯 말 듯하면서 끝내 떠오르지 않는 기억에 짜증스러운 기분마저 든 나지강은 검을 잡은 손에 힘을 주었다.

결국은 더 부딪쳐 봐야 알 일이었다.

나지강의 그런 기세에 사내도 슬쩍 발을 움직였다.

느긋하던 사내의 기세가 채 반 발짝도 안 될 정도의 움직임에 백팔십 도로 바뀌었다.

나지강은 조금 전 두 수를 교환하며 느꼈던 긴장감이 다시 전신으로 엄습함을 느끼며 그런 기분을 검으로 떨쳐 버리려는 듯 맹렬하게 검을 휘둘러 나갔다.

팽팽하게 당겨진 화선지가 양쪽에서 잡아당기는 힘을 견디지 못하고 쫘악 찢기는 듯한 소리가 나며 나지강의 검이 순식간에 사내의 허리를 향해 날아들었다.

이상한 각도로 반 발짝쯤 미끄러져 있던 사내의 발이 빠르게 옆으로 이동했다.

사내의 신형이 갈대처럼 움직이며 나지강의 공격권에서 벗어났다. 동시에 활짝 펼쳐진 사내의 오른손이 나지강의 검신을 향해 뻗어왔다.

검신을 향해 부딪쳐 오는 사내의 손목에서 거무튀튀한 무언가를 본 것 같다는 느낌을 받으며 나지강은 검초를 변화시켰다.

나지강의 검끝이 뱀의 혓바닥처럼 두 개로 갈라졌고, 그 두 개가 또다시 각각 두 개로 갈라졌다. 한 개만 실초이고 나머지 세 개는 허초였다.

사내는 활짝 폈던 손가락 끝을 와락 구부려 응조수(鷹爪手)를 만들어 다른 세 곳을 노리는 혓바닥은 무시하고 손바닥을 노리는 한 개의 혓바닥을 잡아왔다.

순식간에 변화시킨 공수탈인(空手奪刃)의 수법이었다.

따앙―

나지강의 보검이 쇠망치에라도 맞은 것처럼 날카로운 검명을 토해내며 네 개로 갈라졌던 검이 하나로 합쳐졌다. 사내는 추호의 현혹됨이 없이 실초만을 쳐내 나지강의 환검을 무력화시킨 것이다.

나지강은 사내의 손끝에서부터 자신의 검을 통해 팔목과 어깨로 전해지는 시큰한 기운에 이를 악물었다.

사내의 맨손에 자신의 보검이 속절없이 잡히기 직전, 필사적으로 손목을 비튼 덕분으로 검을 빼앗기지는 않았지만 검신을 타고 밀려든 사내의 내력이 기혈을 뒤흔들고 있었다.

검을 빼앗기지 않으려고 필사적으로 손목을 트는 순간 사내 역시 검을 잡으려는 의도를 접고 검신을 강하게 두들겨 응수해 온 것이다.

사내가 최소한 자신보다 한 수 위였다는 생각이 이제 최소한 두 수라는 생각으로 바뀌었다.

자신의 순간적인 반응보다 더 찰나적인 순간에 사내는 훨씬 더 효과적이고 강력하게 대응했다.

나지강은 눈살을 찌푸리며 사내를 노려보았다.

한차례 격돌 후 다시 느긋한 자세로 바뀐 사내의 입술이 움직였다.

"차츰 알려준다고 했으니 이쯤에서 한 가지 알려주지. 자네는 혼자만 알고 있을 것이라 생각하겠지만 자네가 동방회에 포섭되어 첩자 노릇을 하고 있다는 것을 우리도 알고 있다네."

나지강을 미행한 이유 한 가지를 밝힌 사내는 다시 이를 드러내고 웃었다. 여전히 낯익은 미소였지만 나지강은 이번에는 그걸 느낄 여유를 가질 수 없었다.

"음."

일이 성사될 때까지는 절대로 밝혀져서는 안 될 그 사실을 정체 모를 이자가 알고 있다는 상황에 나지강은 주위를 감싼 어둠보다 더 짙은 경각심을 느끼며 자신도 모르는 사이에 신음을 흘렸다.

그 비밀이 알려진 이상 자신은 지금 지극히 위험한 처지에 놓인 것이다. 이젠 유가검보로 돌아갈 수가 없다. 곧장 동방회로 가야 한다.

물론 그것이 가능하다면.

억지로 마음을 진정시킨 나지강은 황급히 입술을 움직였다.

"대체 그걸……?"

"어떻게 알았느냐고? 그건 나도 모르지. 알 필요도 없고. 나 같은 사람은 위에서 일러주는 대로 '유가검보의 제삼검대(第三劍隊) 소속 향주인 나지강이 동방회에 포섭되었다' 라는 사실만 알면 되는 일이지."

사내는 천천히 얼굴에 피어오른 미소를 지웠다.

"내가 말한 위라는 곳이 어딘지 궁금하지 않나? 그걸 알고 싶으면 다시 검을 휘둘러 보게. 날 잡으면 그것도 알 수 있을 테니까."

사내의 발끝이 좀 전과는 정반대로 슬쩍 움직였다. 마치 재미있는 놀이라도 하듯이…….

당혹감과 의문이 온 뇌리를 가득 채우고 그 감정들과 함께 위기감이 목을 옥죄어오는 기분에 나지강은 혼신의 공력을 모두 끌어올렸다.

자신이 첩자임을 알고 있다면 이자가 자신을 미행한 이유는 충분히 짐작이 갔다.

정체가 탄로난 첩자는 역이용당하든지, 아니면 제거당하든지 두 가지 운명밖에 없으니까.

만약 역이용하려고 했다면 이렇게 막아서지는 않았을 것이다. 이자는 자신을 제거할 마음으로 앞을 막아선 것이리라.

그럼 과연 누가 자신의 정체를 알고 제거하려는 것일까?

나지강은 번개처럼 염두를 굴렸다.

자신이 유가검보를 배신한 사실은 동방회밖에 모른다. 제일 먼저 그들이 자신을 배신했을 경우를 생각했지만 자연히 머리가 저어졌다.

어렵게 자신을 포섭하고 이제부터 본격적으로 써먹으려고 하는 동방회가 자신을 폐기 처분하려고 일부러 정체를 노출시켰을 리는 없을 것이다.

그렇다면 이자가 속한 곳에서 그것을 알아내어 일을 꾸미고 있는 것이 가장 설득력이 있다.

자신의 예상보다 훨씬 철저하던 동방회란 조직, 그런 조직의 비밀까지 캐내고 자신을 제거하려는 조직은 동방회 못지않은 힘을 가졌을 것이다.

그곳이 어딘지 지금으로선 짐작이 가지 않았다. 그리고 이젠 굳이 그걸 알고 싶지도 않았다.

우선은 살아남아야 하는 것이 급선무였다.

앞에 선 사내는 자신을 잡으면 그걸 알려주겠다고 했지만 그걸 알

기회는 없을 것 같았다.

생각을 끝낸 나지강은 땅을 박찼다.

파앗—

발끝에 걸린 돌부리가 튀어 오르며 나지강의 신형이 시위를 떠난 화살처럼 쏘아졌다.

모든 공력을 이 한 번에 쏟아 붓겠다는 의지가 담긴 나지강의 움직임에 어둠이 후욱 밀려나며 사내와의 거리가 순식간에 좁혀졌다.

나지강의 검이 사내의 목을 향해 사선으로 떨어져 내렸다.

수비를 도외시한 일도양단의 공세에 사내는 처음으로 정색한 표정을 지으며 크게 상체를 틀었다.

사내의 신형이 다시 나지강의 공격권을 벗어나자 나지강의 검이 어지럽게 변화를 일으켰다.

유가검보의 삼검대 소속 향주란 호칭이 위명(僞名)이 아니라는 사실을 여실히 드러내 주는 듯 무거운 중검(重劍)에서 신속하게 환검(幻劍)으로 전환되는 현란한 검초였다.

나지강의 검이 사내의 가슴에 있는 여섯 개 대혈을 동시에 노리고 들어가는 순간 사내는 어지럽게 쌍장을 흔들었다.

따다다다당—

쇠망치로 철판을 연속으로 두드리는 듯한 소리가 들리며 빳빳하게 날이 선 사내의 옷소매가 나지강의 검을 모두 쳐냈다. 그리고 그 여세를 몰아 사내의 오른손이 나지강의 가슴을 향해 뻗어왔다.

응조수도 아니고 주먹도 아닌 이상한 형태.

사내의 손은 손목이 부러져 덜렁거리는 것처럼 어정쩡하게 아래로 구부려져 있었다.

억지로 갖다 붙이자면 손을 아래로 잔뜩 구부렸다가 어느 순간 강하게 쳐 올려 손등으로 검을 공격하려는 듯한 모습이었다.

나지강의 검이 구부정한 사내의 손목을 강하게 쳐 나가자 사내의 소매에서 아까 언뜻 보았던 검은빛이 쏟아져 나왔다.

그 검은빛은 순식간에 유형의 물체로 변해 쏟아져 나오고 있었다.

'철조(鐵爪)!'

사내의 손목에서 쏟아져 나온 검은 물체가 시커먼 낫같이 생긴 다섯 개의 검은 손톱이라는 것을 알아차린 나지강은 급히 검을 거두어들였다.

이대로 마주쳤다간 다섯 개의 낫 같은 손톱에 검신이 얽혀 검을 놓치거나 부러지고 말 것이다.

그러나 사내의 철조가 한발 빨랐다.

따당!

철조 끝에 걸린 검신에서 불꽃과 함께 다시 쇳소리가 울렸다.

필사적으로 검을 거두어들이려 했지만 구부러진 철조 끝이 검신을 할퀴며 나지강의 검을 손톱 사이에 가두어오고 있었다.

"타앗!"

나지강은 강한 기합성과 함께 잡아당기던 검을 순간적으로 사내의 가슴을 향해 강하게 찔러 넣었다.

철컥!

기분 나쁜 소리가 다시 한 번 들리며 사내의 왼쪽 손목에서도 똑같은 철조가 튀어나왔다. 그리고 찔러 들어오는 나지강의 검을 밀친 후 복부를 찔러 들어왔다.

"크으윽!"

나지강은 쥐어짜는 듯한 소리와 함께 자신의 복부 깊숙이 박힌 철조를 쳐다보았다.

어둠보다 더 진한 묵빛을 내뿜으며 사내의 손목에서 튀어나온 철조는 얼음 같은 냉기도 같이 뿜었다.

'한철(寒鐵)!'

나지강은 순식간에 자신의 복부가 얼어붙는 느낌에 입술을 달싹거렸지만 그 소리는 입 밖으로 새어 나오지 못했다.

사내의 팔뚝에 두른 비갑(臂匣)에서 튀어나온 철조는 얼음같이 차가운 쇠로 만들어져 순식간에 나지강의 피와 함께 영혼마저 얼려가고 있었다.

"이젠 내 별호와 이름 정도는 가르쳐 주지. 난 빙백마조(氷魄魔爪) 묵시량(墨示梁)이라 하네."

사내는 여전히 빙백마조를 나지강의 복부에 찌른 채 말했다.

전혀 들어보지 못한 이름과 별호였다.

나지강은 그런 의문을 입으로 내뱉지 못하고 눈빛으로 대신했다.

빙백마조에서 뻗어 나온 한기가 점점 짙어져 가닥가닥 찢어진 내장을 얼리고 심맥까지 얼어붙게 만들고 있었다.

"동방회가 이곳에 관심이 있는 만큼 우리도 관심이 있다네."

빙백마조 묵시량은 나지강의 북부에 박힌 마조를 빼내며 답했다.

빙백마조가 복부에서 빠져나가며 심맥까지 얼릴 듯한 한기도 같이 빠져나갔다.

나지강은 털썩 무릎을 꿇었다.

먹구름에 가려졌던 반월이 잠시 환하게 모습을 드러내고 빙백마조 묵시량의 얼굴이 달빛 아래에서 스산한 빛을 뿜으며 드러났다.

그와 동시에 나지강은 사내의 모습에서 내내 의문을 느꼈던 어딘지 낯설지 않음의 원인을 찾을 수 있었다.

사내의 모습은 자신과 너무 닮아 있었다.

처음에는 몰랐지만 지금은 훨씬 더 닮아 있었다. 싸우는 도중에 조금 더 동화된 것 같았다.

낯설지 않은 목소리와 낯설지 않은 미소.

그것은 바로 자신의 것이었다.

"네, 네놈은……?"

경악한 눈을 한 나지강은 필사적으로 입술을 움직였다. 그리고 바닥으로 쓰러졌다.

"자신의 분신을 남기며 사라져 간다면 조금 덜 억울하겠지. 급히 익힌 역용술이라 처음에는 좀 달라 보였을 것이네. 그래서 자네와 되도록 오래 놀아보며 닮으려 했는데 자네 실력이 좀 모자라서 싱겁게 끝났군. 어쨌든 자네의 용모와 목소리, 검술 등을 실제로 겪어보았고 이제 자네의 얼굴 가죽까지 취한다면 훨씬 더 완벽해질 걸세. 아마도 자네 어머니가 아니면 아무도 눈치 못 챌 거야."

빙백마조 묵시량은 이미 혼백이 육신을 떠난 나지강의 시신을 향해 몇 마디 더 중얼거리고는 손바닥을 펴서 부릅뜬 나지강의 눈을 조심스럽게 감겼다.

마치 얼굴에 미세한 생채기라도 날 것을 우려하는 듯이…….

"새벽까지 일을 한 이런 날에는 거나하게 취해 잠자리에 들어 오후 늦게나 일어나는 것이 제격인데 그 당랑 같은 놈 때문에 쉬지도 못하겠군."

어둠 속에 웅크리고 앉아 근 한 시진가량 작업을 한 묵시량은 퉁명스런 목소리로 중얼거렸다.

애초에는 나지강을 제거하는 일 한 가지만이 오늘밤의 임무였지만 한 마리 곰처럼 마차를 막아서고, 마차 지붕에까지 올라가 한바탕 난리를 피웠던 진우청의 정체를 캐내라는 임무 때문에 짜증스러움을 느낀 묵시량은 눈살을 찌푸렸다.

나지강의 얼굴 가죽을 모두 벗겨낸 묵시량은 꾸역꾸역 밀려온 안개에 온몸이 축축하게 젖은 느낌을 받으며 자리에서 일어섰다.

"술이라도 몇 병 챙겨올 걸 그랬나?"

간절한 술 생각에 입맛을 다신 묵시량은 품속에서 하얀색 자기 병 한 개를 꺼냈다.

자기 병 뚜껑을 열고 그 안에 든 액체를 나지강의 시신 위에 골고루 뿌리자 나지강의 시신이 금방 흐물흐물 녹아내렸다. 그리고 흔적없이 땅속으로 스며들었다.

유가검보의 삼검대 소속 향주 나지강은 자신의 보검 한 자루와 인피면구 한 개를 남긴 채 세상에서 흔적없이 사라졌다.

잠시 후, 주변을 꼼꼼히 살핀 묵시량은 나지강이 남긴 두 가지 유품을 챙겨 들고 자욱하게 내려앉은 새벽 안개 속으로 사라졌다.

第四章

호구지책(糊口之策)

호구지책(糊口之策)

"와아—"

"잘한다!"

"그래! 그렇게 날아올라 목덜미를 움켜쥐고……!"

"아이쿠!"

"옳지! 흑오(黑嗚)야, 어서 그놈의 머리통을 쪼개 버려라!"

아직 점심을 먹기에는 좀 이른 시간, 휘주의 시장 한쪽에서는 피 튀기는 대결이 벌어지고 있었다.

각양각색 차림의 구경꾼들은 그 피 튀기는 싸움에 돈을 걸고, 자신들이 돈을 건 대상에게 목이 터져라 응원을 보내고 있었다. 그들의 응원에 기운을 얻었는지 잠시 밀렸던 흑오는 두 다리로 강하게 땅을 박찼다.

흙먼지가 일며 이제껏 밀리기만 하던 몸이 족히 자기 키의 세 배는 넘게 허공으로 날아올라 급전직하로 상대를 향해 떨어져 내렸다.

흑오의 상대인 백룡(白龍)은 대처할 방법을 찾지 못하겠다는 듯 주춤거리며 연신 뒤로 물러났다.

두 날개를 퍼덕이며 뒤로 물러나는 백룡을 향해 흑오는 맹렬히 원앙각을 퍼부었다.

발가락 사이에 예리한 칼날을 꽂은 채 사정없이 뿌려대는 흑오의 원앙각에 백룡의 목덜미에서 선혈이 비치기 시작했다.

"와아!"

한쪽 구석에서 더 큰 함성이 터져 올랐다.

이제껏 밀리기만 하던 흑오가 마지막 한순간 온 힘을 다해 백룡을 공격하자 백룡은 부리나케 도망을 쳤다.

흑오는 잠시 백룡을 쫓다가 의기양양하게 춤을 추며 장내를 한 바퀴 돌았다.

대역전!

덩치도 훨씬 작았고, 싸움이 시작되기 전부터 의기소침한 모습으로 패색이 짙어 보였던 흑오가 마지막 순간에 전광석화 같은 원앙각으로 백룡의 목과 안면을 공격하며 대결을 승리로 이끈 것이다.

"그것 보시오. 그러기에 내가 까만 놈에게 걸라고 하지 않았소."

진우청은 흡족한 표정으로 돈을 세며 낙담한 얼굴을 한 사내에게 핀잔을 주었다.

조금 땄던 돈을 이번 한 판에 왕창 잃은 사내 도종대(陶宗大)는 가슴을 탕탕 치며 한숨을 연신 내쉬었다.

"망할 놈의 닭 같으니라고! 덩치는 두 배로 크고 털에도 윤기가 자르르 흐르더니, 그래, 저 비루먹은 검은 닭을 못 이기고 도망을 친단 말이냐!"

도종대는 자신이 돈을 걸었던 투계(鬪鷄) 백룡을 쳐다보며 고함을 질렀다.

그의 말대로 하얀 털에 기름기가 자르르 흐르는 흰색 닭 백룡은 누가 보아도 최종 승자감이었다.

이제껏 그 상대들은 몇 번의 발길질과 부리질에 힘없이 싸움을 포기하고 활개를 치며 줄행랑을 놓았다. 그에 비해 흑오란 이름의 까만 닭은 며칠 동안 모이 한 줌 못 얻어먹은 것처럼 비쩍 마른 데다가 온몸 곳곳에 털도 빠져 있어 도저히 백룡의 상대가 아니었다.

그런 완벽히 차이나는 외양에 도종대는 진우청의 권유도 무시하고 백룡에게 왕창 돈을 걸었고, 왕창 날린 것이다.

이번 판은 도종대뿐만 아니라 다른 사람들도 대부분 마찬가지여서 흑오에게 돈을 걸었던 몇몇 사람, 특히 몇 판 딴 돈을 왕창 걸었던 진우청은 대번에 주머니가 두둑해졌다.

'이젠 배고플 때마다 장작을 패주거나 주루 바닥을 구르지 않아도 되겠군. 우하하!'

진우청은 불룩해진 주머니를 쓰다듬으며 내심 광소를 터뜨렸다.

아울러 자신의 인식을 조금 바꾸었다.

땡전 한 푼 없이 산을 내려오며, 그리고 용소루에 처음 발을 들여놓고 저녁 밥값 승강이를 벌일 때는 아무리 빈곤하더라도 산골 인심이 낫다는 생각과 함께 이곳에서는 속절없이 거지 신세로 전락할 줄 알았다.

그런데 결과는 오히려 반대였다.

인심은 산골이 훨씬 좋았다.

무전취식 한 끼 했다고 눈을 뽑느니 다리를 하나 자르겠다느니 하는 인간들도 없었다.

그러나 돈을 벌어먹기에는 역시 도심이 나았다.

뜻하지 않은 재인(財人)을 만나 주루 바닥을 한 바퀴 구르며 전광석화같이 챙겼던 은자 세 닢과 동전 다섯 닢.

은자 세 닢은 만일의 경우에 대비해 꼭꼭 챙겨두고 동전 다섯 닢을 종자돈으로 해서 다시 이만큼 벌었다.

주루 바닥을 한 바퀴 구르며 계획대로 점소이와 부딪쳐 뒤로 한 바퀴만 더 굴렀으면 동전 다섯 닢은 더 챙기고 지금 딴 돈도 두 배가 될 일이었지만 그 점소이란 인간이 너무 신속하게 피해 버리는 바람에 동전 다섯 닢을 놓친 것이 좀 아쉬웠다.

그러나 과욕은 언제나 화를 부르는 법. 이것만으로도 한동안은 숙식 걱정 안 해도 된다는 생각이 뱃속을 든든하게 했다.

'그러고 보니 아침을 굶었구나.'

든든하게 생각되었던 뱃속에 급격히 공복감이 찾아왔다.

소나무 가지 위에서 잠을 자고 일어나 아침을 해결하고자 시장을 지나던 길에 투계판을 보고 이제껏 돈 따는 재미에 정신을 팔고 있었던 것이다.

어제저녁 몸이 무거울 정도로 먹은 진수성찬 덕분에 아침을 굶은 것도 잊고 버틸 수 있었지만 더 이상은 무리였다.

"그럭저럭 점심때도 되어가니 어디 가서 만두라도 한 접시 사 먹고 다시 돈을 따봅시다."

몇 번 같은 닭에 돈을 걸며 안면을 튼 도종대의 어깨를 두드리며 진우청은 걸음을 옮겼다.

낙담한 표정의 도종대는 다시 한 번 한숨을 푹 내쉬고는 진우청을 따랐다.

"자네 혹시 꾼 아닌가?"

만두를 먹으며 소채를 집던 도종대는 자신보다 최소한 두 배는 더 먹은 진우청을 향해 질문했다.

자신은 운이 좋아 초반에는 잃은 돈보다 딴 돈이 더 많았지만 막판에 그걸 왕창 날렸다. 그런데 진우청은 처음부터 끝까지 단 한 판도 잃지 않고 딴 것 같았다.

자신이 관심을 가지기 전에는 몇 판 잃었는지 모르겠지만 자신이 주시하고 난 후부터는 단 한 판도 잃은 적이 없었다. 막판의 그 확실해 보이는 판에도 정반대로 걸었다.

"전혀 아닙니다. 이제껏 산속에서만 살았는데요 뭘."

진우청은 그새 만두 한 개를 더 삼키며 도종대의 질문에 답했다. 그리고 또 하나를 집었다.

"이 친구, 먹성 하나는 끝내주는구먼. 하긴 그래야 그 체격을 유지하겠지."

도종대는 새삼 진우청의 근골을 감상하며 고개를 끄덕였다.

"그런데 어떻게 그렇게 족집게처럼 승자를 맞히는가? 특히 그 막판은 누가 봐도 흰 닭이 우세해 보였는데……."

도종대는 다른 건 몰라도 막판에 까만 닭에 돈을 건 진우청의 선택이 도저히 이해가 안 간다는 듯 눈을 가늘게 떴다. 그 눈에는 혹시 무슨 특별한 비결이 아닌 도박판에서 횡행(橫行)하는 온갖 종류의 비리 한 가지쯤에 연루(連累)되지 않았나 하는 빛이 어려 있었다.

"까만 닭이 훨씬 춤을 잘 추더군요."

도종대의 그런 의심과는 전혀 무관한 표정으로 진우청은 불쑥 답했다. 그리고 '이거 안 먹을 겁니까?'라는 극히 형식적인 질문과 함께 마지막 남은 만두마저 깨끗이 처리했다.

"그게 무슨 말인가? 춤이라니? 닭이 무슨 춤을 춘단 말인가?"

자신의 예상과는 전혀 다른 답변에 도종대는 가늘게 만들었던 눈을 번쩍 뜨며 진우청을 쳐다보았다.

"닭이라고 왜 춤을 못 춥니까? 학도 춤을 추고 공작도 춤을 추지 않습니까?"

진우청은 벌컥 물잔을 들이키며 답하고는 꺼억 하고 트림을 했다. 그리고 이젠 세상만사 아무것도 부러울 것이 없다는 표정을 지었다.

"그, 그리고 보니 학이 춤을 춘다는 말은 들어본 적이 있는 것 같네. 하지만 닭이 춤을 춘다는 말은 금시초문일세. 뭐, 열 번 양보해서 닭도 춤을 춘다고 치세. 그런데 그게 싸움에서 이기는 것과 무슨 상관인가?"

도종대는 식사를 마무리하는 것도 잊고 진우청의 얼굴을 뚫어져라 응시했다.

자신으로서는 여전히 이해 불능이었지만 진우청의 표정이 농담이나 거짓말을 하는 것 같지 않았다. 그리고 춤을 잘 춘 닭이 싸움에서 이긴다는 전혀 색다른 발상에 와락 관심이 쏠렸다.

만약 그것이 계속해서 적중해 승자를 정확히 예측할 수 있다면 잃었던 돈을 되찾고 떼돈을 버는 일은 시간문제란 생각이 들었다.

도종대는 뛰는 가슴을 억누르며 진우청의 대답을 기다렸다.

"마지막 판에서 흰 닭이 덩치도 훨씬 크고 힘도 세어 보였지만 싸우기 전에 춤추는 모습은 검은 닭에 비해 훨씬 허술해 보이더군요. 특히 온몸을 감싼 호흡의 색깔은 검은 닭이 훨씬 맑았지요."

진우청은 대수롭지 않은 어투로 말했다.

"대체 그게 무슨 말인가? 호흡의 색깔이라니?"

점점 더 알 수 없다는 얼굴이 된 도종대는 고개만 갸웃거렸다.

"호흡의 색깔이 호흡의 색깔이지 뭐가 더 있겠소."

진우청은 나른한 하품을 토하며 답했다.

"뱀이 밤에 그런 식으로 먹이를 찾는다는 말은 들었지만… 자네가 무슨 뱀이라도 되는가, 그런 것이 보이게?"

도종대는 신기한 물건 보듯 진우청을 쳐다보았다. 그리고 단 한 점도 궁금증이 풀리지 않은 눈으로 보충 설명을 요구했다.

"그러니까 춤을 춘다는 것은 단순히 몸을 흔드는 것이 아니라 한 동작 한 동작에 제각각의 호흡을 불어넣어 그 모든 동작들 역시 제각각 생명을 띠고 살아날 때… 어이쿠!"

본격적인 설명을 해 나가던 진우청은 어느 순간 비명을 지르며 벌떡 자리에서 일어섰다.

설명을 시작하며 무의식적으로 사부의 음성이 떠오르며 자신의 말투 또한 사부와 똑같이 변해 있었다.

그리고 이어지는 사부의 노한 음성.

저녁을 굶거라!

수만 번도 더 들었던 설명과 그 설명 후에 때때로 이어지던 저녁을 굶으라는 창노한 음성이 뇌리에서 되살아나며 진우청은 고개를 두리번거렸다.

"자, 자네, 왜 그러나?"

갑작스런 진우청의 행동에 도종대는 같이 일어서며 말을 더듬었다.

도종대 역시 춤을 설명하던 진우청의 말투가 갑자기 바뀌며 마치 자신에게 하교를 내리는 듯한 모습에 일순 어안이 벙벙하던 참이었다.

"휴우~"

고개를 두리번거리던 진우청은 긴 한숨을 토하며 자리에 주저앉았다.

'아직도 적응이 안 되는구나.'

진우청은 어이없는 표정으로 머리를 흔들었다.

귀에 못이 박혔다는 말은 이런 경우를 두고 하는 말 같았다.

십 년 동안 그 횟수를 헤아릴 수 없을 정도로 들었던 말이 의식의 표면에 딱지처럼 달라붙어 있다가 자신이 인식도 하기 전에 잠꼬대처럼 입 밖으로 튀어나온 것이다.

'그렇다고 어째 말투까지 똑같이 튀어나온단 말인가? 사부가 오신 줄 알았네.'

진우청은 어이없는 표정으로 쓴웃음을 지었다.

무의식적으로 쏟아져 나온 설명과 그 설명이 스스로의 고막을 울려 의식의 창을 두드렸을 땐 정말 사부께서 불쑥 객점으로 들어선 것 같은 착각이 들었다.

평소에 과식을 엄격히 금지시켰던 사부께서 정말 객점에 나타났다면 난리가 났을 것이다.

그리고 족히 며칠을 굶기며 쓰디쓴 가루약을 먹게 했을 것이다.

"휴우~"

다시 한 번 긴 한숨을 토한 진우청은 배를 쓰다듬었다.

아랫배의 포만감이 잠시 혼란을 일으켰던 의식을 현실로 되돌려 놓았다.

"자네 정말 괜찮은가? 무슨 지병이라도 있는 것 아닌가?"

도종대는 심히 걱정되는 눈초리로 진우청의 전신을 훑었다.

땡전 한 푼 없는 자신의 물주가 되고, 잘 구슬리면 떼돈을 벌게 해줄 놈이 몹쓸 병이라도 있어 중요한 순간마다 이런 발작을 일으키면 그야말로 낭패가 아닌가?

그런 걱정이 도종대의 가슴을 눌렀다.

"별일 아니오. 잠시 잊고 있었던 생각이 갑작스레 떠오르는 바람에……."

진우청은 멋쩍은 표정으로 고개를 저었다.

"그런가? 그럼 다행이네. 좀 전엔 정말 놀랐다네. 춤을 설명하던 사람이 갑자기 노인이라도 된 듯 말투가 달라지더니 벌떡 일어서서 사방을 두리번거리질 않나. 그런데 아까 어디까지 설명했었나?"

안심한 도종대는 진우청이 해야 마땅할 대사까지 가로채며 설명을 재촉했다.

"춤을 잘 추는 닭이 왜 싸움에서 이기는가 하는 것을 설명하던 중이었는데 끝까지 설명하자면 길고, 괴팍한 노인네 생각도 자꾸 떠오를 것 같으니 그만둡시다. 어쨌든 외양으로 보아서는 검은 닭이 흰 닭의 상대가 안 될 듯했지만 내가 보기엔 검은 닭이 훨씬 원기가 왕성하고 기세에 맞게 춤을 추더군요. 춤이라는 말이 마음에 안 든다면 걸음걸이라고 해도……."

"마음에 드네."

진우청의 말을 끊으며 도종대는 탁자 밑으로 와락 손을 뻗어 진우청의 손을 잡았다.

도종대의 손에 점점 힘이 들어가며 입가에 굳은 결의가 어렸다.

"우리 잘해보세!"

"뭘 말이오?"

"그러니까… 우리 둘이 힘을 합쳐 이곳의 투계판을 평정해 보세."

도종대는 당장 부자라도 된 것 같은 표정으로 진우청의 얼굴을 향해 더운 입김을 토했다. 그러나 그런 도종대의 열의에 찬 모습과는 달리 진우청의 표정은 뚱하게 변해갔다.

'혼자 해먹기도 모자라는 판에……'

내심 중얼거린 진우청은 미세하게 손을 흔들었다.

진우청의 손에서 절대로 떨어지지 않을 것 같던 도종대의 손이 덧없이 미끄러지며 애꿎은 허공만 움켜쥐었다.

'언제?'

도종대는 탁자 위로 올라와 굳게 깍지를 낀 진우청의 손을 보며 탁자 아래로 고개를 숙였다.

흡사 자라 등을 움켜쥔 것 같은 감촉은 그대로 남아 있건만 자신의 손은 빈 허공만 굳게 움켜쥐고 있었다.

어리둥절해하는 도종대를 향해 진우청이 질문을 던졌다.

"어떻게 힘을 합친단 말이오?"

"그러니까……."

"자금이라도 있소?"

"어, 없네, 지금은."

"좋습니다. 자금은 차후에 어디서 구한다 치고, 그럼 승자를 찍을 기술은?"

"그, 그것도 자네보다는……."

도종대는 입맛을 다셨다. 어리숭한 촌놈이라 잘 구슬리면 될 줄 알 있는데 그게 아닌 모양이라는 생각이 들었다.

"점심도 다 먹었으니 그만 일어납시다."

깍지를 꼈던 손을 푼 진우청이 자리에서 일어섰다. 그리고 계산대로 향했다.

"자, 자네……."

낭패한 표정을 한 도종대가 허겁지겁 진우청을 따랐다.

"자네, 확실히 꾼은 아니군."

객점에서 나와 겨우 진우청을 붙잡아 세운 도종대는 의미심장한 목소리로 말했다.

꾼이 아닌 사실이야 자신의 입으로 처음부터 밝혔기에 도종대의 말이 별로 새로울 것도 없는 진우청은 여전히 퉁명스런 얼굴로 도종대를 쳐다보았다.

"우선 여기 좀 앉지. 투계장에 모여 있던 인간들도 지금쯤은 점심을 먹으러 갔을 테니 시간이 좀 있다네. 그러니 내 말 좀 들어보게."

도종대는 골목 한쪽 양지바른 곳에 넓적한 돌 두 개를 끌어다 자리를 권하며 먼저 주저앉았다.

배도 부르고 판이 다시 설 때까지는 딱히 할 일도 없었기에 진우청은 못 이기는 척 도종대가 마련한 돌 위에 앉았다.

"자네는 투계장에서 돈을 따는 것이 판돈과 승자를 알아낼 수 있는 능력만으로 언제까지나 가능하다고 생각하는가?"

진우청이 옆에 앉자 조금 느긋해진 도종대는 은근한 표정과 함께 말했다.

"그거면 됐지 뭐가 또 있단 말이오?"

어떻게든 자신에게 빌붙어 본전을 만회하고 이익을 보려는 의도가 온 얼굴에 넘쳐흘러 쓴웃음을 자아내게 했지만 그런 감정을 숨기지 못하는 도종대의 모습이 그렇게 밉지 않아 진우청은 슬쩍 장단을 맞추어 주었다.

"그것만으로 돈을 따는 것은 하루도 못 가서 끝이네."

도종대는 침을 꿀꺽 삼킨 후 일장 연설을 시작했다.

"자, 잘 들어보게. 오전 중에 벌어진 몇 판에서 벌써 자네는 내 눈에 들어 이렇게 내가 따라붙지 않았나? 물론 그건 내가 다른 사람보다 한참 높은 식견을 가진 때문이기도 하지. 흠흠, 어쨌든 오후에 몇 판 더 벌어지고 그때도 계속 자네가 따게 되면 나보다 한참 식견이 낮은, 아니, 아예 식견이라고는 없는 놈들도 자네를 눈여겨볼 걸세. 그리고 자네를 따라 돈을 걸고… 그래서 모두들 돈을 따고……. 투계장 관리하는 놈들이 바본가, 계속 그렇게 놔두게?"

도종대는 이건 생각을 못했지 하는 표정으로 진우청의 눈치를 살폈다.

그러고 보니 그건 생각을 못했다. 아니, 생각을 하지 않았다.

천자문은 죽어라 못 외워도 이런 쪽으로는 비상하게 돌아가는 머리가 그런 것 정도도 생각 못할까만은 십 년 동안 동굴 속에서 용무만 추느라 굳어버려 잠시 회전이 멈추었다. 또 이곳에 오래 있으리라는 생각도 하지 않았기에 오늘 오후 이후는 어떻게 되든 상관이 없었던 것이다.

"좋습니다. 그 말은 일리가 있으니 좀 더 들어봅시다."

진우청은 고개를 크게 끄덕이며 경청하겠다는 자세를 잡았다.

도종대의 말이 곧바로 이어졌다.

"그러니까 이 시점에서부터 내 도움이 필요하단 말일세. 이왕 이 길로 발을 들여놓았으니 조금이라도 더 길게 장사를 해야 더 많이 딸 것 아닌가? 그러려면 작전이 필요하다네."

"작전?"

"그렇다네. 작전."

도종대는 의기양양한 표정으로 우두둑 손마디를 꺾었다.

"오후부터 자네는 본전치기만 해야 하네. 한 번 땄으면 한 번 잃고 두어 번 땄으면 한 번 크게 잃고. 그러면 혹시라도 오전에 자네를 주시했던 사람들도 더 이상 자네에게 관심을 두지 않을 걸세."

"그 짓을 왜 합니까? 난 남는 것도 없는데…….."

진우청은 목소리를 높였다.

"물론 자네야 남는 것이 없지만 우리는 남는 것이 있다네. 자네가 조금 잃을 땐 내가 반대로 걸어 훨씬 많이 따고, 자네가 딸 땐 난 또 반대로 걸어 훨씬 적게 잃는다네. 그리고 어쩌다 한 번씩 둘이 같이 따거나 같이 잃기도 한다면 우리가 한패라는 것도 전혀 눈치채지 못할 테고, 결국에 우리는 남는 장사를 하게 된다네."

도종대는 신이 나서 목소리를 높였다.

'굼벵이도 구르는 재주가 있다더니…….'

진우청은 도종대가 말한 '이왕 이 길로 발을 들여놓았으니' 란 말 때문에 썩 내키지는 않았지만 산을 내려오는 도중에 결심한 항주(杭州), 소주(蘇州)도 구경하고 서호(西湖), 태호(太湖)에서 뱃놀이도 하려면 꿍쳐 둔 은자 세 냥으로는 어림없다는 생각과 함께 도종대를 쳐다보았다.

"그것도 길면 꼬리가 밟힐 텐데……."

"물론이지. 하지만 그것 역시 방법이 있다네."

거기까지 말한 도종대는 입을 다물었다. 더 이상의 밑천은 드러내지 않겠다는 모양이었다.

"속는 셈 치고 한번 해봅시다."

진우청은 자리에서 일어서며 오전에 딴 돈을 끄집어냈다.

돈을 본 도종대의 입이 함지박만하게 벌어졌다.

'이왕 이 길로 발을 들여놓았으니 돈이나 왕창 끌어 모으자. 젠장, 어쩌다 이런 한심한 신세까지…….'

진우청은 혹시라도 사부께서 지켜보지 않나 주변을 두리번거리며 점심 값을 계산하고 남은 돈을 세었다.

第五章

동방회（東邦會）

동방회(東邦會)

톡! 톡!

작은 가위 하나가 부지런히 화분 위로 움직이고 있었다.

여러 개의 줄기들과 이파리들이 스쳐 지나가는 가위 아래로 떨어져 내리며 탁자 위에 수북하게 쌓여갔다.

가위가 줄기와 이파리를 잘라낼수록 그것들이 잘린 화초는 앙상해져 가고 볼품이 없어져야 하건만 화분은 처음보다 훨씬 화려하고 풍성한 생명력을 담고 있었다.

사각—

톡!

가위는 계속해서 마술을 부렸다.

한 개의 화분이 다 정리되고 나자 화초는 새로 태어난 듯 자태를 뽐냈다.

가위를 잡은 손이 다른 화분으로 옮겨졌다.

그대로 놔두면 며칠이 지나지 않아 시들어 버릴 것 같아 보이던 장미가 익숙한 가위질에 서서히 생기를 띠기 시작했다.

우중충한 빛을 뿜고 있던 장미 네 송이는 불필요하게 자란 줄기들과 이파리들의 제거로 인해 활짝 웃음을 터뜨렸다.

가위를 든 여인의 손이 다시 다른 화분으로 옮겨졌다.

아무렇게나 자란 철쭉 몇 송이.

장미처럼 시들어 보이지는 않았지만 줄기와 꽃, 이파리들의 부조화로 철쭉 특유의 빛이 바랜 느낌이었다.

여인은 가위를 움직였다.

얼마의 시간이 지나지 않아 철쭉은 궁장여인처럼 화려하게 피어났다.

화분들의 손질을 다 마친 여인은 손에 든 가위를 탁자 위에 놓고 화분들을 옆으로 밀었다.

화분에 밀린 가위가 탁자 끝에 위태롭게 걸려 있다가 마침내 아래로 떨어졌다.

탁자 아래 바닥에는 유달리 헐렁한 치맛자락이 펼쳐져 있었고, 탁자에서 떨어진 가위는 그 치마 끝 부분에 자리를 잡았다.

치마 끝에 떨어진 가위를 잠시 응시한 여인은 머뭇거리는 손으로 치맛자락을 잡아당겼다.

치맛자락이 움직이자 성숙하고 풍만한 허벅지가 있어야 할 곳이 홀쭉하게 가라앉아 있었다.

여인이 조금 더 치마를 잡아당기자 바짓단이 드러나고 바짓단 안으로 앙상한 다리의 윤곽이 같이 드러났다.

여인의 치맛자락을 가라앉게 한 이유는 그것이었다.

바지 속에 감춰져 있었지만 여인의 다리는 기형적으로 뒤틀리고 고목의 가지처럼 앙상하게 말라 있다는 것을 알 수 있었다.

'잘라 버리고 싶어!'

화초의 가지를 잘라 화려하게 피어나듯이 자신의 다리도 그렇게 잘라내고 활짝 핀 꽃처럼 화려한 여인, 아니, 다리 병신이 아닌 평범한 여인으로라도 다시 태어날 수만 있다면…….

가위를 든 여인의 손이 흐느끼듯 아래로 떨어졌다.

*　　　　　*　　　　　*

휘주현 복판보다는 외곽인 신안강 쪽으로 더 가까운 곳에 자리한 인가장(印家莊)은 인근 최고의 상인 가문이다.

유가검보가 이곳에서 몇 대에 걸쳐 무가로서 확고부동한 위치를 차지하고 있다면 인가장의 선조들은 일찍부터 상술을 배우고 이윤을 축적하여 최근에 이르러서는 유가검보에 필적할 만한 위세를 떨치고 있었다.

인가장의 장주 인가덕(印嘉德)은 아들과 마주 앉아 있었다.

두 사람 사이에는 고급스러우면서도 고풍스러운 침향목 탁자가 가로놓여 있었고, 그 위에는 역시 고급스러우면서도 고풍스런 찻잔 두 개가 용설차를 가득 담은 채 다향을 뿜어내고 있었다.

인가장의 모든 대소사를 의논하는 집무실이었다.

여러 가솔들과의 전체회의는 중앙에 있는 커다란 정방형 탁자에서 이루어졌지만 두 부자만의 대면은 집무실 한쪽 구석에 따로 마련된 작은 공간에서 이루어졌다.

"동방회에서 왜 그 계집에게 관심을 갖는단 말인가?"

인가덕은 고개를 두어 번 가로젓고는 독백처럼 중얼거렸다. 그리고는 미간을 좁히며 동방회의 움직임을 추측하려 애쓰고 있었다.

"그 다리 병신 계집에게 동방회에서 관심을 가질 만한 무슨 특별한 것이 있단 말인가?"

인가덕의 목소리가 다시 독백으로 허공에 흩어지려는 순간 냉막한 목소리가 화답을 하고 나왔다.

"동방회의 요구대로 그 계집을 끌어들이고 나면 자연히 알게 되겠지요."

인가덕의 살찐 얼굴과는 달리 얇은 입술과 그 입술 끝에 걸린 조소 어린 기운은 마주 앉은 청년 인장호(印場壺)의 성격을 단적으로 드러내 주는 듯했다.

"그야 그렇지만 한발이라도 앞서 주변 상황들을 예측하는 것이 그만큼 유리하니 하는 말이다."

인가덕은 찻잔을 들어 입에 대고 천천히 한 모금 삼켰다. 그러는 와중에도 그의 뇌리에는 복잡한 생각들이 이리저리 얽혀지고 있었다.

그동안 은밀하게 많은 일들을 해왔다.

그 일의 대부분은 동방회의 지시대로 움직이는 것이었지만 아무도 눈치채지 못하게 소리없이 움직이며 이만큼 준비한 공이 결코 작다고 할 수 없을 것이다.

그리고 그 수고가 큰 만큼 그 대가 또한 클 것이다.

'이번에야말로…….'

가슴 벅찬 상념과 함께 찻잔을 내려놓는 인가덕의 손에 자신도 모르는 사이 힘이 들어가 침향목 탁자가 투닥 하고 비명을 질렀다.

인가덕은 그 소리도 듣지 못한 듯 계속 생각에 잠겼다.

오랫동안 유가검보에 밀려 이곳의 질 좋은 옥 광산과 채석장들, 그리고 다른 상권들을 이 할도 제대로 차지하지 못했다.

그 결과, 가까운 곳의 이익을 잡지 못하고 먼 곳에 가서 이익을 취해오는 어려움이 실로 컸다.

그러나 이젠 기회가 왔다.

동방회의 요구를 들어주고 그들의 힘을 빌려 유가검보의 기세를 꺾고 나면 이곳의 이권은 훨씬 더 많이 인가장으로 넘어오게 된다.

늑대의 힘을 누르고자 호랑이를 이용하는 격이지만 동방회는 어차피 자신들과는 격이 다른 거대한 호랑이로 이곳의 이익에 연연할 집단이 아니다. 이곳에 지부를 설치하고 무엇인가 다른 일을 벌이려는 그들을 최대한 이용하여 자신의 목적을 이루면 되는 것이다.

짧은 상념을 끝낸 인가덕은 아들 인장호를 쳐다보았다.

"그 계집을 끌어들이는 일은 어떻게 처리할 생각이냐?"

"정중히 제안을 거절해 왔으니 이젠 당근을 제시해야지요. 그 계집에게 있어 자기 체질을 고칠 수 있다는 것은 무엇보다 큰 유혹이 되겠지요."

언제나와 마찬가지로 아들의 답변은 즉각적이었다.

인가덕은 아들 인장호가 매사를 너무 자신만만하게 생각하는 것 같아 약간은 신경이 쓰였지만 집요한 천성이 그것을 보완해 주었기에 큰 걱정은 하지 않았다.

"그것도 안 통하면?"

"그럼 당연한 순서로 질긴 채찍이 가차없이 휘둘러지겠지요."

인장호의 입술 끝이 말려 올라가며 비릿한 미소가 얼굴 전체로 퍼져 나갔다.

"신중에 신중을 거듭해야 한다. 이번 현성비무대회가 끝나기 전까지는 우리가 모든 일을 주도하고 있다고 생각하게끔 해야 한다. 동방회는 그냥 같은 상인 가문인 우리를 돕기만 하는 것으로 믿게끔 해야 한다는 말이다."

인가덕은 엄한 목소리로 말했다.

"물론입니다. 그리고 현성비무대회가 끝날 때까지는 아직 시간이 있으니 그 계집 일은 전적으로 제게 맡겨주십시오. 약도 못 구한다면 더 이상 버티지 못할 것입니다."

인장호가 얼굴에 퍼졌던 비릿한 미소를 지우며 답했다.

*   *   *

"칠 대 삼으로 하기로 하지 않았소?"

진우청은 뱁새눈을 뜨며 도종대를 쳐다보았다.

도종대의 작전과 진우청의 능력이 어우러져 이틀째 투계장에서 돈을 땄고, 그 돈을 시장 한쪽 아무도 없는 골목에서 처음의 약속대로 배분하고 있었다.

"그렇지. 자네가 칠, 내가 삼. 그런데 왜 그러나?"

"내게로 올 돈이 아저씨 쪽으로 한 푼 더 간 것 같은데요?"

진우청의 말에 도종대가 움찔 동작을 멈추었다.

'징그러운 놈. 그걸 언제 보고.'

도종대는 겉으로는 태연함을 가장했지만 내심 깜짝 놀랐다.

동전 한 닢 정도야 까닥하면 잘못 셀 수도 있는 일이니 실수라고 딱 잡아떼며 돌려주면 되는 것이다. 문제는 수십 년 동안 단련된 손놀림으로 한 푼 더 챙긴 것을 귀신같이 알아보는 진우청의 눈썰미였다. 그런 눈썰미가 지속된다면 덤으로 얻는 이익은 포기해야 하는 것이다.

"그럴 리가 있나, 분명히 맞게 세웠는데?"

도종대는 고개를 갸웃거리며 동전들을 다시 세었다. 그리고는 어색한 미소를 지었다.

"자네 말이 맞군. 돈이 막 굴러들어 오다 보니 셈하는 데도 실수를 하는군. 미안하이."

정식으로 사과한 도종대는 자신의 왼쪽 손바닥에서 동전 한 닢을 집어 진우청에게 건네주었다.

"이왕이면 반짝반짝 빛나는 것으로 주시오."

도종대가 주는 동전을 거절한 진우청은 도종대의 왼손을 향해 손을 뻗었다.

동전 한 닢을 쥐는 순간 진우청의 손가락이 빠르게 움직이며 도종대가 자신의 몫을 한 푼 더 챙겨가던 손놀림을 그대로 흉내 내었다.

도종대의 몫에서 동전 두 개가 더 진우청의 손으로 빨려들었다.

'괜찮은 수법이군. 언젠가 크게 한 번 써먹어야겠어.'

진우청은 얼른 자신의 몫에 두 닢을 합쳐 돈주머니 속으로 집어넣었다.

진우청이 자신의 수법을 그대로 따라 했지만 진우청과는 달리 전혀 눈치채지 못한 도종대는 여전히 미안하다는 표정과 함께 자신의 몫을 챙겼다.

"다시 한 번 계산이 틀리면 그때부터 동업 관계는 끝이니 알아서 하시오!"

진우청이 쐐기를 박듯 말하자 도종대는 크게 고개를 끄덕였다.

"돈이 많아 실수를 했다고 하지 않았나. 그건 그렇고……."

도종대는 어색한 상황을 어서 벗어나려는 듯 말머리를 돌렸다.

"이제부터는 판을 바꾸어야 할 단계라네."

"판은 왜?"

"내가 며칠 전에 말하지 않았나? 진짜로 큰 판은 닭 싸움판이 아니라 사람 싸움판이라고. 내일부터는 그걸 준비해야 하네. 닭 싸움의 승자도 귀신같이 알아맞히는 자네이니 사람 싸움의 승자를 알아맞히는 것은 식은 죽 먹기가 아니겠는가? 게다가 판돈은 수십, 아니, 최소한 수백 배로 크니 그야말로 꿩 먹고 알 먹는 격이지. 안 그런가?"

도종대는 생각만 해도 가슴이 벅차 오르는지 숨을 길게 들이마셨다.

이곳 시장 한쪽에서 열리는 닭 싸움판은 이틀 후 신안강 강변에서 열리는 비무대회에 비하면 그야말로 새 발의 피 수준이었다. 해마다 그곳에서는 큰 판이 벌어졌지만 푼돈 몇 푼 가진 자신으로서는 꿈도 꾸지 못할 일이었다. 예전엔 몇 번 어렵게 목돈을 마련해 참여해 보기도 했지만 단 한 번도 꿈을 이룰 수가 없었다. 억세게 재수가 좋아야 본전치기였다. 이젠 더 이상 그럴 기회는 없을 것이라 체념하며 이런 작은 판만 기웃거렸는데 하늘이 도왔는지 이상한 감각 기관을 지닌 인간을 만나 실로 오랜만에 목돈을 움켜쥐었다. 물론 목돈이라고 해봐야 그곳에 가면 딱 한 번 걸 수 있는 액수밖에 되지 않았지만 정말 기쁜 것은 걸 때마다 그 목돈이 두 배로 불어날 확실한 패가 있다는 것이다.

"현성비무대회 말이오?"

진우청은 며칠 동안 이곳 사람들 입에 쉼없이 오르내리는 말을 떠올리며 물었다.

"그렇다네. 그곳에 가면 정말로 한밑천 크게 잡을 수 있다네. 매년 개최되는 연례행사지만 동방회의 지부가 이곳에 설치되며 다른 해와는 비교할 수 없을 만큼 판이 커졌지. 아이구! 생각만 해도 가슴이 다 떨리는구먼."

도종대는 온몸을 부르르 떨며 혹시라도 진우청이 동업 관계를 청산하자고 하지나 않을까 진우청의 눈치를 살폈다.

'사람 싸움판이라……'

진우청은 속으로 중얼거리며 잠시 눈을 몇 번 끔벅거렸다.

그동안 자금을 불리는 일에 매진하느라 나흘이 훌쩍 흘러갔다.

애초에는 이곳에서 이렇게 머무를 것이라곤 생각지 못했다.

산을 내려오면서 되도록 집과 먼 쪽, 그리고 유람하기 좋은 곳이 어딘지 생각하다가 언젠가 들은 적이 있는 항주와 소주란 곳이 떠올랐기에 그곳을 향해 무작정 발길을 옮기던 중이었다.

그런데 이곳에서 뜻하지 않게 나흘씩이나 묵게 되었다.

나흘이란 기간을 생각하던 진우청의 뇌리 속으로 십 년이란 기간이 겹쳐 왔다.

그러자 나흘이란 시간은 미세한 먼지가 되어 흔적없이 사라져 버렸다.

'어디서든 십 년만 축내면 되는 일. 여기서 얼마간 더 시간을 보낸들 무슨 상관이랴.'

그런 생각과 함께 진우청은 가슴을 쭉 펴고 오른손으로 왼손 손가락을 감싸 쥐었다.

진우청의 오른손에 힘이 들어갔다.

'결정적으로 수십 배는 더 큰돈이 굴러들어 온다는데…….'

우두둑!

진우청의 손가락 마디가 꺾여지며 관절이 부딪치는 경쾌한 소리가 울려 퍼졌다.

"이곳 현성비무대회는 처음에는 그렇게 큰 판이 아니었지."

시장 구석 싸구려 객점의 어느 실내에서 저녁을 들며 도종대의 설명이 이어졌다.

도종대 옆에는 세 명의 사내들이 같이 자리하고 있었다.

부피 자람만 열심히 하고 길이 자람은 등한시한 듯 쌀자루 모양의 몸매를 한 마정기(馬丁其)와 절간에서도 고깃국을 도맡아 얻어먹을 능력이 눈동자에 철철 흘러넘치는 석만봉(石萬奉), 그리고 힘깨나 쓰게 생긴 심충열(沈忠熱)은 보다 큰 판을 위한 동업자로 도종대가 은밀히 끌어들인 사람이었다.

투계판에서는 진우청과 도종대 두 사람만으로도 충분했지만 현성비무대회는 동업자가 더 있어야 완벽한 작전과 고소득이 가능하다는 설명과 함께 도종대는 저녁 내내 뛰어다니며 이들을 모았던 것이다.

"누가 주도했는지는 모르겠지만 처음 시작은 휘주 인근 사람들의 우의를 다지는 차원에서 격년제로 봄에 열리던 친목 행사 수준이었는데요 몇 년 사이에는 급격히 세력을 키운 인가장의 가세로 인해 판도 커지고 매년 열리게 되었지."

도종대는 술을 한 잔 따라 벌컥 들이키고는 계속 설명을 했다.

"그런데 올해는 또 그 양상이 백팔십 도로 달라졌단 말일세."

그 자세한 내막을 모르는 사람은 진우청뿐이었으므로 도종대는 진우청을 집중적으로 쳐다보며 설명했다.

"몇 달 전 동방회가 이곳에 지부를 설치한 후 이곳 사람들에게 확실한 인상을 심어주고 싶었는지 물주가 되어 큰 상금을 걸었단 말일세."

"동방회? 동방회가 뭐 하는 곳이오?"

동업자가 많아지고 결과적으로 자신의 몫이 줄어들 수밖에 없다는 생각에 저녁 내내 뚱한 표정을 짓고 있던 진우청은 퉁명스럽게 질문을 던졌다.

이곳에 머물며 동방회란 소리를 몇 번 들었지만 판돈과는 전혀 상관이 없었기에 무시하고 있던 단어였는데 비무대회의 물주라는 말에 비로소 관심이 쏠린 것이다.

"동방회가 뭐 하는 곳이냐고? 자네, 농담도 잘하는구먼. 하하!"

진우청이 동방회의 정체를 묻자 세 사람은 진우청을 무슨 이상한 동물 쳐다보듯 하다가 땅딸보 마정기가 결국 웃음을 터뜨렸다.

"모르니까 모른다고 하지 괜히 이러겠소?"

진우청은 여전히 퉁명한 목소리로 말하고는 인상을 더욱 찌푸렸다.

여덟 살을 갓 넘긴 나이에 집에서 쫓겨나다시피 하여 황산에 올랐고, 십 년 동안 죽도록 용무만 추다가 아무런 준비도, 세상에 대한 사전 지식도 없이 그곳에서도 다시 쫓겨났으니 동방인지 서방인지 알 게 뭔가.

두 번의 전혀 예측치 못한 추방 덕분으로 하남에서 손꼽히는 거부 진장월 대인의 둘째 아들에서 이곳 시장 바닥 야바위꾼으로 전락한 신세 때문에 슬슬 기분이 나빠지려는 찰나 절간에서도 고깃국을 얻어먹게 생긴 석만봉이 핵심을 찌르는 질문을 던졌다.

"자네 혹시 한 십 년 입산수도라도 하고 온 건가?"

질문은 그렇게 했지만 석만봉은 자신의 질문에 대해서 한 푼의 가치도 부여하지 않고 있는 눈빛이었다.

"이 친구는 내가 가르쳐 주지도 않았는데 그걸 알아채는구먼. 하긴 십 년 동안 산에만 있다 왔으니 모를 만도 하지."

석만봉을 보며 신기해하던 도종대는 진우청을 보며 고개를 끄덕거렸다.

"저, 정말 그런가?"

석만봉은 봉 잡았다는 눈빛과 함께 도종대를 쳐다보며 물었다.

"쓸데없는 소리들 그만 하고 동방회니 뭔지 하는 곳에 관해서 설명이나 마저 해주시오!"

석만봉의 눈빛을 읽은 진우청이 소리를 높였다.

"동방회를 모른다면 자넨 지금 세상을 사 등분하고 있는 네 개의 하늘에 대해서도 모르겠구먼?"

진우청이 고개를 끄덕이자 이번에는 도종대 대신 석만봉이 설명을 시작했다.

"세상을 사분하고 있는 네 개의 하늘은 동방회와 서왕문(西王門), 남패천(南覇天), 북제성(北帝城)이라네. 물론 구파일방이나 절곡 어느 곳에 존재를 숨긴 신비 문파, 또는 모든 중원세가들이 몽땅 몰려나와 피터지게 싸운다면 그 구도가 바뀔지는 모르겠지만 지금 현재로서는 그네 개의 세력이 중원무림을 사 등분하고 서로 팽팽하게 대치하고 있다네."

석만봉은 잠시 말을 맺고 본격적인 설명을 하기 위해 술 한 잔으로 목을 축였다. 그리곤 긴 설명의 전주곡을 울렸다.

"우선 제일 신비스런 북제성은……."

"아, 그딴 것 모두 알면 머리 복잡하니 이번 판의 물주인 동방회에 대해서나 말해 보라니까 그러네요! 아울러 상금이 얼마고 판돈은 얼마나 쓸어올 수 있는지도."

"쿨럭!"

진우청의 말에 혹시라도 나중에 일이 잘못되면 뒤처리를 담당할 역할을 맡은 힘깨나 쓰게 생긴 사내 심충열이 사레가 들린 듯 마시던 술을 뿜어냈다.

잔뜩 구겨지던 석만봉의 얼굴이 심충열의 입에서 뿜어져 나온 술 세례로 완전히 우거지상이 되었다.

이런 얘기라면 백번을 해도 싫증이 나지 않았고, 듣는 사람들 역시 백번을 다시 들어도 새삼스럽다는 표정으로 눈을 반짝였는데 진우청의 눈에는 짜증과 권태감만 덕지덕지 묻어 있었다.

네 사람은 잠시 말문을 닫았다.

"말이야 바른 말이지, 다른 것까지 알아서 뭐 하겠나? 지금은 판돈과 어떻게 하면 그 판돈을 최대한 많이 긁어오느냐가 중요하지. 그게 우리가 여기 모인 목적이고."

잠시 후, 덩치 큰 사내 심충열이 웃음기를 다 닦아내지 못한 얼굴로 진우청의 말에 동의했다.

"현재 중원을 지배하는 네 개의 하늘 중 하나가 동방회라네."

반쯤 돌아앉았다시피 한 석만봉을 대신해서 도종대가 다시 설명을 이어갔다.

"동방회는 물자가 풍부한 항주, 소주를 근거로 막대한 부를 이룬 상인들의 연합회인데 워낙 엄청난 부와 재력 덕분으로 무명(武名)이 쟁쟁한 남패천, 서왕문, 북제성과 함께 네 개의 하늘 중 하나로 불리고 있다네. 그러던 그들이 몇 년 전인가부터 소주에 총단을 세우고 암암리에 무력까지 키웠다네."

도종대의 표정이 약간 굳어졌다.

상인 연합체가 무력까지 갖춘다는 건 세상이 어떻게 돌아가든 상관 없는 하류 인생인 자신이 느끼기에도 뭔가 심상찮아 보였기 때문이다.

"재산이 많은 사람들은 그 재산을 지키기 위해 당연히 무사들을 고용하고 무장(武裝)을 하지만 최근에 들어 동방회의 움직임은 그 정도가 지나치다는 소문이 돈다네. 그러니 그들이 이곳에 동방회 지부를 세우는 것도 무슨 다른 목적이 있지 않나 의심하는 사람들도 제법 있다네."

도종대는 침을 한 번 삼킨 후 설명을 이었다.

"겉보기로는 상인 연합회인 동방회가 인가장과 연계하여 이곳에도 상점 하나를 열어 장사를 하는 격이지만 최근 그들의 색깔이 상인 연합회의 색깔만이 아니니 이곳의 유가검보와 몇몇 무도관, 무가들의 신경이 날카롭지."

'유가검보?'

하품만 하던 진우청은 유가검보란 말에 조금은 관심이 간다는 표정이 되어 고개를 들었다.

며칠 되진 않았지만 이곳에서, 그리고 안휘성 전체에서도 제일 큰 검가인 유가검보는 자연히 알게 되었다. 또한 유가검보는 유화성의 가문이라는 것도.

진우청은 이곳에 온 첫날 용소루에서 자신의 저녁 값을 주루 바닥에 흩뿌리며 이곳은 있을 곳이 못 되니 한시라도 빨리 떠나라던 유화성의 말을 떠올렸다. 그 말은 지금 도종대가 설명한 이곳 상황과 무언가 연관이 있는 것도 같았다.

'맹탕 주정뱅이에 폐인은 아닌 모양이군.'

진우청은 술에 찌든 유화성의 모습을 생각하며 내심 피식 웃음을 흘렸다.

　잔뜩 취한 모습이 폐인이나 다름없어 보였지만 그는 자신의 물주였다. 그가 던져 준 돈 때문에 저녁도 실컷 먹었고, 그것을 밑천으로 자산을 불려 나가는 중이었다.

　"동방회의 그런 움직임은 또한……."

　"어쨌든 우린 판이 커져서 좋은 것 아니오? 비무대회에 걸린 상금이 얼마고 도박판에서 끌어 모을 수 있는 판돈이 얼만지 그것이나 알려주시오, 밤도 깊어가는데."

　잠시 관심을 보이던 진우청은 도종대의 이야기가 길어지려 하자 다시 싫증난 표정을 지으며 주된 관심인 상금과 판돈의 크기만 알려주기를 재촉했다.

　"승자에게 돌아갈 상금은 은자로 일만 냥일세."

　헛기침을 한 번 한 도종대는 현성비무대회의 상금을 밝혔다.

　"그럼 도박판으로 흘러들어 올 판돈은?"

　진우청의 눈이 반짝 빛나며 도종대의 입술에 시선이 고정되었다.

　"상금이 그만하면 출전자도 많아질 것이고 자연 판돈도 눈덩이처럼 불어 모두 따지면 은자 이천 냥은 될 걸로 짐작되네."

　"그럼 거기서 우리가 끌어들일 수 있는 금액은 얼마나 됩니까?"

　진우청의 눈이 점점 더 강렬한 빛을 발했다.

　"글쎄, 작전을 잘 짜고 자네가 승자를 구 할 이상 맞춘다면 우리가 벌어들일 수 있는 돈은 이백 냥 정도."

　"이백 냥?"

　이천 냥이란 말에 강렬해졌던 진우청의 눈빛이 이백 냥이란 말과 함께 십분지 일의 밝기로 줄어들었다.

"그럼 그중 내 몫은……?"

실망한 표정을 하던 진우청이 최후의 질문을 던졌다. 그러자 이제껏 잘 설명하던 도종대도 입을 다물고 다른 사람들도 표정을 굳혔다.

그들 네 사람의 표정에 점점 사나운 기운이 번져 갔다.

"내가 뭘 잘못 물었습니까?"

진우청은 슬쩍 눈살을 찌푸리며 네 사람을 번갈아 쳐다보았다.

네 사람이 만든 지금의 싸늘한 분위기는 다분히 의도적으로 연출한 것이란 판단이 들었다.

며칠 동안 뒷골목만 돌아다니며 자신과 도종대처럼 편을 짜고 다른 종류의 도박을 하는 사람들도 더러 보았다.

그들은 하나같이 몫을 나누는 자리에서만큼은 가장 친한 동료끼리라도 안면을 굳히며 한 푼이라도 자기 몫을 더 올리려 했다. 그리고 몫을 결정한 후엔 언제 그랬냐는 듯 어깨를 마주하고 술집으로 갔다.

좀 순진한 사람들은 열심히 노력하고도 막판의 그 분위기에 위축되어 자기 몫을 다 챙기지 못하는 것을 보았다.

아마 이들도 자신을 순진한 촌놈으로 보고 최대한 위축되기를 기다리고 있는 것 같았다.

그러나 날 때부터 순진하지 않은 놈이 이런 중요한 판국에 와서 억지로 순진해질 수야 없지 않은가?

진우청은 네 사람의 몸에서 풍기는 기운이야 어떻든 계속해서 재촉의 눈빛을 보냈다.

"자네, 어린 사람이 너무 밝히는구먼. 이런 이야기는 술을 좀 더 마시고 좀 더 친해지고 나서 거론해야 하는데 말일세."

덩치 큰 심충열이 최대한의 저음으로 느릿하게 말했다.

"안 그래도 머리가 복잡해지려는데 더 마셨다간 아예 계산이 안 될지도 모르니 하는 말이지요!"

진우청은 호기롭게 술 한 잔을 더 벌컥 들이키며 언성을 높였다.

자신들 네 사람의 합공에도 전혀 위축될 기미가 없어 보이는 진우청을 향해 도종대는 한숨을 내뿜었다. 그래도 다른 세 사람보다는 진우청과 며칠을 같이 지낸 도종대가 진우청의 본성을 제일 많이 파악하고 있었다.

"충열이 자네 말도 맞지만 맑은 정신에 확실히 해두자는 이 친구 말도 일리가 있네. 혹시라도 이 친구가 술에 취해 오늘 일을 기억 못하고 막판에 가서 일 할 정도 더 내어놓으라면 어쩔 것인가? 그럼 더 골치 아파지지 않겠나?"

그렇게 시작된 협상의 줄다리기는 근 반 시진을 끌었다.

처음에는 이 할씩 다섯이 똑같이 나누자는 의견이 나왔지만 씨도 먹히지 않자 진우청이 삼 할, 나머지 칠 할을 네 사람이 나누자는 수정안도 나왔다.

여전히 의견 차는 좁혀지지 않았다.

"몸도 뻐근한데 자네 나하고 팔씨름 한 판 할 텐가?"

지루한 협상 도중 제일 말수가 적던 심충열이 진우청을 향해 불쑥 팔을 내밀었다.

더 이상 이러면 무력 행사라도 하겠다는 간접적인 의사 표시였다.

진우청은 와락 귀찮은 생각이 들었다.

이러느니 동업이고 뭐고 다 때려치우고 혼자서 도박을 하고 싶었다. 그러나 그것 또한 쉽지 않은 일일 것 같았다.

처음부터 얽히지 않았으면 모르되 이곳에서 도박을 하는 한 이들은 자신을 따라다니거나 끝까지 옆에서 얼쩡거리며 귀찮게 굴 것이다.

애초에 기를 꺾어놓거나 잘 구슬리다 결정적인 순간에 뒤통수를 치는 것이 나을 것이다.

진우청은 슬쩍 심충열의 팔뚝을 쳐다보았다.

통나무 같은 굵기에 힘줄이 툭툭 불거져 나와 웬만한 사람 같으면 보는 것만으로도 패배를 의식할 만한 팔뚝이었다.

진우청은 내심 고소를 지었다.

힘쓰는 일이라면 누구보다 자신있었다.

입산하여 물지게를 처음 지고 비탈길을 오를 때는 손을 발처럼 해서 네 발로 기어다녔다.

물이야 쏟아지든 말든 맨몸으로 올라다니기도 힘든 길이었기에 그럴 수밖에 없었다.

그런 힘든 수련과 함께 두 발로 걸어다니게 될 때쯤에는 두 손은 물지게의 중심을 잡는 데 사용했다.

물지게의 하중을 지탱하며 비탈길을 오르내리던 다리가 더 많이 단련되었겠지만 춤을 추듯이 흔들리는 물지게의 중심을 잡던 팔뚝도 결코 다리 못잖게 단련되었다고 자부한다.

그런 수련을 십 년 동안 단 하루도 쉬지 않고 한 자신인데 팔씨름이라고 겁날 게 없다.

특히 용무를 추면서 사부께서 수없이 호통을 치며 가르쳐 주신 호흡을 조절하면 본신의 힘 이상도 끌어올릴 수 있다.

"일 할을 걸고 승부를 합시다. 아저씨가 이기면 내가 삼 할을 받아들이고 내가 이기면 내가 사 할을 가진다는 조건을 네 분들이 받아들이기로."

진우청의 제안에 네 사람은 서로의 얼굴을 쳐다보았다.

네 사람의 얼굴에 득의에 찬 미소가 번져 나갔다.

다른 건 몰라도 팔씨름만큼은 인근에서 심충열을 이길 사람이 없었다.

신체적인 조건으로 봐서도 그랬다.

진우청의 근골도 좀처럼 보기 힘든 수준이었지만 상체와 팔뚝만큼은 심충열이 오히려 우세해 보였다.

진우청의 몸은 통나무 같으면서도 키가 커서 전체적으로 균형이 잡힌 반면 심충열은 진우청보다 머리 하나 정도 작았지만 상체가 두꺼웠다. 특히 팔뚝은 도종대의 허벅지만큼이나 비정상적으로 굵었다.

이런 체형은 팔씨름에서는 거의 독보적인 힘을 자랑하는 법이다.

"그렇게 하지!"

심충열이 호쾌한 대답과 함께 탁자 위에 있는 술잔들을 치운 다음 팔을 올렸다.

솥뚜껑만한 손이 당장이라도 진우청의 손을 잡아 으스러뜨릴 듯 아가리를 벌렸다.

턱!

진우청도 소매를 걷고 탁자 위에 팔을 올렸다.

손의 크기 역시 상체와 비슷했다.

전체적으로는 진우청의 손이 커 보였지만 심충열의 손은 더 두꺼웠고 손가락 역시 더 굵었다. 투박하고 거친 손바닥과 굵은 손가락은 마치 팔씨름을 위해 태어난 사람 같았다.

두 사람은 천천히 서로의 손을 잡아갔다.

"푸하하!"

두 사람의 손이 맞잡히자 땅딸보 마정기가 웃음을 토했다.

"왜 그러나, 자네?"

마른침을 삼키던 도종대가 눈살을 찌푸리며 마정기를 쳐다보았다.

"아, 글쎄, 이 친구 둘이 탁자에 손을 올리니까 만봉이 저 사람 얼굴이 완전히 가려져 하나도 안 보이질 않나. 쿡쿡!"

"사람 참, 지금이 농담할 땐가?"

쥐눈을 한 석만봉이 작은 얼굴을 찌그러뜨리며 볼멘소리를 질렀다.

그러는 사이 두 사람의 맞잡은 손아귀에 서서히 힘이 들어갔다.

"이상한 느낌이 들면 바로 얘기하게. 괜한 고집 피우다가 탁자에 처박힐 때까지 가면 손목이 부러지는 수도 있으니까 말일세."

"아저씨 걱정이나 하시지요. 나도 힘쓰는 일에는 어릴 때부터 자신이 있으니까 말이오."

진우청은 귀찮다는 어투로 대꾸했다.

"알겠네."

고개를 끄덕인 심충열이 손아귀에 더욱 힘을 주었다.

팔씨름의 승패는 서로 손을 맞잡을 때 대략 결판이 난다.

당사자들은 서로의 손을 잡는 순간 승패를 팔 할 정도는 직감할 수 있다.

진우청의 손을 감아 쥔 심충열은 진우청의 손에서 느껴지는 힘이 결코 만만치 않다는 것을 느꼈지만 승리를 충분히 자신했다.

솥뚜껑만큼 크고 뼈마디도 굵었지만 막상 잡아본 진우청의 손은 천만뜻밖에도 너무 부드러웠다.

모든 손마디의 뼈가 물렁뼈로 이루어진 것 같았다.

마치 연체동물의 손을 잡는 것 같아 심충열은 무척 의아한 기분이 들었지만 덩치는 커도 아직 어린애라는 생각과 함께 회심의 미소를 지었다.

"준비됐으면 시작하게."

심충열의 표정에서 승리를 확신한 석만봉이 탁자를 두드리며 신호를 보내자 심충열은 단번에 결판을 내고 진우청의 기를 꺾어버릴 심산으로 팔에 불끈 힘을 주었다.

순간적으로 진우청의 팔이 휘청 꺾이며 비스듬히 기울었다.

석만봉과 다른 두 명의 얼굴에 '그럼 그렇지' 하는 희색이 감돌았다.

아무리 젊고 뛰어난 골격을 가지고 있다 해도 놈은 아직 뼈가 다 여물지 못한 어린애라는 생각을 그들 역시 하고 있는 터였다. 그리고 심충열이 다른 건 몰라도 팔씨름에 한해서는 아직 누구에게도 지는 것을 본 적이 없었다.

기울어지던 진우청의 팔이 이젠 반쯤은 넘어가 있었다. 심충열이 한 번만 더 힘을 주면 진우청의 팔은 쾅 하고 탁자에 처박힐 것 같았다.

"후흡!"

심충열도 동료들과 비슷한 생각을 하며 호흡을 가다듬고 마지막 힘을 쏟아 부었다.

탁한 호흡 속에서 술 냄새가 후욱하고 진우청의 얼굴로 뿜어져 나왔다.

"호흡은 되도록 아끼는 것이 좋을 텐데요?"

진우청은 혼잣소리처럼 낮게 중얼거렸다.

"자네… 걱정이나… 하게!"

심충열은 손아귀에 가일층 힘을 불어넣으며 마지막 공격을 시도했다.

그러나 진우청의 팔은 그 상태에서 굳어버린 듯 꼼짝도 하지 않았다.

얼굴이 벌겋게 변한 심충열이 다시 한 번 콧김을 내뿜으며 용을 쓰려는 찰나 길게 빨아들이기만 하던 진우청이 빨아들였던 호흡을 아주 느리게 내뱉었다.

마지막 힘을 쏟아 붓던 심충열의 붉은 얼굴이 점차 흙색으로 변하기 시작했다.

무의식적으로 아랫배에 힘이 들어가며 그곳에서부터 팔뚝으로 힘이 전해진다고 느끼는 순간 진우청의 팔에서 불끈 뻗어 나온 이상한 힘이 자신의 손바닥을 타고 손목과 팔뚝, 어깨로 해일처럼 밀려오는 것을 느낄 수 있었다.

'어엇!'

심충열은 비명을 질렀다. 그러나 그 소리는 입 밖으로 나오지도 못했다.

온몸을 뒤엎어오는 힘이 그럴 겨를도 주지 않았다.

심충열은 사력을 다해 팔에 힘을 불어넣었다.

그러나 심충열의 발악이 심해질수록 진우청의 손바닥을 통해 자신의 팔로 전해지는 힘도 그만큼 거세어졌다.

심충열의 눈이 공포에 질렸다.

더 이상 진우청의 팔에서 쏟아져 나오는 힘에 대항하다가는 자신의 온몸이 해일에 삼켜지고 깊은 바다 한가운데로 빨려들어 모래알처럼 산산이 해체될 것 같은 느낌을 받았다.

무공 같은 건 전혀 익혀보지 못했지만 이런 종류의 힘은 무공을 익힌 사람들이 사용하는 내공이란 걸 알고 있었다.

날 때부터 신력이 남달랐기에 그걸 믿고 철없이 날뛰던 젊은 시절 무공을 익힌 고수들에게 걸려 초죽음이 된 적도 몇 번 있었다.

겉보기에는 닭 모가지 하나 제대로 비틀 수 있을지 의심스러웠지만 그들의 손아귀에서 느껴지던 기운은 이처럼 막대했다.

'그런데……?'

심충열의 뇌리 속으로 공포감과 함께 강한 의문 한 가닥도 같이 떠올랐다.

처음에는 진우청의 손에서 느껴지는 힘이 무인들이 쓰는 내력임을 의심치 않았는데 차츰 이질적인 기운이 느껴졌다.

무서운 힘은 느낄 수 있는데 무공의 내력처럼 그 흐름을 느낄 수 없었다.

무림인들의 내력이 물처럼 흐른다면 진우청의 몸에서 쏟아지는 기운은 바람처럼 스며드는 느낌이었다.

그러면서도 해일 같은 무서움이 느껴졌다.

덩치에 어울리지 않게 연체동물처럼 부드러운 손과 함께 쏟아지는 부드러운 힘은 이제껏 겪어본 어떤 강호인보다 두려웠다.

촌놈이 마음만 먹는다면 자신의 손은 가루로 으깨어질 수 있는 상황이었다.

이런 힘을 익힌 줄 알았다면 절대로 이런 대결을 청하지 않았을 것이다.

하는 짓이나 꼬락서니 그 어디를 보아도 무공의 흔적은 단 일 푼도 찾아보기 힘들었는데 기절초풍할 노릇이었다.

이젠 승부가 문제가 아니었다.

어떻게 하든 진우청의 손아귀에서 멀쩡하게 자신의 손을 빼내는 것이 중요했다.

"겨, 졌네! 졌네, 졌어!"

파랗게 질린 표정으로 고함을 지른 심충열은 자신의 팔에서 힘을 뺐다.

자신이 힘을 빼자 온몸을 덮칠 듯이 뻗어오던 힘도 거짓말처럼 사라졌다.

"그러게 내가 뭐랬소. 이럴 때는 한꺼번에 숨을 내뿜으면 불리하다고 했잖소."

진우청은 패배를 시인한 심충열의 말을 듣고서도 아랑곳 않고 심충열의 팔을 눌러 탁자 바닥에 눕혔다.

혹시라도 딴소리를 못하게 만들겠다는 확인 작업이었다.

"자네… 자네, 무공을 익혔나?"

겁먹은 표정의 심충열이 더듬거리며 질문했다.

"무, 무공이라니? 그게 무슨 소린가?"

심충열의 어이없는 패배에 뜨악한 표정을 짓고 있던 도종대와 그 동료들은 혹시라도 뭘 잘못 듣지 않았나 하는 눈빛으로 심충열과 진우청을 번갈아 쳐다보았다.

만약 진우청이 무공을 익히고 그 힘으로 심충열을 눕히는 수준이라면 모든 계획을 처음부터 수정해야 했다.

몫의 배분도 달라져야 하고 마지막 순간에 때려눕혀 배분했던 몫의 대부분을 도로 회수하겠다는 계획도 심사숙고해 봐야 했다. 심충열의 능력으로도 이기기 힘들다면 자신들 네 명이 한꺼번에 달려들어도 장담할 수 없는 일이다.

"무공은 무슨…… 그랬다면 지금 내가 이 짓 하고 다니겠소?"

심충열의 질문에 진우청은 쓰디쓴 입맛을 다시며 말했다.

"무공을 익히지 않은 사람이 어떻게 그런 내력을 운기할 수 있단 말인가?"

심충열은 여전히 공포감에 질린 눈으로 진우청을 쳐다보며 말했다.

"무공이랄 것 까지는 없고…… 도인술로 여겨지는 이상한 춤만 십년 동안 죽도록 추다가 자질이 모자라는지 중도에 추방당했소."

"춤이라니? 어떤 춤 말인가?"

이번에는 석만봉이 쥐눈을 반짝거리며 물었다.

"길게 설명하고 싶진 않고 그냥 느릿느릿 몸을 움직이며 그 동작들 하나하나에 철저히 호흡을 일치시키는 춤이었소."

진우청은 술 한 잔을 더 들이키며 답했다.

"행공(行功)을 익혔나 보군. 그것도 엄밀히 따지면 무공이라 할 수 있지. 그런데… 정말 그것밖에 익히지 않았나?"

질문을 하는 석만봉의 얼굴에 적이 안심하는 기색이 번져 갔다.

"그렇다고 하지 않았소. 어쨌든 내가 이겼으니 내 몫은 사 할이오. 이의없겠지요?"

진우청은 심충열과 도종대, 그리고 나머지 두 사람도 차례로 쳐다보며 다짐을 했다.

"그럼 난 이만 바람이나 쐬러 가겠소."

그 말과 함께 진우청은 밖으로 나갔다.

"자네도 이젠 늙었구먼."

잠시 후 마정기가 심충열을 향해 눈을 흘겼다.

철석같이 믿었던 일 할이 너무 어이없게 날아가 버리자 부아가 치미는 모양이었다.

"그게 아니라 저놈은……."

심충열은 심각한 표정으로 무슨 말인가를 하려다 설명하기 힘든지 입을 다물었다.

"아니긴 뭐가 아닌가? 새파란 풋내기 하나 못 이기고."

"그러면 다음엔 네놈이 한번 붙어봐라!"

마정기의 거듭된 핀잔에 벌컥 고함을 지른 심충열은 겁먹은 표정과 함께 진우청이 나간 방문을 응시했다.

第六章

휘주현(徽州縣)의 밤

휘주현(徽州縣)의 밤

*비*틀!

유화성은 술기운이 이끄는 대로 몸을 내맡기며 걸음을 옮겼다. 오늘도 초저녁부터 마신 술이 발끝부터 머리끝까지 차 올라 있는 느낌이었다.

자신이 술을 마셨는지 술이 자신이 마셨는지 구분이 가지 않는, 그야말로 온통 술독에 빠진 기분이었다.

온몸이 술독에 빠지고 전신의 세포 하나하나도 술기운의 지배를 받고 있는 상태에서도 영혼 한복판에 새겨진 아픔은 사라지지 않았다.

술기운이 깊어갈수록 그 아픔은 더 커져만 갔다.

미안해요, 화성!

마지막 순간도 지키지 못한 채 한 장의 서찰에 적힌 글귀만이 그녀의 목소리로 변해 불칼로 폐부를 지지는 것 같은 고통과 함께 뇌리에서 울려 퍼졌다.

술을 마시며, 술독에 빠져 있으며 그 고통을 조금이나마 덜어보려 했지만 그럴수록 더 또렷이 떠오르는 기억들은 고통만 가중시켰다.

"쿨럭!"

신음 같은 기침을 토한 유화성은 벽을 의지한 채 몸을 가누었다.

아직 보름달이 되지 못하고 한쪽 모서리가 깎여진 달이 밤바람에 씻겨 창백하게 빛을 발하고 있었다.

꽉 찬 보름달보다는 조금은 아쉬움을 남기는 저런 모양의 달을 더 좋아했던 그녀.

벌컥!

유화성은 손에 든 술병을 들이켰다.

몇 모금 남지 않은 술이 목구멍으로 넘어갔지만 이젠 그 맛도 느낄 수 없었다.

유화성은 텅 빈 호리병을 와락 움켜쥐었다.

술병이 박살나는 소리와 함께 손바닥을 파고든 술병 조각에 선혈이 흘러내렸다.

가문의 숙원인 표풍검법(飄風劍法)을 십이성(十二成) 터득하여 자유자재로 펼칠 수 있게 된 손이었지만 마지막 순간에 그녀를 위해 해줄 수 있는 것은 아무것도 없었다. 차라리 검 대신 침이나 뜸을 잡고 검법서를 뒤적이는 대신 의서를 뒤적였다면…….

그래서 마지막 순간 자신의 손으로 그녀를 위해 무엇인가를 해줄 수 있었더라면 조금이나마 덜 괴로울 것 같았다.

손가락 마디를 타고 흐른 선혈이 땅바닥까지 적시고 있었지만 유화성의 주먹은 더욱 굳게만 쥐어졌다.

휘익―

한줄기 바람 소리가 언제까지나 벽을 등지고 서 있을 것 같던 유화성의 의식을 일깨웠다.

유화성은 손바닥에 박힌 병 조각을 털어내며 비틀 신형을 옮겼다.

고통스런 상념의 허리를 자른 바람 소리가 급격히 가까워지며 꺾어지는 골목에서 폭풍처럼 쏟아져 나왔다.

유화성은 지독한 권태감을 느꼈다.

예전 같았으면 신속히 보법을 밟고 신형을 이동시켰겠지만 아무짝에도 필요없는 무공을 익힌 자신이, 그리고 그 무공을 익히는 시간들 때문에 그녀의 마지막 순간마저 같이하지 못했다는 자책들이 권태감의 부피를 부풀리며 쏟아져 오는 바람에 고스란히 몸을 맡기게 했다.

설사 쏟아져 오는 바람이 화살이나 검이라도 별 상관이 없을 것 같았다.

퍼억!

둔탁한 소음이 골목 안을 울리며 유화성의 신형이 뒤로 튕겼다. 그리고는 바닥에 꼬꾸라졌다.

"미안해요……."

유화성의 귓전으로 여인의 목소리가 울렸다.

다급하게 들려오던 목소리는 순식간에 저만큼 멀어지고 가슴에 부딪친 뭉클한 감촉과 연한 방향만이 여인의 존재를 인식하게 해주었다.

"쿡쿡!"

유화성은 쓰러진 자세 그대로 바닥에 누워 메마른 웃음을 흘렸다.

바람처럼 쏘아져 온 인기척이 여인일 줄이야.

그리고 그 여인에 부딪쳐 고꾸라진 자신의 모습이 참으로 한심하다는 생각이 들었다.

'저건!'

자조적인 웃음을 흘리던 유화성은 누운 상태 그대로 한 가닥 신경을 곤두세웠다.

수풀 사이로 뱀이 지나가는 듯한 미세한 소음.

고루거각의 지붕 위로 둘,

그리고 담장 위로 하나.

세 개의 인영이 보통 사람이라면 도저히 눈치채지 못할 만큼 작은 소음만을 남기고 여인이 달려나간 방향으로 쏘아지고 있었다.

유화성은 술기운이 후욱 빠져나가는 기분을 느꼈다.

여인이 자신의 몸에 부딪치고 지나간 순간에는 취객의 주머니를 노리는 뒷거리의 소매치기 정도로 생각했다. 어차피 술값으로 탕진할 돈, 누가 가져간들 무슨 상관이랴 하는 생각도 했다.

그러나 가슴속의 전낭은 고스란히 남아 있었다.

또한 여인의 경공은 하찮은 도적의 수준이 아니었다.

자신과 부딪치고도 전혀 흐트러지지 않은 채 한 마리 제비처럼 쏘아지던 모습과 다급한 사과의 목소리가 다 들려오기도 전에 어둠 속으로 사라져 버린 신법은 고수의 수준이었다.

하나 여인의 도주는 그리 길게 이어질 수가 없을 것 같았다.

미세한 바람 소리만 남긴 채 여인을 쫓는 세 인영의 경공은 오히려 여인의 수준을 뛰어넘고 있었다.

"미안해요!"

"미안해요, 화성!"

짤막하게 던져 온 여인의 목소리가 가슴 저미는 기억 속의 목소리와 겹쳐져 들려왔다.

스슥!

유화성의 발이 미세하게 움직였다.

격공섭물의 수법에 의해 바닥에 놓여 있던 막대기가 허공으로 떠오르듯 유화성의 몸은 누운 자세 그대로 둥실 허공으로 떠올랐다.

허공에서 한 바퀴 회전하며 벽을 박찬 유화성의 신형이 한 대의 강전처럼 골목 안으로 쏘아졌다.

*　　　　　*　　　　　*

얼른 싸구려 객점 밖으로 나온 진우청은 주위를 두리번거리며 골목을 따라 걸었다.

바깥 공기를 마시니 시큼털털한 술 냄새와 토방이나 마찬가지인 객실에서 풍기는 악취가 가시는 기분이었다.

다른 사부들은 한 가지 수련이 끝나면 제자에게 술 한잔 따라주기도 한다고 들었다.

그러나 맹세코 자신의 사부는 제자에게 술 한잔 내린 적이 없었다. 물론 사부 자신도 술을 마시지 않았다.

그러니 오늘 마신 술이 자신에게는 난생처음 마신 술이라 할 수 있었다.

일곱 살 땐가 여덟 살 땐가 호기심에서 어른들이 남긴 술을 입에 대보았지만 그건 술을 마신 게 아니었다.

좌우간 오늘 처음 술을 마셨고, 역사에 남을 만한 일이었지만 협상의 줄다리기 속에서 '나 오늘 술이 처음이오!' 라고 말할 수는 없었다.

주는 대로 벌컥벌컥 들이켰고, 분위기를 주도하기 위해 주지 않는 술도 몇 잔 더 따라 마셨다.

시장 바닥 협잡꾼들이 마시는 술의 질이 좋을 리 없었다.

맛은 없고 독하기만 했다.

그래도 처음에는 뭔가 속이 후끈한 것이 기분을 약간 좋아지게 했지만 뒤이어 쓰디쓴 소태 맛이 아랫배에서부터 역류했다.

저녁을 굶길 때마다 사부께서 삼키라고 하며 주신 그 소태같이 쓴 가루약 기운이 역류한 것이다.

그때부터 술기운은 사라졌지만 조금 좋아지던 기분도 함께 사라지고 고민만 잔뜩 생겨났다.

진우청은 골목길을 서성거리다 큰 감나무 아래에서 걸음을 멈추고 사방을 둘러보았다.

밤이 깊어가는 골목은 쥐 죽은 듯 조용하기만 했다.

진우청은 참고 있던 고민을 해결하기 위해 굵은 감나무 둥치 옆으로 몸을 밀착시켰다.

쏴아아―

시원한 배뇨의 쾌감이 등줄기를 통해 뇌리까지 전해졌다.

긴 한숨과 함께 진우청은 고민을 거의 해결했다. 그리고 소태같이 쓴맛의 기운도 조금 사라지는 느낌을 받았다.

"휴우~"

마지막 한 방울의 고민까지 털어내며 온몸을 부르르 떨던 진우청은 두 눈을 크게 떴다.

잠자리의 날개처럼 나풀거리는 하얀 비단옷,

그리고 긴 머리카락.

순식간에 가까워오는 인영은 어둠 속에서도 여인임을 확신할 수 있었다.

'아이쿠! 웬 구미호냐?'

기겁을 한 진우청은 바지춤을 다 추스르지도 못한 채 감나무 위로 솟구쳤다.

최대한 감나무 둥치에 몸을 가리고 솟구쳤기에 여인은 진우청의 존재를 전혀 의식하지 못한 듯 처음의 속도 그대로 달려나갔다.

감나무 가지 위에 올라선 진우청은 쓴웃음을 지었다.

가장 바람직한 곳이라고 고른 장소에서 가장 바람직하지 못한 상황에 마주쳤던 것이다.

'재수없는 놈은 뒤로 넘어져도 코가 깨진다더니 어째 이런 상황에서 여자와 마주친단 말인가?'

내심 투덜거리던 진우청은 뒤이어 날아오는 세 개의 인영에 신형을 굳혔다.

한밤중에 필사적으로 달려가는 여인과 그 뒤를 쫓는 사내들.

뭔가 음습한 냄새가 맡아졌다.

그 사내들이 여인을 따르는 수하들이라 말할 수도 있겠지만 제일 앞에 선 사내의 손에서 표창 한 개가 여인을 향해 쾌속하게 쏘아질 때는 앞서 맡았던 음습한 냄새가 정확했다는 판단이 들었다.

"아악!"

표창이 치마 어림으로 사라지자 여인은 날카로운 비명을 토하며 신형을 뒤틀었다.

쏘아지던 속도를 줄이지 못한 채 여인의 신형은 바닥에 내팽개쳐질 듯 위태롭게 흔들렸다.

휘익—

중심을 잃은 여인은 허공에서 한 바퀴 신형을 회전하며 가까스로 바로 섰지만 더 이상의 도주는 포기해야 될 것 같았다.

여인이 휘청거리는 사이 세 명의 사내는 순식간에 여인을 따라잡았으며, 한 명은 훌쩍 앞서 날아가 여인의 도주로까지 차단하고 있었다.

챙!

다가서자마자 세 명의 사내는 지체없이 검을 뽑아 들었다.

달빛 아래에서 드러난 사내들의 모습은 하나같이 칙칙한 회색 복면에 회색 무복으로 전신을 감싸고 있었다.

복면 사이로 드러난 두 눈만이 달빛보다 더 시린 빛을 뿜어냈다.

휘리릭—

사내 하나가 뽑아 든 검을 어지럽게 휘두르며 여인을 향해 달려들었다.

마치 최단시간 안에 여인을 처치하는 것이 그들의 목적인 듯 일체의 말소리도 불필요한 행동도 없이 검을 뽑았고, 뽑자마자 한 사내가 여인에게 쏘아진 것이다.

사내의 단도직입적인 공격에 여인은 양팔을 활짝 펼치며 신형을 회전시켰다.

교교한 달빛 아래에서 선녀가 춤을 추듯 여인의 양 소매가 허공에서 나풀거리며 사내의 검에 마주쳐 갔다.

챙!

여인의 소매에 부딪친 사내의 검에서 차가운 쇳소리가 울려 나왔다.

적수공권인 줄 알았던 여인의 두 손에는 어느새 작은 소도가 각각 한 자루씩 들려 있었다.

여인은 소매 속에라도 숨기고 있었던 듯 채 두 뼘도 되지 않는 작은 소도로 사내의 검을 쳐내고 팔을 들어 올렸다.

번쩍!

사내의 검보다 훨씬 더 차가운 광채가 여인이 든 두 자루 소도에서 쏟아져 나왔다.

보통의 소도로는 뿌릴 수 없는 한광이 일순 달빛마저 무색케 만들며 사내의 눈을 찔러갔다.

여인의 손에 들린 두 자루 소도를 쳐다본 사내는 잠시 경각심을 느끼는지 검을 고쳐 잡았지만 나머지 사내들은 여전히 앞과 뒤에서 여인의 퇴로만 차단한 채 가세할 기미를 보이지 않았다.

여인이 든 소도가 범상한 물건으로 보이지는 않았지만 자신들 동료 한 사람만으로도 충분하다는 자신감의 발로 같았다.

그것을 증명이라도 하듯 여인과 맞선 사내는 그 자리에서 강하게 땅을 박찼다.

사내가 밟았던 땅바닥에서 작은 돌가루와 흙먼지가 피어올랐다.

일학충천(一鶴衝天)의 기세로 허공에 솟아오른 사내는 쾌속하게 검을 뿌렸다.

쐐애액―

달빛 한줄기가 싹둑 잘려 나가며 시퍼런 검신이 여인의 정수리로 뇌전처럼 떨어져 내렸다.

맹렬한 회의복면인의 검세에 여인은 활처럼 상체를 뒤로 눕혔다.

버들가지가 심통 가득한 봄바람에 날리듯 여인의 허리가 휘청 뒤로 휘어지며 복면인의 검은 허공을 양단했다.

복면인의 검이 머리카락 한 올 차이로 목표물을 놓치고 지나가는 순간 여인의 상체가 퉁겨지듯 일으켜 세워졌다.

파앗!

여인의 손에 들린 소도에서 하얀 빛이 쭉 뻗어 나왔다. 아니, 그렇게 보였다.

퉁겨지듯 세워지는 상체의 탄력이 고스란히 담긴 여인의 소도는 장창처럼 사내의 목을 노리고 찔러들었다.

허공을 가른 검을 채 회수하지도 못한 사내는 필사적으로 퇴로를 밟았다.

그러나 사내의 목을 찔러오는 여인의 소도가 반 푼은 더 빨랐다.

단 한 수 만에 정반대의 처지가 된 사내는 철판교의 수법을 펼쳤다.

몰리게 되면 나려타곤(懶驢打滾)이 불가피하게 되어 좀처럼 쓰기를 꺼리는 수법이었지만 너무도 쾌속한 여인의 반격에 사내의 선택은 그것밖에 허용되지 않았다.

지극히 다급한 상황에서 선택한 유일책은 상대에게 뻔히 보이게 마련.

여인은 기다렸다는 듯이 다른 한 손에 든 소도로 철판처럼 드러누운 사내의 허리를 찌르고 들어왔다.

결국은 나려타곤.

사내는 게으른 당나귀가 미쳐 날뛰듯 땅바닥을 굴렀다.

그러나 그것 역시 상대가 충분히 예측 가능한 유일한 선택이었기에 여인의 소도는 시위를 떠난 화살처럼 쾌속하게 쏘아져 나왔다.

파파팟!

사내가 굴러간 땅바닥에서 세 개의 음향이 연거푸 터져 올랐다.

한 개의 소도가 뿌린 공격에 세 번의 격타음이라니?

그걸 의식할 새도 없이 사내는 더욱 세차게 땅바닥을 굴렀다.

휘리릭—

수치스런 선택이었지만 사내는 가까스로 여인의 공격권을 벗어났고, 여인은 신속히 손을 흔들었다.

땅바닥을 구르는 사내를 연속으로 세 번이나 공격한 소도 한 자루는 주인의 품으로 날아드는 집비둘기처럼 여인의 소매 속으로 빨려들었다.

은사비도(銀絲飛刀)!

여인의 손에 든 소도는 가는 은사로 연결된 비도였다. 그랬기에 한 개의 비도가 세 번이나 연속 공격을 퍼부었던 것이다.

"스—"

여인의 신속한 반격에 흉한 몰골이 된 사내의 입에서 뱀의 경고음 같은 소리가 새어 나왔다.

자신에 대한 자책 같기도 하고 여인에 대한 저주 같기도 한 소리에 여인은 이마를 찌푸렸다.

"스—"

사내의 입에서 기분 나쁜 소리가 한 번 더 흘러나오자 앞뒤에서 퇴로를 막고 선 다른 두 사내가 몸을 움직였다.

생각을 바꾸어 합공을 할 모양이었다.

"아닌 밤중에 싸움 구경도 좋지만… 이러다 송장 치우는 일 생기는 건 아닐까?"

말 그대로 아닌 밤중에 활극을 구경하던 진우청은 세 사내가 여인을 둘러싸자 마른침을 꿀꺽 삼켰다.

얼떨결에 더없이 멋진 장소에서 공짜 구경을 하게 되었지만 상황은 서서히 마음 편히 구경할 수 없는 방향으로 흐르려 하고 있었다.

원하는 대로라면 세 명의 사내가 실력을 숨긴 여고수를 몰라보고 덤볐다가 꼴사납게 나가떨어지고 자신은 배를 잡고 웃다가 사라지는 것인데 아무리 보아도 저 여인 혼자서는 세 사내를 당해낼 수 없을 것 같았다.

지금까지 한 사내와의 대결에서는 여인이 조금 이득을 본 것 같았지만 그건 여인의 실력이 우세하다기보다는 사내가 여인을 얕보다가 일격을 당한 것이다.

그런 와중에서도 사내는 한곳도 다친 데 없이 여인의 공격을 피해냈다.

다시 격돌한다면 그 사내 하나만으로도 힘들 텐데 사내 셋이 한꺼번에 덤빈다면 어떻게 될지 명약관화한 일이었다. 더구나 여인은 다리에 맞은 표창 때문인지 점점 동작이 둔해져 갔다.

"그렇다고 내가 대신 나가 죽어줄 수도 없는 일이고… 낭패로구나."

진우청은 굵은 나뭇가지 위에서 안절부절못하다가 어느 순간 묘책을 떠올리곤 내심 쾌재를 외쳤다.

진우청은 얼른 두 손을 나팔 모양으로 만들어 입가에 모았다.

후욱 하고 숨을 들이킨 후 온 힘을 다해 '불이야!' 하고 고함을 지르려던 진우청은 골목길 저편에서 은밀하게 다가오는 한 개의 그림자를 발견하고는 얼른 입을 다물었다.

그 순간 쩽 하는 소음이 다시 울렸다.

소리없이 다가오는 그림자의 존재를 눈치채지 못한 세 사내와 여인의 격돌이 다시 시작된 것이다.

시간을 끌어 좋을 것이 없다고 생각했는지 세 명의 사내는 신속히 여인을 향해 합공을 시도했다.

한 사내의 공격도 신랄했지만 세 사내의 검이 합해지자 여인은 마치 좁은 철창 속에서 움직이는 것처럼 운신의 폭이 줄어들고, 온 힘을 다해도 세 사내의 검을 막는 데만 급급했다.

휘익─

처음 여인을 공격하다가 잠시 낭패를 당했던 사내는 다시 몸을 훌쩍 날렸다.

여인은 허공으로 날아오른 사내를 향해 비도를 날릴 자세를 잡았지만 양옆으로 날아오는 다른 두 개의 검에 그 의도는 접을 수밖에 없었다.

여인은 우선 양옆으로 날아드는 두 개의 검을 쳐낸 후 오히려 허공에서 공격하는 사내 쪽으로 신속히 신형을 옮겼다. 그리고는 마치 사내의 두 다리를 자를 듯 쾌속하게 소도를 찔러갔다.

째쨍!

금룡번신(金龍飜身)의 수법으로 허공에서 몸을 뒤튼 사내는 여인의 소도 두 개를 한꺼번에 쳐냈다.

같은 무게의 검이라도 여인인 이상 신력이 달리는 법. 하물며 두 뼘 가량의 소도로는 사내의 몸무게까지 고스란히 실린 검을 막기엔 역부족이었다.

여인의 왼손에 잡혀 있던 소도 한 개가 허공으로 튕겨 올랐다.

바닥에 내려선 사내는 숨 쉴 틈도 주지 않고 들고 있던 검을 풍차처럼 회전시켰다.

소도에 연결된 머리카락처럼 가는 은사가 사내가 휘두른 검신에 감겨지며 쇠를 깎는 것 같은 음향이 울렸다.

"하앗!"

기합성을 지른 사내는 은사가 감긴 검을 세차게 잡아당겼다.

순식간의 사태에 여인은 외마디 비명과 함께 휘청 사내에게로 끌려갔다.

중심을 잃은 여인을 향해 다른 한 사내가 검을 틀어 검신으로 여인의 요혈을 후려쳐 갔다.

여인을 베기보다는 제압하기 위한 공격이었다.

그러나 사내는 미간을 향해 화살처럼 날아오는 한 개의 나뭇가지에 대경하며 신형을 틀었다.

어디서 주워 들었는지 손가락 굵기만한 회초리를 든 유화성이 곧장 사내의 미간을 찔러온 것이다.

휘리릭─

사내의 이마 한복판을 찔러오던 막대기는 사내의 움직임과 함께 변화를 일으켰다.

"헛!"

미간에 바람 구멍이 뚫리는 상황을 겨우 모면한 사내가 이번에는 수십 개로 변해 상체 곳곳을 향해 소나기처럼 쏟아지는 막대기에 헛바람을 내쉬며 급급히 뒷걸음질을 쳤다.

찌이익─

수십 개의 막대기 중 하나가 사내의 어깨를 파고들었다.

급히 신형을 튼 사내는 가까스로 피했지만 어깻죽지 옷자락 한곳이

창끝에라도 찔린 듯 구멍이 나며 너절하게 찢겨 나갔다.

사내는 긴장한 기색을 감추지 못하고 복면 사이로 드러난 두 눈을 번뜩였다.

풀썩!

표창에 다리 한곳을 찔린 채 과도하게 진기를 끌어올리며 세 사내를 상대하던 여인은 사내의 검에 감긴 은사를 끊고 그 자리에 쓰러졌다.

유화성은 여인을 쳐다보았다.

여인은 바닥에 손을 짚고 고개를 숙인 채 가쁜 숨을 몰아쉬고 있었다.

흘러내린 머리카락이 얼굴을 가리고 있어 자세히 볼 수는 없었지만 심각한 상태는 아닌 것 같았다.

단지 기혈이 뒤틀려 조식이 필요한 상태였다.

"이 마을을 정말 좋아했었지."

바닥으로 향했던 막대기를 들어 올린 유화성은 건조한 목소리로 중얼거렸다. 그리고는 재차 회초리를 허공으로 찔러 넣었다.

"표풍검법!"

어깨에 맨살이 드러난 사내는 자신도 모르게 고함을 질렀다.

금방이라도 부러져 나갈 것 같은 나무 막대기 끝에서 산들바람 몇 줄기가 뿜어져 나왔다.

비단결같이 부드럽고 가벼운 바람.

그러나 그 바람에는 바위를 분쇄할 만한 힘이 서려 있었다.

휘이잉—

산들바람 몇 줄기가 순식간에 눈꽃으로 바뀌며 세 사내를 동시에 휩쓸어갔다.

비록 가느다란 막대기에서 쏟아져 나왔지만 표풍회선(飄風回旋)에서 표풍소설(飄風掃雪)로 이어지는 표풍검식은 그 어떤 날카로운 보검 끝에서 펼쳐지는 것과 다름없이 치명적인 기운을 내포하고 있었다.

"피해!"

유화성의 왼쪽에 선 사내가 고함을 지르며 검을 휘둘렀다.

"이따금씩 채석장에서 돌 깨는 소리가 정적을 일깨우긴 했지만 그것마저 감미로운 선율로 기억에 남아 있었지. 후후!"

옆에서 허리를 양단할 듯 날아드는 검을 막대기로 간단하게 비껴 흘려버린 유화성이 공허한 웃음과 함께 다시 초식을 변화시켰다.

유화성의 손에 들린 막대기에서 피어오른 표풍소설의 눈꽃이 비수처럼 앞쪽과 왼쪽에 선 사내를 향해 쏟아졌다.

눈꽃 비수에 휩쓸린 두 사내는 어지럽게 보법을 밟으며 눈꽃을 쳐 나갔다.

따다당!

두 사내의 검에서 콩 볶는 듯한 소리가 연이어 울려 퍼졌다.

"그런데 지금은 변해 버렸어. 너무 많이. 큭큭!"

막대기 끝이 더욱 세차게 흔들렸다.

"크윽!"

한 사내가 고통스런 비명을 토하며 주르륵 뒤로 물러났다.

유화성이 휘두른 막대기가 사내의 손목을 가볍게 스친 것 같았는데 사내의 손목에는 굵고 붉은 선이 그어졌다. 그리고 그곳에서는 어느새 선혈이 터져 나오고 있었다.

막대기에서 뻗어 나오는 기파에 사내의 살갗이 파열된 것이다.

만약 유화성이 손속에 사정을 두지 않았다면 사내의 손목은 싹둑 잘리고도 남았을 것이다.

사내는 손목을 움켜쥐며 필사적으로 검을 잡았지만 이미 감각이 사라진 손은 더 이상 검초를 뿌려내는 것이 불가능했다. 더구나 손목에서 팔을 타고 심장까지 전해진 한 가닥 기운이 전신 기혈을 뒤흔들어 놓고 있었다.

사내는 결국 검을 떨어뜨리고 바닥에 주저앉았다.

"잠시 쉬게."

동료의 상태를 읽은 두 사내가 상처를 입은 동료 앞을 막아서며 유화성을 노려보았다.

복면 사이로 뻗어 나오는 눈빛이 송곳날처럼 유화성의 전신을 향해 꽂혀들었다.

그러나 유화성의 기세는 조금도 변하지 않았다.

"난 내 고향이 언제까지나 그 모습 그대로이길 바랐지."

유화성의 독백이 이어지며 다시 막대기가 어지럽게 흔들렸다.

표풍광망(飄風廣網)의 초식이 쏟아지며 밤하늘이 온통 막대기의 그물에 뒤덮인 것 같았다.

두 사내는 급급히 검을 휘둘러 막대기의 그물을 쳐 나갔다.

두 개의 검으로 전력을 다했지만 그물을 다 걷어낼 수가 없었다. 단지 자신들 몸 가까이 날아드는 그물만을 겨우 찢어나갈 뿐이었다.

"너희 같은 인간들 때문에 이곳에 썩는 냄새가 진동하는 게 너무 싫어."

이번에는 남에게 들리지 않을 정도로 낮게 중얼거린 유화성이 훨씬 더 맹렬히 막대기를 휘둘렀다.

세상에 염증을 느낀 표정과 권태감이 묻어나는 움직임이었지만 막대기 끝에서 뿜어지는 기세는 오히려 더 거세어지고 폭풍우가 몰려오 듯 두 사내를 덮쳐 갔다.

"윽!"

다시 한 사내가 짧은 비명을 흘리며 비틀 쓰러졌다.

가슴을 찔러오던 막대기가 쳐 나가던 검에 부딪쳤다 싶은 순간 막대 기는 어느새 사내의 옆구리를 두드리고 다른 사내의 복부를 찔러들고 있었다.

막대기 끝에서 피어오른 산들바람이 기해혈을 노리고 드는 것을 느 낀 다른 한 사내는 어지러운 보법을 밟으며 막대기를 피했다.

진퇴가 아리송하고 운신의 폭이 좁은 듯하면서도 효과적으로 공격 을 피하는 사내의 보법은 결코 평범하지가 않았다.

그러나 표풍광망에서 표풍귀일(飄風歸一)의 초식으로 바뀐 유화성의 몸이 허깨비처럼 흔들리며 사내의 움직임을 놓치지 않고 계속해서 찔 러들었다.

파앗!

사내의 몸에서 날카로운 격타음이 울렸다.

동시에 사내의 몸이 허공으로 떠올라 일 장 가까이 뒤로 날아갔다.

막대기 끝에서 뻗어 나온 경력이 무거운 장력만큼이나 사내의 몸에 타격을 준 탓이었다.

두 사내를 제압한 유화성은 손목을 잡고 주저앉아 기혈을 진정시키 고 있는 사내에게로 고개를 돌렸다.

순간, 유화성은 손목을 감싸 쥔 사내의 입가에 비릿한 웃음이 매달 린 것을 보았다.

유화성은 급히 호흡을 멈추었다.

사내의 웃음보다 더 비릿하고 역겨운 냄새 한줄기가 후각을 자극했던 것이다.

유화성은 급히 진기를 끌어올려 혈맥을 타고 도는 독에 대항했다. 다행히 최대한 빨리 호흡을 멈추고 진기를 유통시켰기에 독의 침투는 멈추어졌다. 이젠 몸 밖으로 밀어내기만 하면 되는 것이다.

그러나 그게 다가 아니었다.

더 이상 몸에 독이 퍼지는 것은 막았지만 다른 위험은 고스란히 남아 있었다.

그 치명적인 위험이 서서히 가까워지고 있었다.

독을 뿌린 사내의 손에서 표창 하나가 섬뜩한 이빨을 드러냈다.

이빨 끝에서 푸른 기운이 어른거렸다. 아마도 훨씬 진한 독이 발라진 표창 같았다.

유화성은 빠르게 진기를 유통시켰다.

뻣뻣해졌던 몸이 급속히 원상태로 회복되어 갔다.

그때, 사내의 손이 한발 빠르게 움직이며 표창이 허공을 나르는 소리가 들려왔다.

유화성은 자책으로 이를 악물었다.

그동안 검을 놓고 술독에 빠져 폐인처럼 생활한 결과였다.

그 피폐해진 몸과 풀어진 감각이 결정적인 순간에 이런 어처구니없는 상황까지 맞이하게 만든 것이다. 이 상태로는 아무리 필사적으로 대처해도 표창 끝이 살갗 한곳을 스치는 것은 피할 수 없을 것이다.

그렇게 된다면 표창 끝에서 핏줄 속으로 곧장 파고들어 온 독이 겨우 몰아내던 독과 합쳐져 정말로 치명적인 결과를 맞이할 수도 있었다.

핑—

표창이 허공을 가르는 소리가 들리는가 싶더니 곧이어 날카로운 파공음 한줄기가 귓전을 파고들었다.

몸 한구석에 표창 끝이 찔러드는 감각을 예상하고 있던 유화성은 눈을 부릅떴다.

사내의 손끝을 막 떠나려던 표창이 어디선가 날아온 동전 하나에 부딪쳐 허공으로 튕겨지고 있었다.

표창이 허공을 가르는 것 같은 소리는 동전이 날아오며 퍼뜨린 소리였다.

예상 못한 상황에 표창을 잃은 사내 역시 유화성처럼 두 눈을 부릅떴다.

겨우 상황을 유리하게 이끌었는데 또 다른 훼방꾼이 나타난 것이다.

어디 있는지는 모르겠지만 도저히 대처할 틈도 없이 날아온 동전의 속도만 보더라도 결코 쉽지 않은 상대 같았다.

"젠장!"

한 소리 욕지거리를 내뱉은 사내는 급히 신형을 움직였다.

아직도 검을 제대로 잡을 수 없는 상태에서 훼방꾼이 가담하고 유화성마저 해독되면 목적을 이루기는 고사하고 목숨을 부지하기도 어려울 것이다.

사내는 다른 모든 것을 포기하고 동료들에게로 급히 몸을 움직였다.

쓰러진 동료 둘을 부축한 사내는 신속히 몸을 날렸다. 동시에 감나무 위에 숨어 있던 진우청도 사내들과 정반대편으로 몸을 날렸다.

울컥!

시커멓게 죽은 선혈 한 모금과 함께 몸에 스며든 독기를 다 토해낸 유화성은 부서져라 주먹을 쥐었다.

난생처음 당하는 치욕스런 경험이었다.

아무리 술에 절어 있었지만 독 따위에 당해 생사의 기로에 섰던 자신을 용납할 수가 없을 것 같았다.

누군가의 도움이 없었다면 고스란히 목을 내놓을 수밖에 없던 상황이었다.

'도대체 누굴까?'

여인을 공격했던 세 사내, 그리고 자신을 도운 또 하나의 인영.

수많은 의문들이 머리 속을 복잡하게 만들었지만 우선은 더 급한 일이 있었다.

자신에게 뿌려졌던 독이 여인에게도 퍼졌는지 여인은 바닥에 쓰러져 있었다.

유화성은 난마처럼 복잡하게 얽힌 심사를 덮어두고 쓰러진 여인의 상체를 안아 일으켰다.

"아, 아영!"

얼굴을 뒤덮었던 머리카락이 걷혀진 여인의 얼굴을 바라본 유화성은 비명처럼 소리를 질렀다.

휘익―

담장 몇 개를 지나 빠르게 달려가던 진우청은 안도의 한숨을 내쉬었다.

얼떨결에 마주친 난감한 상황에서 이러지도 저러지도 못하고 있는 순간 전혀 뜻밖의 인물이 그 상황을 반전시켰다.

처음 보았을 땐 형편없이 망가져 있던 주정뱅이 사내는 뜻밖에도 고수였다.

술에 절어 있어도 그 천품은 범상치 않다는 느낌을 받았지만 그 정도일 줄은 몰랐다.

검을 든 세 사내를 작은 나무 막대기 하나로 간단히 제압해 버리는 실력으로 봐서는 고수 중에서도 보통 고수가 아니었다.

그런데 그런 고수가 왜 폐인처럼 술독에 빠져 있는 것일까?

그리고 그 여인은 또 누구에게 쫓긴 것일까?

'좌우간 뭔가 문제가 많은 동네 같군.'

그런 저런 복잡한 생각에 진우청은 자신이 어디로 쏟아져 가고 있는지도 모른 채 무작정 달리고 있다는 자각을 하게 되었다.

'이쯤이면 되지 않았을까?'

진우청은 줄기차게 달리던 속도를 조금 늦추며 생각했다.

결정적인 순간에 동전을 날려 훼방을 놓았으니 앙심을 품은 자들이 자신을 추적할 수도 있는 일이다.

최대한 감나무 그림자에 몸을 숨기며 반대편으로 치달려왔지만 무림의 고수들은 사냥개보다 더 추적을 잘한다고 들었다.

그렇다면 좀 더 멀어지는 게 귀찮은 일을 피하는 지름길이리라.

진우청은 조금 늦추던 발걸음에 더욱 힘을 가하며 땅을 박찼다.

주변의 경물들이 흐릿한 달 그림자를 뿌리며 양옆으로 지나갔다.

지금 자신이 달리고 있는 곳이 어딘지도 모를 만큼 달린 진우청은 저 앞으로 달빛을 반사시키는 물줄기를 보며 천천히 신형을 멈추었다.

어느새 신안강 강변까지 달려온 모양이었다.

더 달리고 싶어도 강이 앞을 가로막고 있으니 그만 멈출 수밖에 없었다.

강변을 따라 계속 줄달음을 칠 수도 있었지만 이젠 지겹다는 생각도 들었다.

강변 한쪽에서 우뚝 멈춰 선 진우청은 몇 번의 심호흡으로 숨을 골랐다.

사부에게서 용무를 배우며 굶어 죽지 않기 위해 산속의 짐승들을 잡고자 혼자 터득한 돌팔매질 실력은 동전으로도 어김없이 목표를 맞출 수 있었다.

그 돌팔매질 실력으로 위기에 처한 유화성을 도와 빚을 갚았다는 홀가분한 마음이 들었다.

한 끼 저녁 값과 은자 세 냥이 적은 돈은 아니었지만 목숨 값만 하겠는가?

어쩌면 이제부터는 그 사내가 자신에게 빚을 졌을 수도 있다는 생각과 함께 펼치는 천룡도하의 신법은 그 어떤 때보다 몸을 가볍게 했다.

사부는 천룡도하라는 이름과 함께 이 춤을 가르쳐 주셨다.

다른 춤과는 달리 신법 또는 경공이라 부르기도 하는 이 춤은 비탈길을 오르내리며 추는 춤이었다.

처음에는 사부께서 가르쳐 주신 대로 춤 동작에 호흡을 일치시키며 비탈길을 오르내리는 것이 그냥 오르내리는 것보다 훨씬 힘들어 꾀를 부렸는데 그때마다 사부는 귀신같이 알고 호통을 치셨다.

결국은 시키는 대로 할 수밖에 없었고, 몇 년이 지난 후부터는 비탈길을 평지처럼 달리고 바위 끝을 밟고 호랑이처럼 건너뛸 수도 있었다.

하마터면 그때 처음으로 사부께 고마움을 느낄 뻔도 했다.

제일 싫어했던 비탈길 수련이 제일 좋아하는 일로 바뀌어 있었으니까.

그러나 고지식한 사부는 제자의 편한 꼴을 절대 보지 못했다.

비탈길 오르내리는 수련이 기꺼운 산책으로 변해갔지만 동굴로 돌아올 때는 전혀 그런 내색을 하지 않고 다 죽어가는 표정을 지었다.

사부에게 그런 건 절대로 통하지 않았다.

사부는 아랑곳 않고 작은 물지게를 하나 던져 주셨다.

이제부터는 이 물지게에 물을 가득 담아 비탈길을 오르라는 말씀과 함께.

그때부터 산책길이 다시 지옥길이 되어 처음만큼 힘들었다.

죽어라 천룡도하의 춤을 추었고, 점차로 덜 힘들어졌다.

그런다고 나아질 건 없었다. 사부는 고지식하고 괴팍한 노인의 대명사였으니까.

조금 덜 힘들어질 때마다 커져 가는 물통들과 늘어나는 반복 횟수.

은자 오만 냥이라는 본전 생각만 아니었으면 그때 도망쳤으리라.

추방당하기 열흘 전까지도 사부는 물통을 바꾸어주고 횟수도 한 번 더 추가시켰다.

그런 고된 수련 덕분에 이런 평지에서 달리며 귀찮은 떨거지 하나를 떼어버리는 것은 쉬운 일이었지만 이곳을 떠나지 않는 이상 내일이라도 당장 다시 마주칠 수밖에 없을 것이다.

본격적인 큰 판을 앞둔 마당에 이곳을 떠날 수는 없는 일이다.

미세한 기척이 점점 가까워졌다.

'대체 누구일까?

진우청은 다가오는 인기척에 귀를 기울이며 생각했다.

여인을 공격했던 세 사내는 자신과 반대 방향으로 도망쳤고, 자신 역시 그 즉시 몸을 날렸으므로 그들은 아닐 것이다.

그렇다면……?

며칠 딴 판돈을 노리는 인간?

진우청은 와락 인상을 구겼다.

도종대가 누누이 조심하라던 일이 벌어진 모양이었다.

돈 잃고 기분 좋은 사람은 없는 법.

심하게 딴 사람이 있으면 심하게 잃은 사람도 있다.

그리고 그 잃은 사람들 중에는 추잡한 성격을 가진 놈들이 많아 언제 뒤통수를 칠지도 모른다고 했다.

"재수없는 놈은 하룻밤에도 코를 두 번씩 깬다니까!"

투덜거린 진우청은 가슴속에 있는 전낭에 손을 갖다 댔다.

'이게 어떤 돈인데……'

주루 바닥을 구르고 닭똥 냄새를 맡아가며 불린 돈인데 고스란히 내어줄 수는 없다.

진우청은 더욱 강하게 전낭을 움켜쥐었다.

"젠장! 언제까지 달릴 참이냐, 천둥벌거숭이!"

빙백마조 묵시량은 거친 숨과 함께 내심 역정을 토했다.

아차 하는 순간 진우청의 흔적을 놓쳤다가 추적술을 발휘하여 뒤쫓고 있었지만 더 이상 거리가 줄어들지 않았다. 아니, 점점 흔적이 희미해지는 것이 이대로 조금 더 시간이 가면 아예 종적을 놓칠 것 같았다.

'설마 저 촌놈이 그간의 내 미행을 눈치챈 건 아니겠지?'

묵시량은 고개를 저었다.

그간 미행다운 미행을 하지 않았으니 발각될 소지도 없었다.

백봉령주(白鳳令主)로부터 받은 정체를 파악하라는 명령 때문에 유가검보의 삼검대 소속 향주 나지강을 처치한 직후부터 놈의 행동거지를 살폈지만 어느 한곳도 경각심을 품을 만한 구석이 없었다.

그동안 내내 투계판이나 돌아다니고 그런 곳에서 굴러먹던 놈들과 어울리기만 했다. 그래서 악착같이 미행할 필요도 정체를 파악하려고 애쓸 필요도 없었다.

나지강으로 변신하는 자신의 주 임무에 대한 준비에 힘쓰며 이따금씩 놈의 동태를 살피면 되었다.

놈은 여전히 투계장에서 하루를 보내고 내기에 열중하며 지냈다.

하루 종일 따라다니지는 않았지만 언제나 예측 범위를 벗어나지 않은 장소에서 예측 범위를 벗어나지 않은 행동만 하고 있었다.

처음 이곳으로 오는 날, 마차 지붕에서 거머리같이 버틸 때는 뭔가 한가락 하는 놈일 줄 알았는데 한심하기 짝이 없는 놈이란 생각이 들었다.

그런 판단에 그만 경계심을 접고 떠나려 했는데 마지막 순간에 그간의 생각들을 왕창 무너뜨릴 만한 행동으로 처음보다 몇 배 더한 경각심을 심어주었다.

뜻하지 않게 백봉령주와 마주쳤을 때 백봉령주도 눈치채지 못할 만큼 날렵한 움직임으로 감나무 위로 몸을 숨기는 운신.

그리고 결코 가깝지 않은 거리에서 동전을 날려 동료 한 명의 손에 든 표창을 퉁겨내는 수법들은 범인으로서는 불가능한 일이었다.

'모든 게 우연을 가장한 연극이었을까?'

묵시량은 세차게 땅을 박차며 밑바닥부터 의심해 보았다. 그러나 이내 그건 아니라는 생각이 들었다.

처음 우연히 마주쳐 마차 지붕 위로 올라가 한바탕 소란을 피운 것은 우연을 가장한 연극이라 볼 수도 있었다.

그런 의심 때문에 백봉령주가 미행하라는 명령을 내렸고……

그러나 오늘 일은 절대로 우연을 가장한 연극일 수 없었다.

유가검보의 폐인 유화성의 움직임에 맞추어 백봉령주와 동료들은 작전을 짰고 움직였을 것이다.

따라서 작전을 벌인 장소와 시간은 지극히 유동적이었다.

그런데 그 장소에 바지춤을 잡고 먼저 나타난 놈은 그놈이었다.

그건 전적으로 우연일 뿐이었다.

놈에게는 지극히 불운한…….

작전은 완벽했고 놈만 끼어들지 않았다면 그 결과 또한 완벽했을 것이다.

마지막 순간에 동료가 날린 표창이 백봉령주에게 적중되었다면 확실히 성공한 것인데 그것이 아쉽다.

하지만 백봉령주가 유화성의 손에 구해지는 상황까지 전개되었으니 지금도 구 할은 성공한 셈이다.

표창의 독까지 몸에 퍼졌다면 백봉령주는 이틀 후에나 깨어날 것이다.

천둥벌거숭이 같은 놈 때문에 마지막 표창은 허공으로 튕겨졌으니 백봉령주는 예상보다 일찍 회복되겠지만 그건 알아서 처리할 수 있을 것이다. 충분히 영리한 두뇌를 소유한 여인이니까.

그런데 또 다른 문제가 생겼다.

작전의 모든 과정들을 그 천둥벌거숭이 놈이 목격했다는 것이다.

멍청한 놈이 자신들의 치밀한 작전과 연출의 전말을 모두 눈치챘을 리는 없겠지만 천려일실을 경계해야 하는 법이다.

그것이 놈이 오늘밤 죽어줘야 할 이유인 것이다.

결심을 굳힌 빙백마조 묵시량은 땅을 박차며 양쪽 손목을 비틀었다.

까가각―

독문병기 빙백마조가 낮은 소리로 이를 갈았다.

'엇!'

온 힘을 다해 경공을 펼치던 묵시량은 강가에 서 있는 진우청을 보고 급히 신형을 멈추었다.

도주를 포기하고 서 있는 모습이 마치 자신을 유인하며 기다리고 있는 것 같았다.

혼란스런 기분이 든 묵시량은 거칠어진 호흡을 가다듬었다.

아무리 세차게 바닥을 박차도 줄어들지 않는 거리에 혹시 놓칠지도 모른다는 초조감이 일어 어느새 호흡이 거칠어졌던 것이다.

겨우 일각 정도 경공을 펼치며 호흡이 거칠어지고 진기가 흐트러졌다는 사실에 묵시량은 어이없는 기분이 들었지만 목표물을 놓치지 않았다는 안도감이 그런 기분을 털어내 주었다.

천천히 진우청 앞에 다가선 묵시량은 진우청의 행색을 살피고는 자신도 모르게 하 하고 헛웃음을 토했다.

처음 만났을 때 입었던 누더기 같은 옷은 한층 더 너절해져 있었고 잔뜩 헝클어진 머리칼은 개방 출신이라 해도 전혀 무리가 없어 보였다.

대체 이런 인간이 어떻게 자신들의 일에 끼어들어 동전 한 닢으로 간단히 동료의 표창을 쳐내고 자신의 호흡이 거칠어질 정도로 경공을 펼쳤는지 이해가 가지 않았다.

그러나 그게 무슨 상관이랴.

그게 누구라 할지라도 자신들의 일을 목격하고 차후에 문제가 될 일말의 의심이라도 있으면 제거해야 하는 것이다.

하물며 모든 장면을 처음부터 지켜보고 훼방까지 놓았으니 절대로 살려둘 수 없는 일이다.

묵시량은 주먹을 말아 쥐었다.

말아 쥔 주먹과 함께 묵시량의 발끝이 땅을 찍으려는 순간 진우청의 목소리가 한발 앞서 허공을 가로질렀다.

"얼마를 원하시오?"

진우청은 불쑥 한마디를 내뱉은 후 불만 가득한 표정으로 가슴속의 전낭을 강하게 움켜쥐었다.

얼마간은 생각해 보겠지만 결코 다 내어놓지는 않겠다는 자세였다.

'얼마?'

막 한 발을 내디디려는 찰나에 들려온 진우청의 고함에 묵시량은 다시 한 번 흐트러진 호흡을 골랐다.

복면 밖으로 드러난 묵시량의 미간에 잔뜩 주름이 만들어졌다.

치졸한 수법이었지만 어쨌든 결정적인 순간에 호흡을 끊었고, 탁한 기운 한 가닥이 가슴 구석에 맴돌았다.

묵시량의 눈에 뭉클 살기가 피어올랐다.

그때 진우청의 입술이 다시 움직였다.

"나도 닭똥 냄새 맡아가며 어렵게 번 돈이오! 얼마간은 생각해 보겠지만 무리한 요구는 절대 들어줄 수 없소!"

진우청은 전낭을 쥔 손을 놓지 않고 완강한 어조로 말했다.

"당랑 같은 놈!"

진우청의 말을 한마디도 이해 못한 묵시량은 두 번 다시 허튼수작에 넘어가지 않겠다는 눈빛으로 발끝으로 땅을 찍었다.

묵시량의 신형이 극히 짧은 순간 달빛 아래에서 일렁이는 듯하더니 어느새 흐릿한 그림자가 되어 진우청의 코앞으로 쏘아졌다.

파앗―

날카로운 파공성이 울리며 일직선으로 뻗은 묵시량의 주먹이 진우청의 인중을 향해 화살처럼 꽂혀들었다.

치명적인 급소를 가격하여 단번에 목숨을 끊겠다는 일격필살의 권격이었다.

순식간에 이 장여의 거리를 없앤 속도와 함께 묵시량의 진력이 담긴 주먹은 무거운 경기를 먼저 발출해 주먹에 가격당하기도 전에 살갖이 먼저 터져 나갈 것 같은 압력을 느낀 진우청은 자신도 모르게 뒷걸음질을 쳤다.

스스스―

진우청의 신형이 주르륵 뒤로 밀려나며 묵시량이 뻗은 주먹과의 거리가 그 순간부터 자로 잰 듯 그대로 유지되었다.

그 모습은 마치 발판에 고정된 두 개의 인형이 발판의 이동에 따라 서로 간의 간격은 그대로 유지한 채 전체적인 위치만 바꾸는 것 같은 모습이었다.

'이, 이건!'

묵시량은 내심 경호성을 질렀다.

권격에 대항해서 고개를 숙이거나 상체를 뒤틀어 대적하는 방어는 충분히 예상 가능했고 위험하지도 않다.

수세에서 공세로의 전환이 있고 그에 따라 자신 역시 연속 공격을 하거나 반격에 대항할 여유를 가질 수 있으니까.

그러나 이런 식으로 상대는 한 치도 흐트러지지 않고 처음 자세 그대로 유지한 채 자신의 공격만 무위로 돌아간다면?

묵시량은 온몸의 근육을 경직시켰다. 상대의 반격에 타격을 입을 수밖에 없겠다는 본능적인 반응이었다.

그러나 자신의 몸 어느 곳에도 상대의 반격은 날아들지 않았다. 진우청은 여전히 이 장여의 거리를 유지한 채 서 있었다.

살기를 발하던 묵시량의 눈동자가 어지럽게 흔들렸다.

우선은 진우청의 정체가 혼란스러웠고, 그 다음으로는 간단한 보법만으로 자신의 공격을 무력화시킨 수법이 혼란스러웠다.

그 수법으로 보면, 그리고 지금까지 부딪친 사건만 보면 자신들의 일을 망칠 가능성이 있는 가장 큰 인물 같았다. 그러나 하는 짓거리나 말투는 파락호나 진배없었다.

과연 이놈이 자신의 정체를 철저히 숨기고 파락호 행세를 하는 동방회 첩자인지, 아니면 앞뒤 구별 못하고 자신들과 우연히 부딪친 진짜 파락호인지 묵시량은 쉬이 판단이 서지 않았다.

동방회 첩자라고 보기엔 너무 날건달 같았고 날건달이라 보기엔 감추고 있는 실력이 너무 비범해 보였다.

'차차 알아보지.'

묵시량은 진우청의 정체에 대한 판단을 뒤로 미루었다.

몇 수 더 나누어보면 좀 더 확연해질 수도 있으니까.

묵시량은 다시 땅을 박찼다.

이 장의 거리가 순식간에 좁혀지며 재차 진우청의 전면으로 쏟아진 묵시량이 바람개비처럼 신형을 회전시켰다.

묵시량의 신형과 함께 쏟아지던 바람 한줄기도 괴성을 지르며 회오리바람으로 바뀌었다.

쌔애앵—

회오리바람 속에서 묵시량의 선풍각이 아름드리 고목이라도 꺾을 듯 진우청의 허리를 쓸어갔다.

진우청의 신형이 다시 아까처럼 뒤로 죽 밀려났다.

반복된 움직임은 상대만 유리하게 하는 법.

묵시량은 예상하고 있었다는 듯 선풍보로 휩쓸어가던 발의 방향을 꺾어 땅을 박차고 탄환처럼 신형을 날렸다.

처음 회전하던 묵시량의 신형이 한 바퀴 더 회전하며 처음보다 배는 빠른 속도로 다른 발뒤축이 진우청의 명치를 찍어갔다.

아까처럼 뻣뻣이 뒤로 물러나는 수법으로는 필연적으로 가격당할 수밖에 없는 움직임과 공격이었다.

발뒤축에서 가죽 북이 터지는 것 같은 소리와 감촉을 예상했던 묵시량은 무심한 행인처럼 자신의 오른쪽을 스쳐 가는 진우청을 보며 참았던 경호성을 입 밖으로 터뜨리고 말았다.

꼭 보아야만 상대의 움직임을 예상할 수 있는 것이 아니다.

아래에서 걷어차 오는 발은 결국은 위로 치솟게 마련이고 휘돌려 차는 발이나 주먹은 원을 그리며 목표를 휩쓸어간다.

그 궤적을 연상하면 보지 않아도 공격점을 예측할 수 있고, 수비식을 펼칠 수 있는 것이다.

묵시량은 진우청의 움직임 역시 마찬가지이리라 생각했다.

퇴로를 밟으며 물러났으니 그 움직임을 끝까지 보지 않아도 선풍연환퇴(旋風連環腿)의 궤적과 겹칠 수밖에 없다.

그런데 발뒤축 끝에는 애꿎은 허공만 걸리고 선풍연환퇴를 펼치기 위해 신형을 회전시켰던 짧은 순간 진우청의 신형은 전혀 다른 궤적을 쫓아 이동하고 있었다.

묵시량은 온몸에 소름이 쭉 끼쳐 오는 기분이 들었다.

스쳐 지나가는 그 순간 진우청이 팔꿈치라도 슬쩍 내밀었다면 자신의 갈비뼈는 한겨울 마른 나뭇가지 부서지듯 부서져 버렸을 것이다.

무심하게 왼쪽을 스쳐 지나가는 듯한 움직임이었지만 묵시량은 진우청의 그 움직임 속에서 숨을 턱 막히게 하는 압력을 느꼈다.

그것은 찰나의 순간에 강철 막처럼 감싼 하나의 궤적을 뚫고 나와 다른 궤적으로 옮겨간 힘이 뿜어내는 압력일 것이다. 그 압력이 팔꿈치를 통해 자신의 갈비뼈 한곳에 전해졌다면…….

묵시량은 손목을 움직였다.

빙백마조가 최대한 빨리 튀어나올 수 있게 하는 예비 동작이었다.

설마 빙백마조까지는 쓸 일이 생기지 않으리라 생각했는데 단 두 수만에 그 생각은 백팔십 도로 뒤집어져 버린 것이다.

묵시량은 이글거리는 눈으로 진우청을 쳐다보았다.

묵시량과 위치를 바꾼 진우청은 한 가닥 의문에 고개를 갸웃거렸다.

'저번과 똑같은 현상인 것 같은데…….'

진우청은 기억을 되살렸다.

이곳에 온 첫날 용소루에서도 그랬다.

그곳 불량배 하나의 주먹이 예상치 못하게 코앞으로 날아들 때 경각심을 느끼며 엇 하고 아랫배에 힘을 주는 순간 사내의 주먹은 마치 깊은 물속에서 휘두르는 것처럼 느려졌다.

그런 현상이 조금 전에도 일어났다.

사내의 주먹이 인중을 노리고 들며 머리끝이 쭈뼛 서는 경각심과 함께 헛바람을 들이켰다.

그 순간 사내의 주먹이 거짓말처럼 느려졌다.

그 찰나적인 여유가 자신도 모르게 이루어진 뒷걸음질과 함께 사내의 공격을 무력화시킬 수 있게 했다.

이상한 현상이란 생각이 들었다.

그건 자신이 익힌 용무와 비슷했다.

흐느적거리는 것 같으면서도 느릿느릿 움직이는 동작.

이자 역시 용무를 익히지 않았나 하는 생각이 들 정도였다.

특히 사내의 두 번째 공격은 더 더욱 그런 생각이 들게 했다.

그런데 인간의 동작이 허공 중에서도 그렇게 느려질 수 있을까?

한 번의 속임수 공격과 뒤이어진 맹렬한 발뒤축 공격.

사내의 그 치명적인 공격은 허공 중에서 이루어졌다.

그 공격은 처음의 공격보다 훨씬 더 심한 경각심을 불러일으키며 더 강하게 호흡을 들이켰다. 그러자 처음과 마찬가지로 사내의 동작이 느려지며 허공 중에 뜬 사내의 움직임은 흡사 물속에서 바닥으로 천천히 가라앉듯이 떨어져 내렸다.

그런 느낌과 함께 진우청은 뒤로 물러나던 몸을 즉시 회전시켜 스치듯 사내의 공격권에서 벗어나 아예 정반대편으로 몸을 빼낼 수 있었다.

몸에 붙은 주먹이나 발이 느려지는 것은 이해가 갔지만 허공에 뜬 인간의 몸 전체가 그렇게 느려지는 것은 이상하기 짝이 없었다.

'이런 현상은 용무를 열심히 추면 네놈 몸뚱이 하나는 네 마음대로 움직일 수 있다던 사부의 말씀과 무슨 연관이 있는 것일까?'

사부는 무공이란 소리는 입 밖으로 꺼내지도 못하게 하고 십 년 동안 뭔가에 쫓기듯이 용무밖에 가르쳐 주지 않았지만 허언은 안 하시는 분이었다.

진우청은 조금이나마 경직됐던 신경을 이완시켰다.

두 번의 공격을 피했으니 세 번째도 피하지 못하란 법이 없다.

진우청은 훨씬 더 당당해진 모습으로 묵시량을 쳐다보았다.

잔뜩 움츠렸던 어깨와 상체가 쭉 펴지니 주변을 비추던 달빛이 잠시 차단되는 느낌이 들게 했다.

묵시량의 얼굴이 복면 안에서 벌겋게 달아올랐다.

기습이나 마찬가지였던 두 번의 공격이 무위로 돌아가고 상대가 자신을 떠보고 있다는 모욕감에 이젠 자신들의 비밀을 지키는 것과는 무관하게 절대로 살려두고 싶지 않은 심정이 되었다.

"죽인다!"

이를 한 번 앙다문 묵시량이 차갑게 외쳤다.

묵시량의 목소리가 저주처럼 강바람 속으로 흩어졌다.

'어디 이번에도.'

진우청은 닥쳐드는 묵시량의 신형을 보며 아랫배 가득 호흡을 뭉쳤다.

휘익—

묵시량의 오른발이 바람을 찢으며 진우청의 복부로 날아들었다.

직선으로 날아드는 듯하면서도 아지랑이처럼 흔들려 정말 복부로 날아드는 것이 맞나 하는 의심이 들게 하는 공격이었다.

진우청은 훌쩍 옆으로 몸을 이동시켰다.

묵시량은 기다렸다는 듯 진우청의 퇴로를 차단하며 반대쪽 발로 하체를 쓸어왔다.

그러나 진우청 역시 묵시량의 그런 연속 공격을 기다렸다는 듯 사선으로 몸을 이동시켰다.

교묘한 움직임과 한발 앞선 방위의 선점.

묵시량은 일순 자신의 투로가 막히는 느낌에 두 눈을 부릅떴다.

무슨 정형화된 보법을 밟은 것 같지도 않았는데 가장 효과적인 움직임으로 가장 공격하기 난해한 위치로 진우청의 신형이 이동되어 있었다.

그 위치는 타격을 하기보다는 다음 공격을 위한 발판이 되어야 할 곳이었다. 그런 걸 모두 무시하고 억지로 연속 공격을 퍼부을 수도 있지만 그건 초식을 잊고 투로를 잊은 절세고수들이 아니라면 절대로 제대로 된 힘을 발휘할 수 없는 공격이다.

묵시량은 탁한 숨 한 가닥을 내뱉었다.

자연스럽게 흐르지 못한 운신이 호흡마저 거칠게 만들었다.

거친 호흡을 한 번 더 토한 묵시량은 온몸을 갈대처럼 흔들며 진우청을 향해 짓쳐들었다.

진퇴가 동시에 이루어져 운신의 위치를 예측하기 힘든 신법.

그 신법에 가미한 연속 공격이면 좀 전처럼 방위를 선점당하고 투로가 끊기는 일은 없을 것이다.

파아앗!

세 번의 발길질과 아홉 번의 주먹질이 동시에 이루어지며 묵시량의 신형이 들쥐를 잡아채는 솔개처럼 진우청의 신형을 향해 덮쳐 갔다.

퍼퍼퍼펑!

압축된 기파가 한꺼번에 터져 나오며 허공이 비명을 질렀다.

그러나 그 어느 곳에도 인간의 살갗을 두드리는 파육음이나 인간의 목에서 터져 나오는 비명은 섞이지 않았다.

묵시량이 가야 할 곳의 방위를 이번에는 진우청이 선점하지 않았다.

정반대로 철저히 묵시량의 방위를 후점(後占)했다.

주먹이 지나간 곳에 어김없이 진우청의 얼굴이 불쑥 나타났으며, 발길질이 휩쓸고 간 자리에 줄에 묶여 끌려오듯 진우청의 발이 따라왔다.

묵시량은 목을 컥 막아오는 답답한 기운에 기침을 토했다.

이번에는 위치를 뺏긴 것이 아니라 호흡을 뺏긴 것이다.

자신의 신형이 지나간 자리에 그림자처럼 따라붙은 진우청의 신형은 자신이 뱉어내야 할 날숨과 들이켜야 할 들숨을 모조리 차단해 버린 결과를 가져왔다.

그 순간 억지로 호흡을 뱉거나 들이켰다면 고스란히 노출되는 약점에 치명적인 반격을 당할 수밖에 없었다.

상대가 반격을 하지 않더라도 그걸 무시할 수는 없는 노릇이었다.

이게 만약 모욕이라면 이런 모욕도 없을 것이다.

"이야압!"

이젠 붉다 못해 복면 안에서 잿빛이 된 얼굴의 묵시량이 기합을 토하며 재차, 삼차 진우청을 향해 덮쳐들었다.

'병신춤!'

연속된 묵시량의 공격을 피하며 진우청은 입속으로 뇌까렸다.

사부가 십 년 동안 추게 했던 용무는 정말 이상한 춤이었다.

얼마 살지 않은 나이와 식견이었지만 듣도 보도 못한.

그러나 최소한 이런 병신춤은 아니었다.

짧은 순간이었지만 이자의 춤에는 허황된 움직임이 세 군데는 보였고, 미세하기는 해도 호흡과 동작이 일치하지 않아 끝까지 춤을 이어가지 못하는 곳이 다섯 군데도 넘었다.

자신은 그런 부분부터 오히려 본격적으로 시작하며 죽도록 고생을 했는데 이 인간은 너무 너그러운 사부를 만난 게 틀림없다.

진우청은 피식 실소를 흘렸다.

그걸 부럽다고 해야 할지 그 반대라고 해야 할지 모르겠다는 생각이 들었다.

이자는 지금 너무 너그러운 사부를 만난 것이 오히려 독이 되는 상황이니 무조건 부러워해야 할 일만은 아니었다.

어쨌든 이런 병신춤을 추는 인간이라면 비록 주먹 쥐는 법 하나 배우지 못했지만 뱃속에서 타고난 실력으로도, 아니면 어린 시절 장난 삼아 내 것을 빼앗아 먹은 형에게 마구잡이로 달려들던 실력으로도 충분히 상대할 수 있다.

휘익—

진우청은 묵시량의 허황된 움직임이 만들어낸 빈틈 속으로 발을 찔러 넣었다.

용의 꼬리가 구름을 휩쓸어가듯 노도 같은 발길질이 묵시량의 허리를 향해 날아들었다.

더 이상 쪼갤 수 없는 최단시간과 최단거리를 점하며 날아오는 발길질에 태산을 휩쓸어 버릴 것 같은 힘이 실린 것을 느낀 묵시량은 반사적으로 손을 내밀었다.

철컥!

묵시량의 독문병기 빙백마조가 주인의 의지에 한발 앞서 튀어나왔다.

절체절명의 순간을 맞아 온몸의 신경 세포들이 비명을 내지르며 의식에 앞서 움직임이 먼저 일어나는 초감각적 현상이었다.

마조 끝에 발등이 찍히려는 순간 어렵지 않게 발목을 움직인 진우청은 마조를 밟았다.

휘익―

진우청의 신형이 가볍게 묵시량의 머리 위로 솟구치며 다른 한 발의 뒤축이 묵시량의 어깨를 건드렸다.

뚜뚝!

묵시량의 어깨에서 관절이 탈골되는 소리가 나며 고통이 밀려왔다.

철컥!

이를 악문 묵시량은 세차게 신형을 회전시키며 허공에 뜬 진우청을 향해 다른 한 손의 마조를 쾌속하게 찔러 넣었다.

그러나 진우청의 움직임이 그리는 궤적은 이번에도 묵시량의 예측을 한참 벗어나 있었다.

묵시량의 어깨를 건드린 순간 진우청의 신형은 살얼음판을 밟고 용무를 추듯 둥실 떠 멀어져 갔다.

순간, 묵시량의 손목이 이상한 각도로 크게 비틀렸다.

까가각!

어둠을 갈기갈기 찢는 듯한 기분 나쁜 소리와 함께 다섯 개의 마조가 탄환인 양 진우청을 향해 쏘아져 갔다.

거의 동시에 비갑에서 튀어나갔지만 자신의 위치를 충실히 지키는 나한진의 승려들처럼 다섯 조각의 마조는 제각각의 방향으로 파고들었다.

휘이잉!

진우청의 신형이 달빛 아래에서 흐릿하게 잔상을 남겼다.

묵시량은 순간적으로 진우청의 몸에서 비늘이 솟아나는 듯한 착각을 느꼈다.

달빛 아래에 선 한 개의 신형.

그러나 그 한 개뿐인 신형은 무수한 떨림으로 잔상을 만들고, 몇 겹으로 만들어진 잔상은 용의 비늘처럼 진우청의 전신을 감쌌다.

용린탄주(龍鱗彈珠)!

뱀춤, 아니, 용무를 추며 호흡이 춤사위와 일치하기 시작하자 그때부터 사부는 호두 알을 날렸다.

호두 알이 무슨 포탄 같았다.

호두 알에 가격당한 몸이 날려가듯 나가떨어졌다.

살이 많은 어깨나 엉덩이를 가격했으니 망정이지 아니었으면 호두 알에 맞고 죽은 한심한 인간으로 길이 남았을 것이다.

그때부터 춤보다는 날아오는 호두 알에 더 신경이 쓰였다.

용무를 추면서 온 신경을 피부에 집중했고, 그렇게 집중하고 맞을 때는 덜 아팠다.

그러나 갈수록 호두 알은 세차게 날아왔고, 그만큼 신경도 세차게 쓸 수밖에 없었다.

아무리 신경을 써도 안 맞을 수는 없었다.

결국은 몸으로 때워야 한다는 결심을 하게 되었다.

몸으로 때우는 데는 타고난 소질이 있었다.

뭔가를 하는 데 있어 타고난 소질이라는 것은 그래서 정말 중요했다.

어느덧 용무를 추면서 능동적으로 호두 알을 튕겨낼 수 있게 되었다.

파파파팡!

용의 비늘이 구슬을 튕겨내듯 진우청의 신형을 감싼 잔상의 막은 교묘한 각도로 날아들던 다섯 조각의 마조를 모조리 허공으로 튕겨냈다.

마조를 튕겨낸 진우청의 몸이 잔상 속에서 튀어나와 묵시량을 덮쳐 갔다.

경악성을 삼킨 묵시량이 급급히 퇴로를 밟으며 남은 한쪽 팔을 내밀 었다.

그러나 어깨뼈가 탈골된 팔은 제대로 말을 들어주지 않았다.

까각!

진우청의 손에 마조가 잡히며 쇠가 긁히는 소리가 터져 나왔다.

마조를 잡은 진우청이 불끈 힘을 주었다.

한철로 된 마조가 수수깡처럼 부서지며 비갑에서 뽑혀 나왔다.

"계집애처럼 손톱을 숨기고 장난질을 치다니……."

경멸스런 표정을 지은 진우청은 묵시량의 멱살을 잡고 그대로 메다 꽂았다.

진우청의 허리와 어깨에 의해 완벽하게 중심을 뺏긴 묵시량의 신형 이 속수무책으로 바닥에 패대기쳐졌다.

"그따위 병신춤으로 날 어떻게 할 수 있다고 생각 마시오! 이번에는 이쯤해 두겠지만 또다시 내 주변에 얼쩡거리면 이놈으로 얼굴을 확 긁 어버릴 거요!"

유일하게 부러지지 않은 마조 한 개를 전리품처럼 챙긴 진우청은 아 직도 바닥에 큰대 자로 뻗은 묵시량을 향해 한 번 더 인상을 쓰고는 등 을 돌렸다.

"얼음도 아닌 것이 왜 이리 차가운 거야?"

퉁명스럽게 중얼거린 진우청은 한철로 된 마조 조각을 이리저리 옮 겨 쥐다가 소매 속에 찔러 넣으며 어둠 속으로 사라졌다.

긴 속눈썹이 몇 번 잔 떨림을 일으키며 여인은 눈을 떴다.

여인의 시선이 잠시 중심을 잡지 못하고 사방을 배회했다.

조금 뒤 여인의 검은 눈망울 가득 의혹과 불안이 어렸다.

낯선 정물들.

그건 이미 예상했던 일이니 의문스러울 것도 없지만 방 안에 스며든 빛이 눈이 부실 정도로 밝다는 것이 문제였다.

예상대로라면 눈을 떴을 때는 어둠이 내리는 저녁이라야 했다.

미리 복용한 해독제와 몸속에 스며든 독이 치열하게 싸워 열 시진 정도 정신을 잃고 있다가 밤중에 깨어나야 했다. 그래야 완벽해지고 누구라도 별다른 의심을 하지 않는 상황이 되는 것이다.

그런데 아침이라면 문제가 달라진다.

차라리 하룻밤이 더 지난 아침이라면 모르지만 그렇지 않다면 의술에 조예가 깊은 사람 눈엔 해독의 흔적이 보일지도 모른다.

여인은 황급히 자신의 맥을 짚어보았다.

독의 흔적은 이미 깨끗이 사라져 있었다.

'뭔가 틀어졌다.'

여인은 천천히 운기를 해보았다.

마지막 순간 한 개 더 스쳐 지나갔어야 할 표창의 흔적이 몸 어느 구석에도 남아 있지 않았다.

'어떻게 된 일이지?'

여인의 눈동자가 어지럽게 흔들렸다.

거기까지 자신은 할 일을 다 했고, 다음은 동료들의 손에 맡겨야 하는 것이었다.

마지막 순간 표창이 빗나갔거나 표창을 던지지 못할 상황이 발생한 것이 틀림없다.

유화성이 중독되기 전에 미리 흡수한 독 때문에 의식을 잃어 그 상황을 끝까지 살필 수 없었지만 두 번째 표창은 분명히 자신을 맞추지 못한 것 같았다.

여인은 불안한 표정으로 바깥의 동정을 살폈다.

그때 밖에서 인기척이 들렸다.

여인은 얼른 눈을 감았다.

잠시 후 한 여인이 대야에 물을 담아 들어왔다.

"정신이 드셨는지요?"

여인의 목소리는 자신의 회복을 확신하고 있는 것 같았다. 그렇다면 더 이상 정신을 잃은 척하는 것은 무의미했다. 오히려 의심을 받을 위험이 컸다.

"여기는……?"

백봉령주는 얼른 상체를 일으키며 질문했다.

"아, 아직은 좀 더 누워 계세요."

유화경은 물수건을 짜서 백봉령주의 얼굴을 닦아주며 백봉령주를 그대로 눕게 했다.

"여긴 우리 집이고 유가검보라고 불러요. 소저는 어젯밤 괴한들에게 쫓기다 중독되어 쓰러져 있었는데 우리 큰오빠가 구해왔어요."

유화경은 백봉령주가 궁금해할 만한 사항을 간략하면서도 더 이상의 질문이 필요없을 정도로 설명해 주었다.

백봉령주는 그런 유화경의 모습에서 무척 총명한 아가씨라는 느낌을 받았다.

"아!"

속마음과는 달리 백봉령주는 어젯밤, 아니, 오늘 새벽의 모든 일들이 갑자기 생각났고, 그 상황이 끔찍스럽다는 표정을 지으며 낮은 비명을 토했다.

"안심하세요. 우리 큰오빠가 그들을 모두 쫓아버렸어요. 방심하다 마지막 순간에 큰오빠도 중독되었다고 했지만 그 정도의 독은 혼자서도 충분히 몰아낼 만한 실력을 갖춘 사람이니 걱정 말아요. 그리고 우리 집은 그들이 다시 숨어들 만큼 허술한 곳이 아니에요."

유화경은 아직은 소녀 티를 벗지 못한 얼굴과 함께 자신의 가문에 대한 자부심을 감추지 못한 표정으로 백봉령주를 안심시켰다.

유화경의 당부대로 백봉령주는 안도의 한숨을 내쉬었다.

참새처럼 재잘거리는 유화경의 말에서 백봉령주는 어제저녁의 상황을 거의 추측할 수 있었다.

사전에 치밀하게 계획된 대로 자신은 유화성의 구원을 받아 유가검보에 들어왔고, 동료들도 잡히거나 치명적인 상처를 입지 않고 도망친 것이다.

완벽하게 맞아떨어지지 않아도 구 할 이상은 성공했다.

"구명의 은혜를 입었군요. 정말 고맙습니다."

백봉령주는 다시 한 번 안도의 한숨을 내쉬며 감사의 뜻을 전했다.

"고맙다는 말은 우리 큰오빠에게 하세요. 그럴 기회나 있을지 모르겠지만."

하루 종일 방구석에 틀어박혀 있거나 술집에 처박혀 있으니 자신도 얼굴 보기가 힘든 큰오빠를 생각하며 유화경은 쓸쓸한 표정과 함께 말끝을 흐렸다.

"왜 그러세요? 큰오빠란 분에게 무슨 일이……?"

백봉령주는 자신 때문에 유화성에게 무슨 일이 벌어지지 않았나 화들짝 놀라며 유화경을 쳐다보았다.

"아, 아니에요. 그냥 동생인 나도 하루 종일 얼굴 보기 힘든 사람이라……."

유화경은 손을 흔들고 다시 백봉령주의 얼굴을 닦아주었다.

"큰오빠란 분을 뵙고 싶어요."

잠시 유화경에게 얼굴을 맡긴 백봉령주는 낮은 목소리로 말했다. 그러나 그 눈에는 강한 의지가 담겨 있었다.

강호인들은 은원(恩怨)이 확실한 법.

유화경 역시 무인이었기에 백봉령주가 자신의 큰오빠를 만나 은혜를 입은 인사를 하고자 하는 심정을 충분히 이해했다.

"잠시만 기다려 보세요. 제가 알아보고 다시 연락드릴게요."

유화경은 고개를 끄덕인 후 밖으로 나갔다.

"어떻게 된 일이야?"

백봉령주의 상태를 살피고 나온 유화경을 향해 그녀의 작은오빠인 유화결이 눈살을 찌푸리며 물었다.

저녁 늦은 시간까지 연무장에서 무공 수련을 하고 그곳에서 잠이 들어 유화성이 겪었던 일을 아침 늦게야 전해 들은 유화결은 동생 유화경을 보자마자 득달같이 질문을 던졌다.

한 여인 때문에 폐인이 되다시피 한 형이 새벽녘에 정신을 잃은 어떤 여인을 업고 들어온 사실은 한편으로는 너무 뜻밖이고 한편으로는 걱정스럽기도 한 심경이었다.

"아마도 작은오빠가 들은 그대로일 거야."

유화경이 답했다.

"내가 뭘 들었단 말이냐?"

유화결의 목소리가 높아졌다.

"오늘 새벽 큰오빠가 중독되어 정신을 잃은 여인을 업고 들어왔다고 들었을 거고, 그래서 눈곱도 떼지 않고 아침부터 이렇게 날 기다린 거 아냐?"

유화경은 뻔한 걸 가지고 그런다는 눈빛으로 유화결을 쳐다보았다.

"끄응!"

유화결은 신음을 흘리며 소매로 얼굴을 쓱쓱 문질렀다.

"푸후후! 이젠 눈곱이 뺨에 달라붙었네."

유화경은 점점 더 짓궂은 표정으로 유화결을 놀렸다.

"쓸데없는 장난 그만 하고 자세히 말해 봐, 어찌 된 일인지. 그리고 그 여인의 정체가 뭔지, 또 형은 무슨 생각으로 그 여인을 데리고 왔는 지."

유화결의 연속적인 질문에 유화경은 어이없는 웃음을 짓다가 말문을 열었다.

"어찌 된 일인지는 나도 작은오빠만큼밖에 몰라. 그리고 여인은 조금 전에 정신이 들었어. 하지만 아직은 요양이 필요한 상태라 간단한 인사 정도만 하고 쉬게 했어. 그러니 당연히 정체도 알 길이 없지. 또 큰오빠가 무슨 생각으로 그 여인을 데려왔는지도 뻔하잖아? 술에 취해 비틀거리고 다니다가 곤경에 빠진 여인과 마주치게 되니 업고 온 거 지."

"형도 같이 중독되었다고 하던데……?"

유화결의 질문이 연거푸 빠르게 이어졌다.

"괴한들에 쫓기던 여인을 오빠가 구해주다가 그들이 뿌린 독에 중독되었는데 심각한 수준은 아니었어. 여인의 몸에 침투한 독을 몰아내주려다가 여독이 발작하긴 했지만 괜찮은 모양… 악!"

설명을 하던 유화경은 짧은 비명을 질렀다.

유화결이 갑자기 탁자를 내려치며 벌떡 일어선 때문이었다.

"멍청이같이!"

유화결의 눈에 핏발이 섰다.

"자기 몸도 가누지 못하면서 누굴 돕겠다고 나서는 거야? 그랬다가 정말 치명적인 독에라도 당했으면 어쩌려고 그래? 그렇게 마음이 약해가지고 어떻게 이 험한 세상을! 젠장!"

소리소리 지르던 유화결은 버럭 역정을 내며 입을 다물었다. 그리고 털썩 의자에 주저앉았다.

"갑자기 탁자를 내려치고 그래? 깜짝 놀랐잖아! 그렇게 걱정되면 따라나서지 어제는 왜 그냥 뒀어?"

유화경은 놀란 가슴을 쓸며 눈을 흘겼다.

겉으로는 큰오빠 유화성에게 더없이 쌀쌀맞고 매몰차게 굴지만 이 집안 누구보다 큰오빠를 걱정하는 사람이 작은오빠 유화결임을 잘 알고 있는 유화경은 책망 섞인 투로 같이 역정을 냈지만 그 목소리 끝에는 한 가닥 온기가 묻어 있었다.

"현성비무대회도 며칠 남지 않았는데 내가 일일이 신경 쓸 순 없잖아!"

유화결은 '내가 신경 못 쓸 땐 너라도 좀 각별히 신경 써야 하는 거 아니냐?' 는 뜻이 고스란히 담긴 눈빛으로 유화경을 쳐다보았다. 그러나 여자의 몸으로 새벽녘까지 인근 술집들을 일일이 돌아다니는 것도 쉽지 않은 일임을 알기에 더 이상 고함을 지르지는 않았다.

"현성비무대회가 신경이 쓰이기는 하는 모양이지?"

유화경은 작은오빠 유화결의 얼굴을 유심히 살피며 말했다.

작년까지만 해도 현성비무대회 따윈 신경도 안 쓰던 사람이었다.

검대 소속 젊은 향주 한둘만 내보내면 우승을 하거나 못해도 준우승은 하고 돌아왔다.

그런데 올해는 양상이 급격히 바뀌었다.

동방회의 위세를 등에 업은 인가장이, 정확히 말해서는 인가장의 장남 인장호가 유화결이 참가하지 않으면 안 되게끔 수작을 부리고 있었다.

"그따위가 신경 쓰이긴 뭐가 신경 쓰여? 그냥 요즘 몸이 좀 굳어서 준비 운동이나 좀 하는 것이지."

유화결은 콧방귀를 뀌었다. 그리고 천천히 눈살을 찌푸렸다.

인가장의 장남 인장호.

그 기분 나쁜 놈이 동방회의 힘을 믿고 하늘 무서운 줄 모르고 설치고 있다는 생각이 들었다.

유화결은 어린 시절 자신의 발 앞에 무릎을 꿇고 싹싹 빌었던 인장호와 함께 상인 연합회인 동방회를 떠올리며 조소를 피워 올렸다.

'감히 장사꾼 따위가 이곳에서 농간을 부린단 말이지? 아주 콧대를 꺾어주지!'

유화결은 자신만만한 표정으로 주먹을 불끈 쥐었다.

아직 세상의 음험한 구석과 돈의 위력을 제대로 겪어보지 못한 청년인 그에겐 세상의 한 축인 동방회도 결국은 냄새 나는 장사꾼들의 집합체일 뿐이었다.

"그런데 형은 어디 있는 거야?"

잠시 상념에 잠겼던 유화결은 고개를 벌떡 들며 유화경에게 고함을 치듯 물었다.

"참, 내 정신 좀 봐! 큰오빠를 찾으러 간다는 게……."

유화경은 자신의 머리를 톡톡 쳤다.

"아영……."

유화성은 나직한 목소리로 누군가의 이름을 부르며 허공을 응시했다.

허공 속에서 한 여인의 얼굴이 아련히 떠올랐다.

오늘 새벽에 겪었던 일과 함께 그리움이 더욱 사무쳐 왔다.

순간적으로 연인이 살아 돌아온 듯한 착각.

그러나 그 여인은 아영이 아니었다.

깊게 패인 볼우물 대신 까만 점이 자리하고 있는 얼굴.

그 까만 점이 묘하게도 연인의 볼우물과 겹쳐지며 연인이 살아 돌아온 것 같은 착각마저 불러일으켰지만 반대로 그 점은 절대로 연인이 아니라는 사실을 강하게 확인시켜 주었다. 그와 함께 이어지는 허탈한 마음에 온 가슴이 비어버린 것 같았다.

유화성은 눈을 질끈 감았다. 그리고 오늘 새벽의 일을 떠올렸다.

술에 찌들며 몰아내고자 했던 것은 가슴속의 고통이었지 머리 속의 날카로운 이성은 아니었다.

새벽에 일어났던 일들은 뭔가 작위적인 분위기가 느껴졌다. 그러면서도 예상치 못한 돌발적인 기분도 느껴졌다.

자신에게 부딪쳐 온 연인을 닮은 여인.

중독된 순간만큼은 운신을 불가능하게 했지만 결코 치명적이지 않은 독.

그것들은 너무 완벽했기에 오히려 의심이 갔다.

그러나 절체절명의 순간에 날아와 흉수의 표창을 퉁겨 버린 동전 한 닢에 실린 기운은 그런 의심을 지워 버렸다.

모든 것이 좀 전에 일어난 일처럼 또렷했지만 그 상황 속에 숨겨진 본질은 안개에 가린 듯 모호했다.

그런 상황들을 되새기는 유화성의 눈빛이 칼날처럼 날카롭게 빛나고 있었다.

탁!

잠시 후 유화성은 탁자 위에 있는 술병을 집어 들어 한 모금 삼켰다.

날카롭게 빛나던 눈빛은 사라지고 술 냄새가 방 안에 진동했다.

"큰오빠!"

방문 밖에서 유화경의 목소리가 들렸다.

술 냄새 풍기는 사내의 모습으로 되돌아온 유화성은 천천히 탁자에서 일어섰다.

"구명지은에 감사드립니다."

유화경, 유화결과 함께 유화성의 방에 온 백봉령주는 유화성을 향해 깊이 고개를 숙였다.

간단한 움직임이었지만 절제와 온유함이 묻어 나오는 행동들은 명가의 기품이 느껴지게 했다.

"몸은 괜찮으신지요?"

유화성은 술기운이 남아 있는 눈빛으로 백봉령주를 바라보며 질문했다.

담담한 눈빛과 목소리 속에는 잠시 전에 떠올라 있던 진한 그리움은 깨끗이 지워져 있었다.

"여러분 덕분에 이젠 오히려 전보다 더 몸이 가볍군요. 다시 한 번 감사드립니다."

백봉령주는 가볍게 미소 지으며 유화결과 유화경을 향해서도 고개를 숙였다.

"참, 그리고 보니 제 소개도 드리지 않았군요. 전 이소정(李小貞)이라고 합니다. 고향은 호남인데… 오라버니를 찾아 여기까지 오게 되었습니다."

"오라버니를 잃어버렸……."

백봉령주의 말에 유화경이 질문을 하다가 얼른 입을 다물었다. 오라버니가 무슨 물건도 아닌데 잃어버렸다는 말은 어쩐지 어폐가 있었기 때문이다.

"호호!"

천진난만함이 엿보이는 유화경의 모습이 귀여웠는지 백봉령주는 살짝 손으로 입술을 가리며 웃었다.

짧은 순간 유화성의 시선이 어지럽게 흔들리다가 제자리를 찾았지만 백봉령주는 의식하지 못한 채 설명을 이어나갔다.

"잃어버렸다고 할 수도 있죠. 오라버니는 많은 사람들의 기대를 모으던 잠룡 중의 잠룡이었는데 어느 날 모든 것에 회의를 느끼고 훌쩍 종적을 감춰 버렸습니다. 그래서 제가 이곳까지 오게 되었습니다."

백봉령주는 안타까운 표정으로 말을 마치고는 한숨을 내쉬었다.

그녀의 말투와 한숨에서 느껴지는 무게가 결코 가볍지 않아 보여 방 안에는 잠시 동안 침묵이 흘렀다.

그 침묵을 깬 사람은 유화결이었다.

"그런데 오늘 새벽 소저를 공격하던 자들은……?"

유화결은 조심스런 표정으로 말끝을 흐렸다.

한밤중에 몇 명의 사내들에게 쫓기던 자신의 모습을 떠올리는 것이 기꺼운 여인은 없을 것이다.

유화결의 그런 생각과 마찬가지로 여인은 수치감이 스친 표정으로 잠시 뜸을 들였다.

"말하고 싶지 않으면 그만두셔도 됩니다. 소저께 이런 질문을 드린 이유는 차후에 다시 있을지 모르는 그자들의 습격을 염려해서이지 별 다른 뜻은 없습니다."

유화결은 날카로운 눈으로 여인을 쳐다보았다.

"아닙니다. 그자들은 며칠 전에 어느 주루에서 시비가 붙은 자와 한 패들인 모양인데 그때의 원한을 잊지 못하고……."

백봉령주는 겨우 말을 맺고는 더 이상 생각하고 싶지도 않다는 표정을 지었다.

"나쁜 인간들. 하지만 이젠 걱정 마세요. 다시 나타나면 제가 가만두지 않겠어요."

백봉령주의 설명에 유화경이 마치 자신의 일인 양 분개한 목소리로 외치고는 주먹을 쥐어 보였다.

그렇게 두 여인 사이에 몇 마디의 말이 더 오가는 것을 보던 유화성이 천천히 입술을 움직였다.

"동생 말대로 그자들은 신경 쓰지 마시고 몸조리 잘하십시오. 그리고 그리 큰 원한도 아닌 것 같으니 여기서 좀 유하다 보면 그자들도 제 풀에 떨어져 나갈 것입니다."

"정말 그래도……?"

백봉령주는 유화결의 눈치를 살폈다.

"그럼요. 요즘 이곳 분위기가 어수선하니 그동안 저하고 지내며 세상 얘기나 좀 해줘요. 화산에만 있다가 얼마 전에 와서 전 넓은 세상 얘기가 항상 궁금하거든요. 호호! 우선은 좀 더 쉬어요."

유화결의 표정이야 어떻든 유화경은 백봉령주의 팔을 끌었다.

"정말 고맙습니다, 공자님."

백봉령주는 다시 한 번 고개를 숙이곤 유화경을 따라 방문 밖으로 사라졌다.

"많이 닮았군. 그 때문이야?"

백봉령주와 유화경이 나간 후 유화결이 눈살을 찌푸리며 유화성을 쳐다보았다.

"무슨 말이냐?"

유화성이 반문했다.

"정체도 모르는 여인을 며칠씩이나 묵게 한 이유가 그녀와 닮았기 때문인 거야?"

유화결의 눈빛이 점점 더 날카로워졌다.

"난 못 느꼈는데 아영을 몇 번 보지도 않은 넌 나보다 더 잘 느낀 모양이구나. 그런 줄 알았으면 좀 더 자세히 쳐다볼 걸 그랬군."

유화성은 목을 빼서 백봉령주가 나간 방문 밖을 쳐다보았다.

"처음엔 몰랐는데 방금 웃으니까 정말 많이 닮았다는 걸 느꼈어. 아니, 정확히 말해 닮았다기보다는 분위기가 너무 비슷해. 특히 웃을 때 왼쪽 뺨에 있는 그 점은⋯⋯."

유화결은 급히 입을 다물었다.

본인이 그렇다고 해도 아니라며 모른 척해야 할 자신이 오히려 긁어 부스럼을 만들고 있었다.

유화결은 유화성의 눈치를 살폈다.

그러나 술기운이 다 가시지 않은 유화성의 표정은 변함이 없었다.

유화결은 내심 안도의 한숨을 내쉬었다.

"화결아."

빤히 마주 보던 유화성이 동생의 이름을 불렀다.

"말해 봐."

유화결은 형이 백봉령주를 보며 연인을 떠올리지 않는 것이 다행이란 생각에 예전에 없이 고분고분 답했다.

"술값이⋯ 떨어졌다."

유화성은 기어들어 가는 소리로 말했다.

"형, 정말!"

조금 누그러지던 유화결의 눈빛에 다시 칼날이 돋았다.

"대체 언제까지 이럴 거야, 형? 형은 우리 집⋯⋯!"

유화결의 고함 소리가 한참 동안 유화성의 방 안을 진동시켰다.

"휴우~"

처소로 돌아온 백봉령주는 낮고 긴 한숨을 토했다.

그리고 털썩 침상에 주저앉았다.

비급을 보고 수없이 반복한 초식이 제대로 된 상대를 만난 실전에서는 반도 효력을 발휘하지 못하듯이 수없이 연습한 표정과 말투들이 어쩐지 방금 대면한 사내에게는 반의반도 먹혀들지 못한 것 같은 느낌이 들었다.

술 냄새를 풍기고 흐트러진 모습이었지만 사내의 몸에서 무의식적으로 뻗어 나온 기운들은 시종 자신의 평정심을 뒤흔든 것 같았다.

"아영⋯⋯."

나지막하게 외친 백봉령주는 고개를 들어 천장을 쳐다보았다.

"네가 사랑한 남자는 네 칭찬보다 오히려 더 뛰어난 사람 같구나. 잠룡 중의 잠룡이란 말, 실감이 나지 않았는데⋯⋯."

백봉령주는 다시 한 번 한숨을 내쉬고는 왼쪽 뺨을 쓰다듬었다.

"이 점은 괜히 만들어 붙인 것 같아."

백봉령주의 목소리가 더욱 낮게 내려앉았다.

第七章

인가장(印家莊)과
유가검보(柳家劍堡)

인가장(印家莊)과 유가검보(柳家劍堡)

현성비무대회를 하루 앞둔 휘주는 온통 인산인해를 이루고 있었다.

어전비무대회나 팔대세가 및 구파일방 한곳에서 주관하는 비무대회의 규모와는 비교가 못 되었지만 동방회 휘주지부에서 지원하고 내걸린 상금이 만만치 않다는 소문에 돈에 관심있는 무사들과 구경꾼들이 전에 없이 많이 몰려든 것이다. 그래서 비무대회 규모도 하룻 동안 치러진 예전의 대회와는 달리 삼 일에 걸쳐 예선과 본선이라는 일정으로 나누어 실시하게 되었다.

뒤로 자빠져도 코가 깨지는 사태를 하룻밤 사이 두 번이나 연거푸 겪은 진우청은 새벽녘에야 어느 싸구려 객점 구석방에서 잠에 빠져들었고, 오후가 되어 깨어났다.

새벽에 잠이 들어 오후에 깨어나는 경우가 대부분 그러하듯 찌뿌드

드한 몸과 한참 동안 제자리를 찾아들지 않는 의식에 진우청은 잠시 동안 그 자리에 누운 채 멀뚱히 천장만 쳐다보았다.

지난밤에서 새벽까지의 기억들이 빠르게 되살아났지만 몽롱한 기분과 뒤섞여 한편으로는 꿈을 꾼 것 같은 착각이 들었다.

진우청은 손을 뻗어 방구석을 더듬었다.

차가운 쇳조각 하나가 손에 잡혀졌다.

빙백마조 묵시량에게서 뺏은 마조 조각이었다.

결투 중에 붙잡아 부러뜨리는 순간 손바닥에 느껴지는 얼음 같은 감촉에 하나 가져온 것인데 차가운 기운이 사방을 덮는 새벽이 아닌데도 마조 조각은 손을 얼릴 듯한 냉기를 발하고 있었다.

"이걸 보니 꿈은 아닌 것 같은데 하룻밤 사이에 이해 안 가는 일들을 한꺼번에 겪었군."

진우청은 벌떡 몸을 일으켰다.

차가운 한철 조각의 느낌에 정신이 번쩍 들자 지독한 시장기가 느껴졌다.

새벽까지 줄곧 몸을 움직이고 이곳 객점에 들어서도 겨우 구석방 하나를 어렵게 얻었을 뿐 아무것도 못 먹었으니 뱃가죽이 등에 달라붙은 것 같았다.

진우청은 서둘러 밖으로 나왔다.

휘주 중심부를 가득 메운 사람들은 이곳까지 밀려 나와 허름한 객점마저도 빈자리를 찾기 힘들게 했다.

슬쩍 눈살을 찌푸린 진우청은 고개를 두리번거렸다.

처음에는 주루에 들어서도 돈이 없어 못 먹을 상황이었는데 이제는 돈이 있어도 자리가 없어 못 먹을 상황으로 바뀌어 있었다.

"이제야 깼군요."

눈치만 남은 어린 점소이가 눈웃음을 치며 다가왔다.

새벽에 문을 두드렸을 때는 단잠을 깨웠다고 온갖 인상을 다 쓰던 녀석이었는데 동전 몇 닢을 쥐어주자 단번에 웃는 얼굴로 바뀌었고, 그 약효가 아직 남아 있는 것 같았다.

돈의 위력을 새삼 절감하며 진우청은 어떠한 난관이 있어도 이번 비무대회에서 단단히 한몫 잡아야 한다는 생각을 굳히며 품속에 있는 전낭을 쓰다듬었다.

들릴 듯 말 듯 짤랑거리는 돈 소리에 꼬마 점소이의 눈빛이 더욱 빛났다.

"배가 고픈데 자리가 없는 것 같군."

진우청은 다른 객점으로 가야 하나 하는 모습으로 문 쪽을 쳐다보았다.

"다른 곳으로 가봐도 마찬가지일 거예요. 이런 싸구려… 아니, 우리 집이 만원이면 다른 곳도 마찬가지란 말이지요. 아마 한 시진은 기다려야 주문한 음식이 나올걸요?"

점소이가 진우청의 마음을 읽었는지 빠르게 설명했다.

"한 시진이라고?"

진우청은 점소이의 말에 허기가 두 배로 몰려오는 느낌을 받으며 동전 몇 닢을 손바닥 위에 올렸다.

"자리를 마련하고 주문한 음식을 일각 이내에 나오게 하면 이것은 네 것이다."

진우청의 제안에 어린 점소이는 만면에 미소를 지으며 빠르게 움직였다.

즉시 합석 자리가 만들어지고, 주문을 받은 점소이가 주방으로 뛰어들었다.

"자네도 이번 비무대회에 참가할 셈인가?"

합석한 자리의 맞은편에 앉은 중년인이 진우청을 향해 질문했다.

입고 있는 옷차림으로 보아서는 도저히 그런 추측을 할 수가 없었지만 진우청의 골격과 체격으로 보아 혹시나 하는 생각을 한 모양이었다.

"그런 생각 안 해봤습니다."

고개를 흔들며 대답한 진우청은 급행으로 날라온 오리 고기와 만두를 정신없이 입속으로 우겨 넣었다.

진우청의 근골에서 한 가닥 경계심을 느꼈던 깡마른 인상의 중년인은 보일 듯 말 듯 미소를 짓고는 식사를 계속했다.

"대협께서는 참가하는 모양이죠?"

지독한 허기를 반쯤 채운 진우청은 식사 속도를 조금 늦추며 중년인에게 질문했다.

"상금이 만만치 않으니까."

중년인은 투지 어린 눈빛을 내쏘며 답했다.

진우청은 식사로 인해 가빠진 숨을 한 번 내쉬고는 중년인의 행색을 살폈다.

강퍅한 인상과 낭인 기질이 온몸에 흘러넘치고 있었다.

십중팔구는 현상금이나 이런 상금을 노리고 온 세상을 돌아다니는 낭인무사 같아 보였다.

진우청은 소매 속에 손을 넣었다.

"혹시… 이런 물건 본 적 있습니까?"

진우청은 소매 속에 찔러 넣어두었던 마조 조각 하나를 불쑥 꺼내 탁자 위로 놓고는 중년인에게 질문했다.

어제저녁, 아니, 오늘 새벽 자신을 쫓아와 공격한 인간이 단순한 좀 도둑은 아닐 것이라는 생각이 든 것이다.

처음에 추적을 당할 때는 그렇게만 생각했는데 이런 예사롭지 않은 물건과 각각 교묘한 방향으로 튀어나올 수 있는 정교한 장치를 손목에 하고 다닌다면 제법 이름이 나 있지 않을까 하는 느낌이 들었다. 그렇다면 온 세상을 떠돌아다니며 견문이 풍부한 이런 사람이 그자의 병기를 알아볼 수 있을지도 모른다는 판단이었다.

식탁 위에 올려진 마조 조각을 잠시 바라본 중년인은 눈 사이를 좁히며 고개를 흔들었다.

다섯 개의 손톱 중 한 개만 떼어놓고 보니 손톱 같지도 않았고, 그렇다고 단검도 소도도 아닌 것이 진우청 자신의 눈에도 이상하게 보였다.

"생긴 것과 달리 만져 보면 굉장히 차가운데……."

차갑다는 진우청의 말에 중년인은 손을 뻗어 마조 조각을 들어 올렸다.

"한칠!"

마조 조각을 손바닥에 올린 중년인이 적이 놀란 표정과 함께 목소리를 높였다.

무심코 집어 들었다가 뼛골까지 스며드는 한기가 만만치 않음을 느낀 사내는 마조 조각과 진우청을 번갈아 보았다.

중년 사내의 고함에 가까운 목소리에 그렇지 않아도 진우청의 가공할 식사 속도에 한 번씩 눈길을 주던 사람들의 시선이 진우청과 중년인에게로 집중되었다.

"혹시 아는 물건입니까?"

진우청은 기대감 어린 눈으로 중년 사내를 쳐다보았다. 그러나 사내는 여전히 고개를 저었다.

"재질은 알고 있네만 무슨 물건인지는 모르겠네."

사내는 마조 조각을 식탁 위에 내려놓고는 손바닥을 비볐다. 한철의 차가운 기운이 손바닥을 얼얼하게 한 모양이었다.

"처음에 이것은 다섯 개의 손톱 모양으로 같이 붙어 있었는데 다른 건 부서져서 놔두고 이것 하나만 주워왔습니다. 그래도 모르겠습니까?"

진우청은 묵시량의 팔뚝에서 불쑥 튀어나오던 빙백마조의 원래 모양을 설명하며 재차 질문했다.

그때는 계집애처럼 손톱 장난이나 하는 물건인 줄 알았는데 중년 사내의 표정을 보니 더욱 보통 물건이 아닌 것 같았다. 이럴 줄 알았으면 그냥 패대기 한 번 치는 걸로 그치지 말고 정체라도 캐내어보고 올걸 하는 후회감도 들었다.

"이걸 어디서 주웠나?"

중년인은 여전히 알 수 없다는 표정으로 출처를 물었다.

"떠돌아다니다 어느 숲길에서 주웠는데 지금은 그곳이 어딘지도 모르겠습니다."

진우청은 적당히 둘러대며 혹시라도 새벽의 그자 패거리들이 이곳에 있지 않나 신경을 곤두세웠지만 그런 낌새는 느껴지지 않았다.

"그 물건, 저 좀 보여주시겠어요?"

중년인에게서 궁금증 해소를 포기한 진우청이 마조 조각을 다시 소매 속으로 집어넣으려는 순간 꾀꼬리 같은 목소리가 주루 안에 울려 퍼졌다.

　이런 싸구려 객점에서는 좀처럼 듣기 힘든 목소리에 진우청은 물론 대부분의 손님들도 목소리가 들려오는 쪽으로 고개를 돌렸다.

　목소리의 주인은 열 대여섯 정도로 보이는 소녀였다.

　창가 쪽 제일 좋은 자리에 앉아 있었지만 일행에 둘러싸여 고개를 길게 빼지 않으면 제대로 보이지 않았다.

　평소라면 이런 객점은 쳐다보지도 않을 차림새였지만 북적거리는 사람들에 밀려 이곳까지 온 모양이었다.

　진우청은 집어넣으려던 마조 조각을 끄집어내며 몸을 일으켰다.

　이런 남루한 몰골로 저런 소녀를 상대하는 것이 부담스러웠지만 거절할 수도 없는 노릇이었다.

　그랬다간 소녀를 무시하니 어쩌니 하며 소란이 일고, 흔하디흔한 객점지쟁(客店之爭)이 벌어지기 십상일 것이다.

　진우청은 자리에서 일어나 창가 쪽으로 몸을 움직였다.

　"이리 줘보게."

　소녀에 앞서 소녀의 일행인 듯한 한 노인이 진우청의 손에서 마조 조각을 받아 들었다.

　노인에게 선수를 뺏긴 소녀는 잠시 손이 민망한 표정이었지만 이내 호기심 가득한 눈으로 마조 조각을 쳐다보았다.

　"이건 쉽게 구할 수 없는 물건이긴 하지만 아주 없는 것도 아니라네. 이런 한철로 검이나 조수(爪手) 등을 만들어 무기로 가지고 다니는 사람도 더러 있으니 이것만으로는 정체를 알 수 없고……."

　진우청으로서는 아무짝에도 필요없는 설명을 친절히 해준 노인은 소녀를 쳐다보았다. 노인도 그녀가 왜 이것에 관심을 가지는지 모르겠다는 눈빛이었다.

"그거, 저한테 팔지 않겠어요?"

소녀가 눈을 반짝거리며 마조 조각을 쳐다보았다.

"이걸 무엇에 쓰겠단 말이냐?"

소녀의 입에서 나온 뜻밖의 말에 노인은 진우청에게 마조 조각을 돌려주려던 동작을 멈추고 엉거주춤 팔을 허공에 들고 있었다.

진우청은 얼른 손을 뻗어 노인의 손에서 마조 조각을 잡아챘다.

무심코 챙겨온 차가운 쇠로 된 손톱 조각 한 개가 뜻하지 않은 돈벌이가 되려 하고 있었다.

노인의 말대로 쉽게 구할 수 있는 물건이 아니라면 은자 한 냥은 충분히 받을 수 있을 것 같았다.

그렇다면 우선은 그 물건을 자신의 손에 쥐고 있는 것이 한 푼이라도 더 가치를 높일 수 있는 협상의 비결이었다.

'아무리 방심했기로서니…….'

자신의 손에서 너무 쉽게 다른 사람의 손으로 넘어간 물건을 보며 노인은 잠시 어이없는 얼굴을 했다.

그러나 애초에 진우청의 것이었고, 진우청에게 돌려주려는 동작을 취하던 참이었기에 노인은 내심을 감추고 자연스럽게 손을 내려놓았다.

"한철로 소도 한 개를 만들어 호신용으로 보관하고 싶었어요. 그러니 저걸 사서 소도로 만들어주세요, 할아버지."

소녀는 비음이 섞인 목소리로 말하며 노인과 진우청을 쳐다보았다.

"팔려고 한 게 아닌……."

진우청은 슬쩍 소매 속으로 마조 조각을 밀어 넣으며 말했다.

"은자 다섯 냥, 아니, 열 냥 쳐드리겠어요."

진우청이 뚱한 표정을 짓자 소녀는 한 번 제시한 가격을 즉시 정정하며 말했다.

진우청은 터져 나오려는 신음을 억지로 삼켰다.

은자 열 냥이라니?

문득 이런 때 쓰는 말이 무엇인지 대답을 못해 할아버지께 두들겨 맞았던 기억이 떠올랐다.

"전화위복인지 뭔지……."

진우청은 반쯤 꺼낸 마조 조각을 보며 자신도 모르게 중얼거렸다.

"적단 말인가요?"

진우청의 중얼거림 소리를 불평으로 여긴 소녀는 실망스런 표정을 지으며 물었다. 그리고는 서서히 관심이 사라져 가는 표정을 지었다.

"뭐, 많이 주실수록 좋지만 주운 물건을 가지고 더 받으면 도둑놈 소리나 들을 것 같으니 그렇게 하지요."

진우청은 마조 조각을 넘겼다. 그리고 입맛을 다시는 노인의 손에서 은자 열 냥을 받아 들었다.

진우청은 은자의 무게를 온몸으로 느끼며 흥분을 억눌렀다.

비록 그자의 정체를 알아내는 데는 실패했지만 은자 열 냥의 횡재를 했으니 하룻밤 푸닥거리의 보상은 충분히 받았다는 생각이 들었다.

제일 먼저 옷부터 한 벌 사 입어야 할 것 같았다. 그동안 돈 아끼느라 참았는데 이제 옷 한 벌쯤은 문제가 아니었다.

이럴 줄 알았으면 부서진 조각도 모두 쓸어오고 앞서 쏟아져 나왔던 손톱들도 모조리 집어올 걸 하는 후회가 가슴을 가득 채웠다.

'다시 만날 수도 있겠지. 그때는 새것으로 교환해 올지도 모르고.

우하하!'

다 먹지도 않은 음식 값을 얼른 계산한 진우청은 객점 밖으로 사라졌다.

그 뒤로 노인의 시선이 찌르듯 쏘아지고 있었다.

*   *   *

"옷을 사 입어도 어찌 저런. 쯧쯧!"

도종대는 혀를 찼다. 그리고 어제 밤늦게 사라진 후 오전 내내 코빼기도 보이지 않다가 불쑥 나타난 진우청을 향해 와락 고함이라도 지르겠다는 생각도 잊은 채 물끄러미 쳐다보기만 했다.

그동안 몇 번 바꾸라는 권유에도 아랑곳 않고 악착같이 입고 버티던 옷을 갈아입긴 했지만 도종대의 눈에는 차라리 예전 옷이 더 나아 보였다.

언뜻 보아도 누가 입던 옷이 아닌 돈을 주고 산 새 옷이 분명했는데 이왕 돈을 들여 살 것이라면 좀 제대로 된 옷을 구해야 할 것이 아닌가?

지금 진우청이 입고 있는 옷은 그야말로 최대한 돈을 적게 들인 티가 줄줄 흐르는 옷이었다.

아마 바느질을 처음 배우는 햇병아리가 연습 삼아 만든 옷인 듯 아무리 봐도 어깨와 팔의 균형이 맞지 않았고, 넉넉하게 품을 두어야 할 곳은 좁게, 몸에 착 달라붙어 맵시를 주어야 할 곳은 느슨하게 처리가 되어 어깨는 조이고 허리는 임산부들에게 더 잘 어울리게 만들어져 있었다.

옷 입은 당사자도 그건 느꼈는지 어디서 주운 것이 확실해 보이는 끈으로 허리를 질끈 동여매고 있었다.

게다가 바지 역시 오른쪽과 왼쪽 엉덩이의 품이 달라 그 아래로부터는 아주 자연스럽게 다리통도 짝이 맞지 않았다. 그나마 다리 굵기가 보통인 사람이 입었다면 표시라도 덜 나겠건만 진우청의 다리를 감싼 바지는 그 부조화를 적나라하게 드러내고 있었다.

"자네, 그 옷 어디서 샀는가?"

심충열도 진우청을 기다리다 지친 불만보다 옷의 구입처를 먼저 물었다.

"요 앞 시장에서 샀는데 무슨 옷값이 그렇게 비싼지 원."

진우청은 수많은 비싼 옷 중에서 그래도 마음에 드는 가격의 옷을 겨우 골랐다는 만족감이 넘쳐흐르는 표정으로 답했다.

"쯧쯧!"

도종대처럼 혀를 찬 심충열은 더 이상 진우청의 옷에 대한 관심을 끊었다.

옷이란 게 결국 제멋에 입는 것. 자기 옷에 저토록 만족해하고 있는 인간에겐 남들이 무슨 말을 해도 소용이 없는 법이다.

옷에 대한 더 이상의 평가를 포기한 도종대와 그 일행은 오전 내내 열심히 의논했던 것들을 진우청에게 다시 반복했다.

처음부터 진우청과 같이 의논해야 할 것들이었지만 진우청이 나타나지 않으니 자신들끼리라도 먼저 계획을 짜 논의했고, 진우청의 등장과 함께 불필요한 반복을 하는 것이다.

투계판에서도 그랬듯이 뒤탈없이 최대한 많은 돈을 따려면 역할 분담이 중요했다. 또한 판이 커짐에 따라 도박판을 관리하는 사람들 눈에 띄지 않게끔 움직이기 위해서는 사전 계획도 철저해야 했다.

한참 동안 그들의 수법과 계획을 건성으로 듣던 진우청은 돈 놓고 돈 먹는 단순한 법칙만이 통하는 투전판에 자신으로서는 생각지도 못한 계책들과 거의 예술에 가까운 속임수들이 넘쳐난다는 것을 알고는 눈이 빛나기 시작했다.

"자네, 생긴 것하고 다르게 정말 이해가 빠르구먼."

일각도 지나기 전에 석만봉이 감탄사를 토했다.

좀 둔해 보인다 싶던 진우청이 이런 쪽으로는 비상한 자질을 드러내며 하나를 가르치면 둘을 깨우치는 능력을 발휘했기 때문이다.

덕분에 그들의 수고가 덜어졌고, 같은 일을 반복하며 짜증스러워하던 얼굴들이 대번에 밝아졌다.

반 시진이 더 지난 후 진우청은 그들의 작전과 그 속에서 자기가 해야 할 역할들을 완벽하게 숙지하며 작전회의는 끝이 났다.

"이젠 자기가 가지고 있는 자금을 모두 꺼내놓고 합쳐야 할 때이네."

도종대가 종이와 붓을 들고 오며 말했다.

배분은 이미 정해놓았으니 투자한 돈에 따라 나중에 그 배분대로 챙긴다는 말이었다.

투자금이 똑같으면 배분대로만 나누면 되지만 투자금이 각각 다른 이상 그에 따른 가중치가 적용되는 것이다.

진우청은 마조 조각을 판 돈은 그대로 두고 투계장에서 딴 돈과 만약을 위해 꿍쳐 둔 은자 세 냥도 같이 투자했다.

투계판에서 딴 돈이 진우청이 가진 밑천의 전부라 생각했던 도종대는 은자 세 냥까지 추가되자 눈이 커졌다. 그러나 그들도 어디에서 구해왔는지 다들 진우청보다 더 많은 자금을 투자했다.

"현성비무대회 도박판의 돈을 우리가 다 끌어 모아보세."

심충열이 열기가 감도는 표정으로 손을 내밀자 다른 사람들도 비장한 눈빛과 함께 고개를 끄덕이며 서로의 손을 포갰다.

현성비무대회의 열기는 휘주의 주루 한쪽 구석방에서 제일 먼저 뜨겁게 달아올랐다.

*　　　　*　　　　*

"푸우—"

밤이 깊은 시간, 유화결은 청옥수(靑玉水) 속에 한참 동안 몸 전체를 담그고 있다가 고개를 내밀었다.

사시사철 얼음처럼 차가운 청옥수가 기름이라도 칠한 것처럼 유화결의 얼굴을 반들거리게 만들었다.

유화결은 손으로 얼굴을 훔쳤다.

쪽빛이 감도는 청옥수가 손바닥 안에 잠시 고였다가 손가락을 타고 흘러내렸다.

유화결은 유가검보의 한가운데에 자리한 지하 석실 바닥에 고인 이 청옥수를 무척이나 좋아했다.

안휘성 휘주는 소금, 차, 먹 등이 유명했다.

그것들을 팔고 사며 이곳 휘주를 발판으로 활동하는 상인들을 신안 강상인, 또는 안휘상인들이라고 했다.

그만큼 그 물품들이 안휘성에 널리 퍼질 만한 품질을 갖추었기 때문이다.

특히 벼루와 먹은 송대 때부터 이름이 나 있을 만큼 이곳의 암석은 재질이 좋았다.

그 암석층 어느 곳에선가부터 솟아올라 유가검보의 지하 석실 바닥 한곳에 고인 청옥수는 얼음처럼 차갑고 사시사철 그 온도가 일정했다.

먹어서 병을 고치거나 외상을 치료하는 등의 효용은 없었지만 파란 옥빛을 띠고 있어 청옥수라 불렀고 대대로 자랑으로 여기고 있었다. 그러나 그 물을 떠서 다른 곳으로 옮기면 푸른빛도 사라지고 온도도 변하며 유가검보 지하 석실에서만 그 신비함을 유지하였기에 세월이 지나면서 세인들에겐 잊혀진 신비가 되었다.

그래도 유화결은 이 청옥수 샘을 좋아해 하루에 한 번씩은 꼭 이곳에 몸을 담그고 명상에 잠겼다.

얼음처럼 차가운 물에 몸을 담그고 명상에 잠기다 보면 잠시나마 세사의 번잡함에서 벗어날 수 있었다. 또한 온몸 구석구석에까지 청옥수의 푸른색 청량한 기운이 퍼지는 것 같아 하루도 빠질 수 없는 중요한 일과가 되었다.

그러나 오늘은 이 청옥수 속에서도 다 떨쳐 나가지 않는 잡념 한 가닥 때문에 눈살을 찌푸렸다.

"귀찮은 장사꾼 놈들!"

혼잣소리로 중얼거린 유화결의 얼굴에 귀찮은 기운 한 가닥이 청옥수와 함께 흘러내렸다.

현성비무대회니 뭐니 하며 하루 나절 인근의 잔치 정도로 매년 열려왔던 것이 올해는 자신마저 출전해야 되는 번거로운 행사가 되어버렸다.

겉으로는 전혀 아닌 척했지만 동방회의 하수인이 된 인가장이 이번 비무대회를 계기로 유가검보의 기세를 누르려고 발악을 하니 이번 기회에 콧대를 꺾다 못해 아예 싹을 잘라 버릴 생각이었다.

특히 인가장주의 아들인 인장호 그 비릿한 놈의 콧대는 아예 회복불능으로 부숴 버릴 생각이었다.

그놈 역시 동방회의 힘을 믿고 겁없이 설치는 모양인데 동방회가 아무리 세상을 지배하는 네 하늘 중 하나라고 하지만 장사꾼은 장사꾼일 뿐이라는 것이 유화결의 생각이었다.

열심히 돈을 벌고 돈 계산이나 하며 살아가면 되는 놈들이 다른 계산까지 하게 되면 세상이 어지러워진다.

놈들이 이곳에 와서 다른 계산을 하며 인가장을 지원하고 무슨 수작을 부리기 때문에 이곳 휘주 인근이 서서히 어지러워지려 하고 있었다.

물론 그것은 어디까지나 자신과 부친의 짐작이지만 이번 비무대회를 계기로 좀 더 구체적으로 마각을 드러낼 것 같았다.

유화결은 그들의 마각이 드러나기 전에 아예 뽑아버려 다시는 그런 생각을 못하게 할 심산이었다. 장사꾼 집안이면 장사나 열심히 하지 무가의 심기를 건드렸다간 어떻게 된다는 것을 보여줄 생각이었다.

"형이 예전 같다면 걱정도 하지 않으련만……."

유화결은 거의 매일 술에 찌들어 있는 형 유화성을 생각하며 한숨을 내쉬었다.

너무 온순해서 탈이었지만 심계가 깊고 진실한 실력을 드러내면 자신은 발끝에도 따라갈 수 없다는 사실을 누구보다 잘 알고 있는 사람이 자신이었다.

그건 큰 벽이면서도 큰 자랑이었다.

언젠가 어린 시절 외가에 놀러 갔다가 그곳 인근의 불량배들과 시비가 붙었을 때 형의 진면목을 처음으로 알게 되었다.

그런 형이 이제는 검이나 제대로 쥘 수 있을지도 의심스럽게 변해버렸다.

"푸후—"

유화결은 다시 한 번 청옥수 속에 온몸을 담갔다가 도리질을 치며 머리에 묻은 청옥수를 털어냈다.

"동네 잔치에까지 나가 칼춤을 춰야 하다니… 피곤하게 생겼군."

유화결은 어깨와 목을 움직였다.

뚜둑 하는 기분 좋은 소리가 척추를 타고 뇌리에 전해졌다.

"망할 장사꾼 놈들!"

옷은 입은 유화결은 석실 벽에 세워둔 보검을 들고 밖으로 나갔다.

같은 시각.

인가장의 장주 인가덕은 탁자를 쳐다보며 돈 계산이 아닌 다른 계산을 하고 있었다.

평소에는 찻잔이 놓여 있던 탁자에 여러 장의 서류 뭉치가 놓여 있었다.

서류에는 현성비무대회의 참가자 명단과 그들의 무공, 독문병기 등이 적혀져 있었다. 그리고 그 옆에는 결선대회의 대진표가 미리 만들어져 있었다.

예선에 참가하는 사람들은 그곳에서 즉각적으로 참가하기에 누가 결선에 올라올지 모르는 상태라 이런 명단은 쉽게 이해가 가지 않는 것이었지만 인가덕은 신중하게 그 명단을 살펴보았다.

'정말 이대로 될까?'

결선이 벌어지는 사흘째의 대진표를 한참 쳐다보던 인가덕은 자못 의심스러운 눈빛으로 고개를 저었다.

동방회는 이번 현성비무대회의 후원자이지만 주최자라 해도 과언이 아니었다. 그런 그들이니 승부 조작쯤은 쉬울 것이지만 그건 어느 정도 수준에서 가능했다.

돈으로 매수하든 정체를 숨긴 고수를 내보내든 이렇게 최종 승자 여덟 명을 모두 예측할 수는 없다.

그런데도 탁자 위에 놓인 서류에는 그들 여덟 명의 명단이 이미 결정된 것처럼 적혀 있었다.

"그나마 다행이군."

인가덕은 결선 여덟 명의 인원에 유화결과 함께 아들 인장호의 이름도 포함되어 있는 것을 보곤 미소를 지었다. 아들의 실력이라면 결선에 못 오를 리 없겠지만 그들이 이 명단에서 누락시켰다면 별수없이 그럴 수밖에 없었다. 그렇게 되면 자존심 강한 아들이 어떻게 나올지 뻔하다.

인가덕이 아들 생각을 하며 안도의 한숨을 지을 때 그의 아들 인장호가 인기척을 내며 들어왔다.

인가덕은 자연스럽게 서류를 넘겨 결승전의 대진표를 덮었다.

비록 동방회의 힘을 빌려 유가검보의 위세를 꺾으려 도모하고 있지만 비무 결과까지 미리 정해져 있는 것을 알면 아들의 자존심에 먹칠을 하는 결과를 초래할지도 모른다.

아들 인장호는 쉽게 속마음을 드러내지 않지만 호승심은 남달랐다.

아들은 천적이라 여기고 있는 유가검보의 둘째 아들 유화결을 만인이 보는 앞에서 자신의 손으로 꺾기를 원하고 있다. 그런데 자신의 힘이 아니라 동방회의 힘이 가세하여 그렇게 된 것을 안다면 반발을 불러일으킬 수도 있는 것이다.

"하는 일은 차질없이 되어가느냐?"

인가덕은 자리에 앉은 인장호를 보며 질문을 던졌다.

"걱정 마십시오, 아버님."

인장호가 흐릿한 미소를 흘리며 답했다.

"이번에는 유가검보의 그 애송이가 출전하지 않을 수 없을 것입니다. 인근에 여러 가지 소문을 퍼뜨려 출전하지 않았다가는 천하의 겁쟁이로 낙인이 찍혀 얼굴을 들고 다닐 수 없게끔 손을 써놓았습니다."

계속해서 설명을 하는 인장호의 눈에서 서서히 송곳날 같은 살기가 뻗어 나왔다.

상가인 인가장으로서는 무가, 그것도 검보라는 큰 세력을 이룬 유가검보에게 무공으로는 한 수 접어줄 수밖에 없었다.

어린 시절부터 유화결에게 눌리는 것이 인장호로서는 무엇보다 자존심이 상하는 일이었다.

가문의 위세를 업고 자신을 업신여기는 유화결을 볼 때마다 그 자리에서 도륙을 내고 싶었지만 아직은 그들의 상대가 안 된다는 아버지의 말에 이를 악물고 참을 수밖에 없었다.

그러나 이젠 동방회의 서진(西進)으로 인해 유가검보의 힘이 이곳에서 예전처럼 절대적일 수 없었다.

큰 파도가 밀려오면 작은 모래성이나 조금 더 큰 모래성이나 다 함께 휩쓸리기 마련이다.

지금부터는 누가 그 큰 파도의 흐름을 먼저 읽고 대응하느냐에 따라 판도가 달라질 것이다.

그런 면에서 무가의 인간들은 상인들을 절대로 이길 수 없다. 알량한 칼 한 자루만 믿고 돈의 위력을 경시하는 꼴이라니……

"멍청한 무가 놈들!"

인장호의 입가에 피어오른 미소가 더욱 음산한 색조를 띠었다.

"그럼 그 문제는 더 이상 신경 쓰지 않기로 하겠다."

인가덕은 아들의 입가에서 짙어지는 미소를 보며 화제를 바꾸었다.

"그 계집은 어떻게 되었느냐? 아직도 묵묵부답이냐?"

인가덕은 약간 초조한 기색이 도는 표정으로 인장호를 쳐다보았다.

동방회는 최근 두 가지 일을 지시했다.

그 하나는 현성비무대회에 유가검보의 둘째 아들 유화결을 출전하게 손을 써서 인장호가 코를 납작하게 하는 것이었고, 다음으로는 이여옥(李麗玉)이라는 다리 병신 계집을 자신들의 일에 소리없이 끌어들이라는 것이었는데, 첫 번째 지시는 인장호의 요구에도 철저히 부합되기에 그들의 지시 이전에 스스로 먼저 움직였다. 그러나 두 번째 지시는 아직까지도 이해가 되지 않았다. 또한 동방회는 첫 번째 지시보다 오히려 이가 계집의 일을 더 중요하게 생각하고 있는 것 같았다.

그런데 지금 일의 진척은 정반대로 되고 있었다.

"그 일도 너무 걱정 마십시오. 여러 방향에서 숨통을 조이고 있으니 조만간 풀릴 것입니다. 병신 주제에 약 한 첩 구할 수 없다면 죽은 목숨이나 마찬가지일 테니까요."

인장호는 인가덕의 노심초사하는 심정과는 달리 더없이 흥미진진하다는 표정으로 답했다.

그것은 어린 시절 아들 인장호가 작은 곤충이나 동물을 학대하며 짓던 표정과 너무 흡사하여 인가덕은 슬쩍 눈살을 찌푸렸다.

언젠가 한 번 크게 혼이 나고부터는 적어도 자신 앞에서는 그런 표정을 보이지 않았는데 지금 이 순간 아들의 그런 표정을 다시 보게 된 것이다.

그러나 지금은 그걸 따질 때가 아니었다.

자신들의 요구에도 불구하고 그 병신 계집은 묵묵부답이다.

무력을 사용하지 말고 최대한 조용하게 처리하라는 지시가 있었으니 아들이 행하는 방법이 지금으로서는 가장 효과적일 수도 있어 보였다.

인가덕은 가는 한숨을 내쉬었다.

"대체 동방회가 그 계집을 원하는 이유가 무엇일까? 특별할 것도, 내세울 것도 없는 계집을."

인가덕은 고개를 흔들었다.

총단이 있는 항주에서 서쪽으로 세력을 뻗치고 있는 동방회가 이곳에 관심을 두는 것은 이해가 갔지만 그 계집에게 관심을 두는 것은 도무지 모를 일이었다.

날 때부터 병신으로 태어났고 커가면서도 방 안에만 틀어박혀 이젠 죽었는지 살았는지조차도 몰랐던 계집에게 동방회 같은 조직이 왜 그렇게 큰 관심을 가진단 말인가?

"내세울 건 없어도 특별한 점은 있지요."

인가덕의 상념을 끊으며 인장호가 말했다.

"특별한 점이라니?"

인가덕은 궁금증이 가득한 눈으로 아들을 쳐다보았다.

"이 고장을 떠나서는 며칠을 견디지 못하고 발작을 일으켜 이곳을 떠날 수밖에 없었던 가족이 할 수 없이 버리고 떠난 계집이라는 점은 어찌 보면 아주 특별하지요."

"그런 일이 있었더냐?"

인가덕은 까맣게 모르고 있었다는 표정으로 아들을 쳐다보았다.

"너무 오래되어 저도 기억이 가물가물하지만 그런 일이 있었지요. 그리고 다리는 말라비틀어졌지만 얼굴과 어깨에서 엉덩이까지 이어지는 선은 그린 듯이 아름답다는 사실도 특별하다면 특별하지요. 후후."

인장호는 예의 그 비릿한 웃음을 흘렸다.

"아비 앞에서 못하는 말이 없구나, 이놈!"

한층 더 얼굴을 찌푸린 인가덕이 목소리를 높였다.

"죄송합니다, 아버님."

인장호는 얼른 미소를 지우고 고개를 숙였다.

"그 계집에게 행여 딴생각을 품고 있는 것은 아니겠지? 그 계집은 동방회가……."

"전 병신 계집은 관심없습니다."

인장호는 딱 잘라 말하고는 냉정한 표정을 지었다.

"그럼 되었다. 나가보아라."

인가덕은 방을 나서는 아들을 향해 우려 섞인 눈길을 주며 찻잔을 들었다.

第 八 章

현성비무대회 첫째 날

현성비무대회 첫째 날

현성비무대회가 열리는 첫째 날 아침이 밝았다.

아침 일찍 눈을 뜬 휘주 인근의 사람들은 평소와 다름없는 표정으로 비무대회 장소인 신안강 강변으로 몰려왔다가 벌어진 입을 다물지 못했다.

이제껏 현성비무대회는 신안강 강변의 넓은 자갈밭에서 열렸다.

비무대는 자갈밭 중앙에 작은 공터를 확보하고 그곳에 둔덕을 만들 듯 모래를 좀 높게 쌓아 올린 다음 평평하게 다진 후 미리 짜여진 나무판 여러 개를 깔아 완성했다.

초라하긴 했지만 인근 주민들의 친목회 격인 하루 행사로는 부족함이 없었다.

올해의 비무대회 역시 그곳에서 열리기로 되어 있었다.

올해는 참가자가 많아 예년의 하루 행사와는 달리 삼 일에 걸쳐 열리는 것이 달라졌을 뿐 예전과 대동소이했다.

어제저녁까지만 해도 휘주 인근 주민들은 그렇게 알고 있었다.

예전의 그 자리에 공터가 마련되고, 그 주변으로 동방회 지부 사람들 몇몇이 모여 무언가 의논을 하며 이쪽저쪽을 둘러보고 있었다.

그런데 하룻밤,

단 하룻밤 사이에 강가의 정경이 백팔십 도로 달라져 있었다.

자갈밭과 함께 갈대밭까지 사라지고 그곳에는 수백 명도 넘게 수용할 수 있는 관람석이 마련되어 있었다.

비무대 역시 어전비무대회의 비무대와 견주어도 손색이 없을 정도로 질 좋고 튼튼한 나무들로 완벽하게 만들어져 있었다.

강가에 나왔다가 그 광경을 목격한 사람들은 제일 먼저 비무대의 크기와 화려함에 놀랐고, 다음으로는 단 하룻밤 사이에 그런 것을 소리 소문 없이 만들어놓은 동방회의 능력에 또 한 번 놀라며 감탄과 함께 두려움마저 품게 되었다.

돈의 힘이면 귀신도 부린다는 말이 있다.

상인들의 연합회인 동방회가 만들어낸 이 하룻밤의 일을 바라보며 휘주 주민들은 그 말이 결코 과장이 아니란 사실을 알게 되었다.

상상도 못할 수준의 비무대회장과 비무대는 그렇게 만들어졌고, 그 소문은 삽시간에 사방으로 퍼져 나가 아침을 먹고 느긋하게 구경하러 올 생각을 하고 있던 사람들도 빈속으로 달려나와 앞 다투어 자리를 잡기 시작했다.

"정말 놀랄 일이구먼."

소문을 듣고 달려온 도종대 일행도 비무대회장을 보고는 턱이 빠져라 입을 벌렸다.

"대체 어떻게 하룻밤 사이에 저런 걸 만들 수 있었을까?"

절간에서도 고깃국을 얻어먹게 생긴 사내 석만봉이 쉴 새 없이 눈을 굴리며 주변을 둘러보았다.

아무리 인적이 드문 강가라지만 저런 물건들을 설치하려면 소음이 일어날 수밖에 없다. 그렇다면 밤새 무슨 낌새가 느껴져야 정상이다. 그런데 그런 낌새는 전혀 느낄 수 없었다.

"강을 통해 재료들을 날라 와서 정교하게 조립을 하고 강을 통해 사라졌군."

한참 생각에 잠겨 있던 심충열이 강변 쪽을 바라보며 중얼거렸다.

마을을 통해 물건을 나르고 설치했다면 누구의 눈에도 뜨이지 않고 이렇게 감쪽같이 해치울 수는 없다. 미리 짜 맞추어놓은 재료들을 강을 통해 배에 싣고 와 밤새 조립을 했다고 볼 수밖에 없었다.

그렇게 생각하면 전혀 불가능한 일도 아니겠지만 하룻밤 새 그런 일을 해내려면 얼마나 많은 사람들을 움직여야 가능할까를 생각하니 머리가 다 아플 지경이었다.

"하여간 돈이면 안 되는 게 없는 세상이라니까. 이러니 어찌 너도나도 돈을 벌려고 눈에 불을 켜지 않겠나?"

땅딸보사내 마정기도 동방회와 그들이 가진 금력에 놀란 표정으로 진우청을 쳐다보았다.

'돈이면 안 되는 게 없는 세상이라……'

진우청은 마정기의 말을 속으로 되뇌며 슬쩍 가슴 어림을 쓰다듬었다.

돈 소리가 나지 않게 꼭꼭 싸맨 은자 열 냥의 감촉이 전쟁터의 방패처럼 든든하게 느껴졌다.

이 돈은 끝까지 감추고 있다가 마지막 순간 크게 한 번 투자할 생각이었다.

열 배의 배당만 받아도 은자 백 냥이니 항주나 소주로 갈 수 있을 것이다.

항주와 소주는 향락의 도시라 그곳에서는 다른 어느 곳보다 돈이 많이 들 것이지만 은자 백 냥이면 한동안은 버틸 수 있을 것이다. 그리고 그 돈을 다 쓰기 전에 이곳에서 착실히 익힌 기술로 다시 돈을 불릴 수 있을 것이다.

진우청은 가슴이 뛰는 것을 느끼며 얼른 호흡을 가다듬었다.

그 순간 북소리가 길게 울렸다.

어느새 그 많던 관람석은 빈자리 하나 없이 사람들이 들어찼다. 자리가 없는 곳에도 관중들이 가득 메우자 이번 비무대회를 주최하는 사람들 중 누군가가 비무대 옆에 마련된 대고(大鼓)를 두드린 것이다.

연달아 세 번의 북소리가 울리자 시끄럽게 웅성거리던 사람들의 목소리가 일제히 사라지고 강물 위로 뛰어오르는 물고기 소리마저 들릴 정도로 짙은 정적이 장내를 감쌌다.

그 정적을 뚫고 비무대 위로 한 사람이 올라섰다.

화려한 비단옷에 적당한 키, 그리고 볼록 나온 배가 돋보이는 중년인은 이번 비무대회의 사회를 맡은 이화검(梨花劍) 소중부(蘇仲俯)란 사람이었다.

이곳 휘주 인근과 안휘성에서는 제법 이름을 날리는 무인으로 삼 년째 현성비무대회의 사회와 함께 심판관 중 한 자리도 맡고 있었다.

소중부가 포권을 하며 사방을 향해 인사를 하자 잠시 정적을 유지했던 사람들이 우레와 같은 고함을 질렀다.

다시 한 번 북소리가 울리자 소중부에 의해 비무대회의 심판관들, 그리고 참관인으로 자리를 차지한 여러 사람들의 소개가 이루어졌다.

마지막으로 지현(知縣·현령)이 소개되고 모든 사람들이 비무의 시작을 기대하며 침을 삼키는 순간 북소리가 한 번 더 울리며 젊은 사내 하나가 깃털처럼 가벼운 움직임과 함께 비무대 중앙으로 모습을 드러냈다.

비무대회장 주변으로 또 한 번의 짙은 정적이 내려앉았다.

매년 치러진 현성비무대회의 마지막 소개자는 항상 지현이었다.

소개가 끝나고 채 일각도 지나지 않아 자리를 뜨는 때가 더 많았지만 순서는 언제나 그렇게 정해져 있었다.

그런데 이번에는 지현의 소개가 끝나고 다른 한 사람의 소개가 더 이어졌다.

휘주 주민들은 현 상황이 얼른 이해가 되지 않았다.

전적으로 무림인만의 대회가 아니기에 지현도 참석했고, 그래서 지현은 그 위치에 걸맞게 마지막으로 소개가 되었는데 그 뒤에 소개되는 사람이 있다는 것은 지현보다 더 상석을 차지할 수 있는 사람이라는 말이다.

그러나 비무대에 오른 사람은 새파란 젊은이였다.

소중부의 목소리가 한층 더 크게 터져 나오며 모든 사람들의 의구심을 자아내게 하고 있는 청년이 소개되었다.

청년의 이름은 임문정(林文丁).

정체는 현 동방회 회주 임초건(林抄乾)의 아들이었다.

처음 북소리가 울렸을 때보다 훨씬 긴 정적이 비무대 주변에 내려앉았다.

북제성, 남패천, 서왕문과 함께 중원을 지배하는 네 개의 하늘 중 하나인 동방회이니 동방회주의 아들이 나타났다는 것은 북제성주의 아들이나 남패천주, 서왕문주의 아들이 나타난 것과 마찬가지였다.

휘주 주민들은 비로소 지현보다 이 청년이 나중에 소개되는 상황이 이해가 되었다.

동방회의 힘이라면 지현의 목 정도는 하루에도 몇 번씩 떼었다 붙였다 할 수 있을 터이니 저 청년이 지현보다 더 뒤에 소개되는 것은 전혀 무리가 없었다.

만약 소중부가 착각하여 순서를 바꾸었다면 지현에게는 오히려 위험한 일일 것이다.

비무대 중앙으로 나선 청년은 자신에게로 쏟아지는 모든 시선을 잠시 응대하는 듯하다가 좌중을 향해 인사를 했다.

호리호리한 체격에 선이 가는 얼굴 윤곽은 마치 책상물림 서생을 보는 듯했다. 그런 모습은 대상인의 아들로도 너무 잘 어울려 지켜보는 소녀들의 방심을 적잖이 흔들었다.

'저자도 비무대회에 참가하려나?'

진우청은 청년의 모습을 주의 깊게 관찰하며 속으로 중얼거렸다.

천천히 비무대 위로 올라가는 움직임이나 비무대 중앙으로 걸어나오는 동작이 만약 돈을 걸게 된다면 무조건 딸 수 있게 해줄 청년이었다.

누구나 돈을 걸어서 딸 것 같은 느낌을 주는 사람은 별 도움이 안 된다.

저 청년처럼 겉보기로는 전혀 아닌 것 같으면서도 본능적으로 느낌이 오는 사람이야말로 큰돈을 따게 해준다.

제일 첫날 투계장에서 흑오라는 닭 역시 그랬다.

싸움을 하기 전에는 최대한 움직임을 자제하고 서 있는 모습이 언뜻 보기엔 병든 닭 같았다.

그러나 막상 싸움이 시작되면 온몸의 기력을 가장 효과적으로 한곳에 모아 상대를 공격했다. 그래서 진우청은 처음부터 제법 큰돈을 딸 수 있었다.

저 청년 역시 비무대회에 참가한다면 그럴 것 같았다.

흑오란 닭 못잖게 군동작이 없고 겉으로는 오히려 유약해 보이기까지 했다.

그러나 싸움이 시작된다면 순식간에 상대를 제압할 수 있을 것이다.

사방을 향해 포권을 해 보인 청년이 몇 마디 인사말을 하는 동안 진우청은 도종대를 찾았다.

"혹시 저 사람도 비무대회에 출전하는 건가요?"

진우청은 도종대에게 질문을 던졌다.

"자넨 곰 주인이 곰하고 같이 재주 부리는 것을 본 적 있나?"

도종대는 어이가 없다는 표정으로 답했다.

"그게 무슨 말이오? 누가 곰이고 누가 주인이란 말이오?"

진우청은 눈살을 찌푸리며 되물었다.

"이를테면 그렇다는 말이지. 저 청년은 이번 비무대회의 물주인 동방회 회주의 아들일세. 그런데 그가 비무대회에 참가한다면 말이 안 되지 않는가?"

'아까운 일이군.'

도종대의 대답에 진우청은 입맛을 다시며 동방회주 아들이라는 청년을 다시 쳐다보았다.

지금껏 유심히 살피며 찾은 최고의 대어가 그물망을 빠져나간 것 같았다. 저 청년은 전혀 이길 것 같아 보이지 않으면서도 실제로는 이길 것 같은 느낌이 가장 강하게 오는, 쉽게 호흡의 색깔을 읽기 힘든 사람이었다.

어쨌든 가장 큰돈을 따게 해줄 것 같은 인물이었는데 참가자가 아니라서 더없이 아까웠다.

임문정이 간단한 인사와 함께 내려가고 북소리와 함께 비무대회의 막이 올랐다.

첫 시합은 노계문(盧係文)이라는 이름의 창을 쓰는 중년인과 도를 쓰는 강덕명(姜德明)이란 중년인의 대결이었다.

진우청은 도종대에게 도를 쓰는 강덕명이란 사내에게 돈을 걸라는 신호를 보냈다.

도종대와 그 패거리들은 미리 짜여진 대로 역할 분담을 하여 부지런히 뛰어다녔고 몇 합 나누기도 전에 노계상이란 중년인의 창대가 잘리며 돈을 땄다.

하지만 처음이라 돈이 크게 걸리지 않았다.

두 번째 판은 처음부터 너무 뻔해 보이는 대결이었다.

처음으로 밑천을 조금 늘린 판은 세 번째 판이었다.

세 번째 판은 검을 든 여인과 맨손 장한의 대결이었다.

여인은 삼십대 초반 정도의 나이에 호리호리하고 연약한 체격을 하고 있었다. 단지 눈매가 날카로운 것이 무인으로 보아줄 정도였다.

반면, 맨손 장한은 꽤 큰 체구에 굵은 팔뚝을 늘어뜨리고 있었는데 비무대로 올라서며 상의를 벗어 던지자 우람한 근육과 그 근육에 새겨진 칼자국은 예사롭지 않은 내력을 짐작케 해주었다. 특히 팔뚝에는 가죽 토시를 차고 있었는데 그 가죽에는 쇠로 된 징이 박혀 있어 그것이 무기 겸 방패 역할을 할 것 같았다.

진우청은 회심의 미소를 흘리며 검을 든 여인에게 돈을 걸라는 신호를 내렸다.

정말 확실한가?

못내 의심스럽다는 석만봉의 눈빛이 그렇게 묻고 있었다.

앞서 두 번의 승자를 진우청이 정확하게 맞추었지만 그건 자신들도 웬만하면 맞출 수 있는 정도였기에 석만봉과 마정기는 도종대가 입에 침이 마르도록 칭찬한 진우청의 실력을 확신할 수가 없었다. 더구나 이번 판은 왜소한 체격의 여자와 통나무 같은 남자의 대결이라 더욱 그런 것 같았다.

진우청은 대답 대신 와락 인상을 쓰며 눈을 부라렸다.

진우청이 팔씨름으로 심충열을 이긴 후부터는 마정기와 석만봉은 은근히 진우청을 겁내고 있어 진우청은 두 사람에게 최대한 그것을 이용했다.

진우청의 눈빛을 받은 두 사람이 황급히 군중 속으로 사라지자 비무대회 세 번째 판이 시작되었다.

먼저 공격한 사람은 검을 든 여인이었다.

덩치 큰 장한이 사내랍시고 몇 번씩이나 양보를 하자 냉소를 배어문 여인이 빠르게 앞으로 쏘아지며 사내의 가슴으로 검을 찔러 넣었다.

사내는 슬쩍 뒤로 물러서며 팔을 몽둥이처럼 휘둘렀다.

깡 하는 소리와 함께 여인의 검이 사내의 토시에 돋은 쇠구슬 징에 부딪쳐 불꽃을 튀겼다.

그 충격파가 만만치 않아 많은 사람들은 여인의 검이 부러지지 않았나 눈을 크게 떴지만 여인의 검은 조금도 위축됨없이 재차 장한을 찔러가고 있었다.

장한은 양팔을 열십 자로 교차시키며 두 팔목 사이에 여인의 검을 순간적으로 꽉 끼운 채 신속히 상체를 회전시켰다.

장한의 두 팔목에 끼어 뒤틀리는 검을 놓치지 않기 위해 여인의 신형이 자연스럽게 옆으로 움직이는 순간 장한의 주먹이 벼락처럼 여인의 얼굴을 향해 날아들었다.

아마도 그 수법은 쇠구슬이 박힌 토시와 타고난 힘을 이용한 장한의 필살기인 듯했다.

장한의 주먹이 여인의 면상으로 향하자 몇몇 사람들은 차마 보기 힘들다는 표정으로 눈을 질끈 감았다. 그러나 그것은 기우였을 뿐 주먹 공격과 함께 장한의 두 팔목 사이에 끼었던 검이 자유롭게 움직일 수 있게 되자 여인은 마치 갈대처럼 상체를 휘어 장한의 주먹을 허공으로 흘리고 아래에서 위로 검을 쳐 올렸다.

여인의 범상치 않은 대응에 장한은 뻗었던 주먹을 신속히 회수하고 훌쩍 뒤로 물러났다.

"와아!"

마른침을 삼키며 두 사람의 대결을 지켜보던 사람들이 일제히 탄성을 터뜨렸다.

여인의 검을 두 팔목 사이에 끼운 후 주먹을 날리는 장한의 공격도 훌륭했지만 무지막지한 장한의 권격을 유연한 움직임으로 무산시켜 버리는 여인의 수법 또한 일품이었다. 특히 여인의 상체가 갈대처럼 흔들리며 긴 머리가 허공으로 나부끼는 모습은 아찔한 매력을 풍겨냈다.

비무대 주변을 가득 채운 사람들은 황소 몇 마리나 은자 기백 냥이 걸린 이전까지의 비무대회에서는 결코 볼 수 없었던 장면들에 흥분의 도가니로 빠져들었다.

여인의 검이 다시 빠르게 움직이자 사내 역시 팔목에 의한 방어와 주먹 공격으로 빈틈없이 대처해 나갔다.

처음에는 연약한 체격의 여인에 비해 장한이 압도적으로 우세할 것이라는 판단이었지만 점점 우열을 가릴 수 없는 상황이 전개되어 갔다.

그 막상막하의 균형은 십여 합이 더 나누어졌을 때쯤부터 무너지기 시작했다.

장한의 공격을 효과적으로 피하며 찌르거나 베는 공격을 시도하던 여인은 어느 순간부터 표홀한 신법을 펼치며 공세를 변화시켰다.

지금껏 되도록 본신의 실력을 드러내지 않으려던 여인은 만만치 않은 사내의 실력에 승부수를 띄우고 있는 것이었다.

단조로운 공격만을 시도하던 여인의 검이 변화를 일으켜 풍차처럼 돌며 장한을 공격해 나가자 장한은 쉴 새 없이 팔을 휘둘러 여인의 검을 막아갔다.

간간이 공격을 시도하기도 했던 장한은 점점 더 수세에 몰렸다. 그리고 수비는 물론 공격에도 큰 위력을 발휘할 것 같아 보이던 쇠구슬 토시는 연무장 한쪽 구석에 새끼줄을 감아놓은 권장 단련용 통나무처럼 뭇매를 맞고 있었다.

균형이 깨어지면서부터 공격 한 번 못해보고 수세에 몰리기만 하던 장한은 마침내 비무대 아래로 밀려 떨어지고 여인의 승리를 알리는 북이 울렸다.

우레와 같은 찬사를 받으며 여인은 비무대 아래로 내려갔고, 진우청 일행은 처음으로 판돈다운 판돈을 긁어 모을 수 있었다.

그 다음 판부터 다시 몇 판째 큰돈을 딸 수 있는 판은 벌어지지 않았다.

비무자로 나선 인물들이 누가 봐도 승부를 예측할 수준이거나 예측이 불가능한 수준이라도 백중세로 판돈이 갈려 큰 배당이 돌아오지 않았다. 그런 판에는 적당히 반대로 걸어 이목을 집중시키지 않는 작전을 펼치느라 도종대 등은 오히려 조금씩 돈을 잃어주었다.

그렇게 오전이 다 가고 있었다.

"할아버지, 비무 구경은 안 하고 자꾸 어딜 그렇게 보시는 거예요?"

관람석 한쪽 자리에 앉은 소녀는 궁금한 표정으로 자신의 조부를 쳐다보았다.

어렵게 자리를 잡고 관람을 하게 되었지만 자신의 조부는 비무보다는 관중들에 더 관심이 있는지 오전 내내 주변을 두리번거리며 누군가를 찾았고 두리번거리며 누군가를 찾았다.

"아니다. 그냥 못 보던 사람들이 하도 많아서 둘러보던 중이다."

노인은 얼른 고개를 돌리며 답했다.

"피이, 이곳이야 당연히 모르는 사람 천지인 곳인데 오전 내내 두리번거리세요?"

소녀는 고소를 지으며 노인을 쳐다보았다.

처음 얼마 동안은 외지에서 몰려온 사람들의 면면이 궁금해서 그러는 것이라 이해할 수 있었지만 오전 내내 그러는 것에 의아한 기분이 들었다.

그러나 그런 의문도 잠시, 와아 하는 함성과 함께 소녀의 시선은 재

빨리 비무대 한복판으로 돌려졌다.

'저놈들은 인근에서 알아주는 파락호들인데……'

손녀의 질문을 받고 잠시 비무대 쪽으로 시선을 돌렸던 노인은 다시 도종대와 석만봉 등을 쳐다보았다.

노인의 눈에 도종대 등과 은밀하게 신호를 주고받는 청년의 모습이 들어왔다.

어제 오후 싸구려 객점에게 자신의 손에 있는 한철 조각을 순식간에 낚아채 간 진우청이었다.

노인은 아침 나절 진우청의 모습을 발견하곤 틈틈이 진우청에게 눈길을 주고 있었다.

커다란 덩치와 그 덩치에 걸쳐진 어색하기 짝이 없는 옷 때문에 어렵지 않게 눈에 띄었지만 관심은 옷이 아니었다.

'소매치기는 아닌 것 같고……'

노인은 자신이 들고 있던 한철 조각을 속절없이 진우청에게 낚아채이던 순간을 떠올리며 내심 중얼거렸다.

인근 불량배들과 무슨 수작을 벌이고 있는 모습은 소매치기라 단정해도 무방해 보였지만 단순한 소매치기의 손놀림으로는 결코 자신의 손에서 무언가를 그렇게 채갈 수 없었다.

여러 해 전에 무관의 경영을 아들에게 물려주고 뒤로 나앉았지만 벌써 손이 굳지는 않았다.

'좀 더 두고 볼까?'

노인은 수염을 한 번 쓰다듬은 후 슬쩍 비무장으로 눈을 돌렸다.

"얼마나 땄소?"

몇 판의 시합이 더 치러진 후 점심 시간이 되자 비무대 한쪽 구석에서 도종대와 만난 진우청은 서둘러 질문을 던졌다.

"얼마 못 땄네. 오늘은 예선 첫날이라 그런지 잔챙이들밖에 참가하지 않으니 판이 서질 않아."

도종대는 고개를 흔들며 답한 후 고리눈을 떴다.

"그건 자네도 이미 계산하고 있을 텐데 묻긴 왜 묻나?"

도종대는 이런 면에 있어서는 가공할 만큼 빠른 머리 회전을 하는 진우청의 능력을 익히 알고 있었기에 볼멘소리로 답했다.

"매사 불여튼튼이라지 않소. 그리고 이런 일은 골방에서 단 두 사람이 마주 보고 해도 나중에는 판돈이 안 맞는 법이라는 말도 있고……."

진우청은 도박판에서 횡행하는 영원한 불가사의까지 들먹이며 도종대 일행이 행여나 딴마음을 먹을 수 없도록 다짐을 했다.

"자넨 보기보다 소심한 구석이 있구먼. 설마 우리를 못 믿는다는 말은 아니겠지?"

옆에 있던 땅딸보 마정기가 노골적으로 기분 나쁜 표정을 지으며 말했다.

"이곳에만 오면 왕창 딸 수 있을 거라고 해놓고 얼마 따지 못했다니 어떻게 믿을 수가 있겠소?"

진우청이 마정기보다 한층 더 기분 나쁜 표정으로 대꾸하자 마정기가 찔끔 시선을 내렸다.

"한술 밥에 배부를 수 있겠는가? 아직 예선 첫날이고 오전이니 이 정도지만 오후부터는 다를 걸세. 그리고 진짜 고수들은 예선 마지막 날인 내일 출전할 것일세. 그러니 너무 조급하게 생각하지 말고 어서 점심이나 드세."

도종대는 진우청을 달래며 준비해 온 먹을거리들을 펼쳤다.

도종대의 말대로 오후가 되자 비무장의 분위기가 조금 달라졌다.

오전 동안 분위기를 살피며 관전만 하던, 나름대로 실력을 갖춘 사람들이 출전하기 시작하자 의외의 결과가 두어 번 벌어지기도 했다.

그때마다 진우청은 정확히 승자를 예측하여 도종대 일행은 본격적으로 수입을 올리기 시작했다.

그러나 이틀로 나누어진 예선인지라 여전히 마음에 드는 만큼의 수입은 올리지 못하고 있었다.

그렇게 오후가 된 어느 시점, 관중석이 크게 일렁거리며 소음이 일었다.

연신 하품을 하던 진우청은 얼른 비무대로 시선을 돌렸다.

비무대 위에는 청색 무복을 말끔히 차려입은 청년이 올라와 있었다. 그는 최근 빠르게 가세가 일고 있는 인가장의 장남 인장호였다.

인장호를 익히 알고 있는 이곳 사람들은 지금 비무대 위로 오른 인장호의 출전을 의아해했다.

인장호는 아마도 내일쯤 유가검보의 차남 유화결이 나타나면 그때 맞상대로 출전하지 않을까 예상하고 있었기 때문이다.

그동안 인가장은 알게 모르게 유가검보와 알력이 있어왔기 때문에 이번 비무대회를 통해 한바탕 충돌할 것을 인근 사람들은 대부분 짐작하고 있었다. 그리고 최근 들어 인장호가 유화결과의 대결을 위해 온갖 공작을 펼치고 다녔다는 것은 공공연한 비밀이었다.

그런 인장호가 유화결은 코빼기도 보이지 않는 첫날부터 비무대 위로 훌쩍 몸을 날려 올라왔다는 것은 의외였던 것이다.

그러나 그 의아함은 인장호의 상대가 누구인지 호명되었을 때 거의 해소가 되었다.

인장호의 상대는 유가검보의 무사 한 사람이었다.

유가검보에서는 매년 젊은 향주급 인물들 중 한두 명을 현성비무대회에 참가시켰는데 꼭 우승을 노린다기보다는 지역 행사에 유가검보도 참석하여 자리를 빛낸다는 의미와 함께 새로이 향주가 된 무사의 이름을 드높이는 계기로도 활용했다. 그리고 그들만으로도 이제껏 열린 대회에서 여러 차례 우승을 해왔다.

그러나 최근 인가장의 급속한 성장과 함께 올해는 그 판도가 서서히 바뀔지도 모른다는 인식들이 팽배했다.

그런 속에서 올해 새로이 유가검보의 향주 자리에 오른 무사와 인가장의 장남 인장호의 대결은 오전 내내 벌어진 여러 대결들을 합친 것보다 더 많은 관심을 유발시켰다.

여기저기서 침 넘어가는 소리가 들리며 기대감 가득한 시선들이 유가검보의 젊은 향주 양사원(壤使園)과 인장호에게 집중되었다.

'유가검보의 향주라······.'

유가검보의 젊은 향주 양사원을 소개하는 소중부의 목소리를 들은 진우청은 시선을 모았다.

유가검보라는 말은 유화성을 떠올리게 했다. 또한 유가검보의 젊은 향주와 상대할 인장호란 청년의 몸에서 풍기는 기운이 예사롭지 않았다.

"어떻게 될 것 같나?"

도종대와 석만봉이 빠르게 진우청에게 질문을 던졌다.

잠시 뒤면 비무가 시작될 터인데 진우청이 뭔가 마음에 들지 않는 표정으로 승자를 점찍어주지 않았기 때문이다.

"이 사람아, 어서 말해 보게. 곧 시작하면 그땐 걸고 싶어도 걸지 못한다네."

심충열도 진우청에게 채근했다.

진우청은 여전히 마음에 들지 않는 표정과 함께 인장호를 가리켰다.

즉시 도종대가 그들만의 신호를 던지자 저쪽에서 대기하고 있던 땅딸보 마정기가 돈을 걸었다.

"그런데 자네, 표정이 왜 그런가?"

여전히 뭔가 석연찮은 기운이 흐르고 있는 진우청의 얼굴을 보며 심충열이 물었다.

"아, 아무것도 아니오."

진우청은 고개를 저으며 비무대 위로 시선을 고정시켰다.

잠시 뒤 소중부의 수신호로 비무가 시작되었다. 심충열과 도종대 등도 진우청의 석연찮은 표정에 더 이상 관심을 두지 않고 비무대를 향해 눈을 돌렸다.

비무대 중앙에서 잠시 인장호를 노려보던 유가검보의 젊은 향주 양사원의 검이 예리한 궤적을 그리며 인장호를 공격해 들었다. 그러나 인장호는 보법만으로 양사원의 공격을 간단히 흘려버렸다.

"하잇!"

표정이 굳어진 양사원은 큰 기합성과 함께 인장호를 향해 짓쳐들었다.

인장호가 유가검보의 차남 유화결의 상대가 될 만한 실력으로 성장했다는 소문이 있기에 자신이 먼저 꺾어버리면 자신의 이름은 그만큼 높아질 것이다.

"혈기가 너무 앞서는군."

인장호는 냉소와 함께 양사원의 두 번째 공격도 간단히 피했다. 그러자 이를 악문 양사원이 쾌속하게 검초를 변화시키며 인장호의 목을 베어갔다.

인장호는 이번에는 보법으로 검을 피하지 않고 상체를 슬쩍 뒤로 젖혀 양사원의 검을 피했다. 그리고 대결 후 처음으로 손을 움직였다.

땅!

맑은 검명이 울리며 인장호의 손가락 끝에 부딪친 양사원의 검이 위로 퉁겨 올랐다.

엄중한 기세를 담은 검이 물을 튀기듯 장난 삼아 튕긴 손가락 끝에 부딪쳐 가볍게 튀어 오르는 것을 본 사람들은 인장호와 인가장에 대한 평가를 다시 하기 시작했다.

이제껏 유가검보에 눌려 무공 실력을 드러내는 모습을 보지 못했지만 그동안 감추고 있었던 실력이 범상치 않아 보였다.

보법뿐만 아니라 내력에서도 결코 만만치 않음을 느낀 듯 유가검보의 젊은 향주 양사원은 잠시 뒤로 물러서 호흡을 가다듬은 후 빠르게 검을 휘둘렀다.

유가검보의 표풍검법 전반부가 본격적으로 펼쳐지며 사방으로 검광을 뿌렸다.

유가장을 유가검보로 성장하게 한 표풍검법의 제일식 표풍금라(飄風金羅)의 초식이 표홀하면서도 그물을 펼친 듯 엄중한 검세를 이루며 인장호를 향해 덮쳐 갔다.

"언제 나오나 기다리고 있었지."

한마디 중얼거림과 함께 비릿한 미소를 흘린 인장호가 표풍금라의 초식 속으로 주먹을 찔러 넣었다.

퍼엉!

폭죽이라도 터지는 듯한 폭음과 함께 인장호의 주먹에서 쏟아진 권풍이 양사원이 펼친 표풍금라의 검세를 갈가리 찢어발기며 곧장 가슴으로 파고들었다.

표풍금라에서 표풍산운(飄風散雲)으로 급격히 초식을 변화시킨 양사원이 인장호의 권풍을 흩어갔다.

차앙!

날카로운 금속음과 함께 표풍산운으로 다 흩어버리지 못한 인장호의 권풍이 양사원의 가슴 한쪽 옷자락을 너절하게 만들었다.

"쿨럭!"

뒤이어 답답한 기침과 함께 안색이 창백해진 양사원이 두 눈을 부릅뜬 채 인장호를 노려보았다.

그동안 상인의 자식이라 대수롭지 않게 여겼던 인장호의 무공이 도저히 믿어지지 않는다는 듯 양사원의 부릅뜬 두 눈으로 고스란히 표출되어 나왔다.

그런 생각은 양사원뿐만이 아니었다.

손가락 하나로 검을 퉁겨내는 수법에서부터 권풍까지 자유롭게 뻗어내는 인장호의 무위에 휘주 주민들은 오랫동안 감추고 있다가 동방회라는 힘을 등에 업고부터는 거침없이 이빨을 드러내는 인가장의 실체를 인식하게 되었다. 아울러 그런 인가장의 행동이 결코 무리가 아니라는 인식도 같이하며 등줄기가 서늘해져 옴을 느꼈다.

"타앗!"

정적을 일깨우는 기합성과 함께 이번에는 인장호가 먼저 양사원을 공격해 들었다.

두 번의 마주침에서 적지 않은 내상을 입은 양사원은 사력을 다해 검을 휘둘렀다.

양사원의 검이 인장호의 목을 찔러가는 찰나, 인장호의 신형이 흐릿하게 사라지며 양사원의 왼쪽 측면을 향해 쇄도해 들었다.

흐릿한 그림자를 뿌리며 인장호의 주먹이 양사원의 옆구리를 향해 연속적으로 작렬했다.

퍼퍼퍽!

세 번의 연속음이 터지며 입에서 피를 뿌린 양사원의 신형이 허공으로 떠올랐다.

"어엇!"

관중석에서 몇 마디 비명성이 들리며 인장호의 신형은 어느새 양사원보다 더 높이 허공으로 솟구쳐 떨어져 내리는 양사원을 향해 일퇴를 내리찍고 있었다.

인장호의 발뒤축이 허공에 뜬 양사원이 복부에 작렬했고, 이미 중심을 잃고 허공에 떠 있던 양사원의 신형은 내리 꽂히듯 바닥으로 떨어졌다.

콰앙!

견고한 비무대 바닥이 부서져 나갈 듯 비명을 지르며 양사원의 신형은 한 뼘이나 더 튀어 올랐다가 재차 내동댕이쳐졌다.

바닥에 뒹군 양사원의 입에서 폭포수 같은 선혈이 흘러나오는 것을 본 참관인 중 두 명이 급히 뛰어올라 혈도를 찍었고, 뒤이어 승패를 알리는 북소리가 울렸다.

북소리와 함께 여기저기서 인장호의 독한 수법을 비난하는 소리들이 흘러나왔다.

"자넨 너무 과하군."

양사원을 응급처치한 소중부는 눈살을 찌푸리며 인장호를 쳐다보았다.

양사원의 측면으로 파고들어 연타를 날린 주먹으로도 승부는 결정된 것인데 인장호는 일퇴를 더 추가했다.

그건 누가 보아도 유가검보를 도발시킬 작정을 한 악의적인 공격이었다.

다행히 공격점이 급소를 비켜나 죽지는 않겠지만 평생 불구의 몸이 될 수도 있는 부상이었다.

"그런 말씀을 하시기 전에 주변 정리부터 확실히 하는 것이 어떠신지요?"

인장호는 차가운 음성으로 대꾸했다.

"무슨 소린가?"

"결정적인 순간에 이런 물건이 날아드니 어떻게 마음먹고 싸울 수 있겠소?"

인장호는 손바닥 안에 쥐고 있던 콩만한 돌멩이 하나를 소중부에게 던져 주며 비무대를 내려갔다.

소중부는 인장호에게서 건네받은 돌멩이와 인장호를 번갈아 보며 어리둥절한 표정을 지었다.

'처음부터 죽일 생각을 하고 있었어.'

진우청은 군중 속으로 사라지는 인장호의 뒤통수를 쳐다보며 내심 중얼거렸다.

비무대회를 구경하는 건 처음이지만 비무대회는 말 그대로 비무에 그쳐야 한다고 알고 있었다.

실수를 하여 목숨을 잃는 경우도 있다고 하지만 그건 예기치 못한 상황에서 벌어지는 일이지 처음부터 작정을 하고 하는 일은 아닌 것이다.

처음부터 살심을 품은 사람이나 맹수는 어딘지 모르게 그 움직임과 호흡의 색깔이 다르다.

온몸에서 피어오르는 살기는 호흡과 신체의 움직임을 평소보다 훨씬 경직되게 만든다.

방금 비무를 한 그놈은 처음부터 그런 움직임을 보였다.

그러잖아도 생각만큼 벌어들이지 못해 마음이 급한데 저런 인간이 자꾸 나오면 판이 점점 축소될 위험이 있다.

진우청은 그런 생각과 함께 품속으로 손을 집어넣었다.

한철 조각을 넘겨주고 받은 은자 열 냥이 만져졌다.

'딴살림을 차려볼까?'

진우청은 저만치 있는 도종대 일행을 쳐다보며 염두를 굴렸다.

'아직은…….'

진우청은 품속에서 손을 빼냈다.

아직까지는 딴살림을 차릴 시기가 아니었다.

딴살림은 마지막 날 결승전에서 판돈이 기하급수적으로 불어날 때 차려야 효과를 볼 수 있을 것이다.

그때는 의외의 변수도 많이 일어나고, 돈을 거는 사람들도 간이 커져 한 번에 다 걸기 때문에 배당 또한 커진다. 그때 뒤통수를 치며 딴살림을 차리면 효과가 극대화된다.

'남의 돈 먹는 일치고 쉬운 일이 없군.'

한숨을 내쉬며 비무대를 쳐다보던 진우청은 천천히 뱁새눈을 떴다.

'차라리 눈 딱 감고 내가 비무대회에 출전을 하면……?'

문득 진우청의 머리 속에 그런 생각이 떠올랐다.

오전 내내 지켜봤지만 하나같이 병신춤만 추고 있었다.

방금 싸움을 끝낸 인장호란 놈이 그중 나아 보였지만 거기서 거기였다.

저런 놈들만 계속 나온다면 그냥 마구잡이로 부딪쳐도 될 것 같다는 생각이 들었다. 그러자 까마득한 구름 위에 놓여 있는 것 같던 은자 일만 냥이란 거액이 눈앞에서 어른거렸다.

만약 그 돈이 자기 것이 된다면 당장 뭐부터 해야 할지 쉽게 상상이 되지 않았다.

'우선은 최고급 음식점에서 최고급 요리부터 시키고… 그 다음엔…….'

진우청은 후욱 하고 거친 숨을 내쉬었다. 잠시 빨라졌던 맥박이 정상으로 돌아왔다.

바쁠수록 돌아가란 말이 있다.

옆에서 구경 삼아 지켜보는 것하고 도검을 든 상대들과 직접 맞서는 것은 차이가 있을 수도 있다. 또한 오늘은 잔챙이들뿐이고 고수들은 내일 출전할 것 같다고 하니 좀 더 지켜보는 것도 나쁠 것이 없었다. 예선은 내일까지니까 시간은 충분했다.

가슴 한구석에 일만 냥짜리 포부를 은밀하게 키우던 진우청은 다시 울리는 북소리에 고개를 돌렸다.

양사원의 큰 부상으로 인해 비무대 위를 정리하느라 시간이 제법 걸렸지만 그 뒤의 비무는 큰 이변 없이 치러졌다. 그리고 첫날의 비무대회는 약간 싱겁게 막을 내렸다.

"자네, 오늘밤은 어디서 지낼 텐가? 우릴 따라가겠나?"

썰물처럼 빠져나가는 구경꾼들과 함께 비무대회장을 빠져나가며 도종대는 진우청에게 제안했다.

그들이 같이 지내자고 한 곳은 어제저녁을 보낸 골방이었다.

진우청은 고개를 흔들었다.

그들 네 사내에게서 나는 몸 냄새 정도야 크게 신경 쓸 일이 아니었지만 같이 지내고 나면 온몸을 물어뜯는 벼룩은 정말 달갑지 않았다.

차라리 몇 푼 더 쓰더라도 싸구려 객점이 나았다.

"그럼 내일 보세."

진우청이 거절하자 도종대 일행은 손을 한 번 흔들고는 서둘러 사라졌다.

네 사내와 헤어진 진우청은 묵시량과 싸운 후 새벽에 찾아들었던 싸구려 객점을 떠올렸다.

눈치 빠른 점소이 녀석에게 동전 몇 개를 집어주면 오늘 역시 그런대로 대접을 받을 수 있을 것이다.

"또 만났구먼."

생각을 굳히고 몇 발짝 움직이던 진우청은 뒤에서 들리는 목소리에 고개를 돌렸다.

후덕한 인상의 한 노인이 미소를 지으며 쳐다보고 있었다.

진우청은 얼른 기억이 나지 않아 혹시 다른 사람에게 그런 것이 아닌가 하고 고개를 두리번거리다 노인 옆에 있는 소녀를 보고는 어제의 기억을 떠올렸다.

어제 오후 싸구려 객점에서 마조 조각을 사간 소녀와 그 조부였다.

"그렇군요. 사람이 너무 많아 잠시 혼란이 왔습니다."

진우청은 포권을 하며 인사를 차렸다.

"자네도 비무대회 구경을 하러 온 모양인가 보군?"

노인은 짐짓 진우청을 처음 본 것처럼 말했다.

"예, 아침부터 지금까지 구경했습니다. 노인장께서도……?"

"그렇다네. 우리도 아침부터 지금까지 구경하다 가는 길일세."

"그렇군요. 그럼."

진우청은 다시 포권을 해 보이고는 작별 인사를 했다.

점점 더 배가 고파왔고, 늦으면 자리가 없을지도 몰랐다.

"자넨 숙소를 정했나?"

등 뒤에서 노인의 음성이 다시 들렸다.

"어제 노인장을 만났던 그 객점에서 보낼 생각입니다. 그래서……."

진우청은 급히 그곳으로 가야 한다는 생각을 온몸으로 나타내며 빠르게 답했다.

"예약은 해두었나?"

노인은 진우청의 초조한 기색을 읽지 못했는지 여전히 느긋한 목소리로 질문을 던졌다.

"그런 싸구려 객점에 예약은 무슨. 그냥 가면 되겠지요."

"허허, 문제로구먼."

예약이 되어 있지 않다는 진우청의 말에 노인은 너털웃음을 터뜨렸다.

"평소에는 싸구려 객점이지만 오늘 같은 날은 다르다네. 저기 몰려가는 사람들을 보게. 어제보다는 또 배로 늘었다네. 예약을 하지 않았다면 잠자리는커녕 차 한 잔 마시기도 힘들 걸세."

노인은 약간 걱정스런 표정으로 말했다.

"할아버지, 왜 자꾸 반대 방향으로 가세요?"

진우청이 노인의 질문에 대답하면서도 급한 마음에 어제 그 객잔을 향해 무의식적으로 몇 걸음 옮기자 노인 역시 진우청을 따라 은연중에 몇 걸음 옮겼고, 그러자 소녀가 소리를 질렀다.

"정말 그렇습니까?"

예약을 하지 않았다면 차 한 잔도 못 마신다는 노인의 말에 진우청은 난처한 표정으로 물었다.

잠자리야 아무 곳이나 상관없지만 음식마저 못 먹는다면 그건 정말 문제였다.

"그래요. 그것도 몰랐나요?"

이번 대답은 소녀가 대신하며 노인의 팔을 잡아끌었다.

소녀 역시 얼른 자신들의 숙소로 돌아가고 싶은 모양이었다.

"웃돈을 얹어주면······."

진우청은 혹시나 하는 심정으로 말하다 입을 다물었다.

아무리 웃돈을 얹어주어도 정도가 있을 것이다. 이 많은 사람들이 한꺼번에 들이닥치면 눈치 빠른 점소이도 도리가 없을 것 같았다.

"웃돈을 얹어주지 않아도 오늘 한 끼 저녁과 잠자리 값으로 평소의 열 배는 줘야 할 걸세. 그러니 웃돈이라면 스무 배나 아니면 그보다 더 많이 들지도······."

노인 역시 말끝을 흐리며 진우청의 옷을 쳐다보았다.

어제 자신의 손으로 은자 열 냥을 직접 건네주었지만 지금 입고 있는 진우청의 옷은 은자와는 전혀 거리가 멀어 보였다. 그러니 하룻밤 숙식으로 은자를 쓸 것 같지 않으리란 생각을 했다.

"우릴 따라가지 않으려는가?"

"할아버지!"

노인의 말에 소녀가 뾰족한 고함을 질렀지만 노인은 아랑곳 않고 진우청을 쳐다보았다.

"노인장께선 여유있게 예약을 하셨나 보군요."

"그런 셈이지."

돈을 아낄 수 있다는 생각에 진우청이 더없이 구미가 당기는 표정으로 질문하자 노인은 고개를 끄덕였다.

"예약은 무슨 예약이에요? 친구 분 집에 가면서 모르는 사람까지!"

다시 소녀가 뾰족한 고함을 질렀다. 소녀의 말에 조손의 숙소가 객점이나 주루가 아니라 지인의 집이라는 생각이 든 진우청은 잠시 망설였다.

여유있게 잡은 객점의 방을 하나 내어준다면 큰 문제가 없었지만 노인의 지인 집이라면 간단히 생각할 문제가 아니었다. 아무리 지인이라도 노인은 객의 입장이고, 객의 객은 그야말로 개밥의 도토리 신세가 될지도 모르는 일이었다.

"비록 작은 조각이긴 했지만 은자 쉰 냥을 주고도 구하기 힘든 한철을 열 냥으로 후려쳤으니 그 정도는 도움을 주어야 하지 않겠느냐?"

손녀의 채근에 노인은 웃음기가 감도는 목소리로 말했다.

'이런 망할!'

소녀와 노인의 대화를 들은 진우청은 순식간에 시장기가 몇 배로 더 심해지는 기분을 느꼈다.

찬 기운이 내내 감도는 그 쇳조각이 그렇게 비싼 물건인 줄은 몰랐다.

눈 뜨고도 코 베이는 곳이 도심이라더니 멀쩡히 눈 뜨고 코를 베인 꼴이었다.

은자 쉰 냥짜리를 스무 냥도 아니고 달랑 열 냥만 받고 넘겨주었으니 강도에게 털린 꼴이나 마찬가지가 아닌가? 자신 역시 남에게서 강탈했지만 반대로 당하고 보니 너무 어처구니가 없었다.

'은자 쉰 냥이면…….'

진우청은 신물이 역류하는 속을 억지로 다스리며 은자 쉰 냥의 가치를 가늠해 보았다.

돈의 가치는 무척이나 변동적이고 상대적이라는 생각이 들었다.

집에 있을 때는 은자 쉰 냥이란 것이 그리 크게 느껴지지 않았다.

십 년 전의 어린 나이에도 그렇게 느꼈었다.

그런데 지금은 쉽사리 계산이 안 되는 큰 금액이었다.

그 어마어마한 금액을 멀쩡히 눈 뜨고 도둑맞았다고 생각하니 객의 객이란 입장이 조금도 부담스럽지 않았다.

오히려 최대한 본전을 만회해야겠다는 오기가 발동했다.

진우청은 노인을 따라 걸음을 옮겼다.

노인이 찾아가는 지인의 집은 비무대회가 있는 신안강 변에서 반 시진만 가면 된다고 했다.

노인은 어제 이곳에 도착하였지만 지인의 집에는 지금에야 찾아가는 모양이었다.

진우청에게서 멀쩡히 코를 베어간 소녀가 재잘거리는 말에서 그걸 알 수 있었다.

배가 고픈 상태에서 반 시진의 거리는 결코 만만치가 않았지만 객점으로 찾아든다고 해도 지금 같은 분위기에서는 반 시진이 아니라 한 시진도 부족할 것 같았기에 진우청은 묵묵히 두 노손을 따랐다.

'생각할수록 앙큼한 계집애로군.'

진우청은 열네댓 살밖에 안 되어 보이는 노인의 손녀를 흘깃 쳐다보며 억울한 심사를 애써 가라앉혔다.

그런 진우청의 속내를 눈치챘는지 노인이 미소를 지었다.

"너무 억울하게 생각하지 말게. 한철이란 것이 귀한 물건이긴 하지만 그렇게 쉽게 다룰 수 있는 쇠가 아니니 찾는 사람이 없으면 가지고 있어도 아무런 가치가 없는 것 아니겠나? 그리고 검이나 도 한 자루를 만들 만큼의 양이면 부르는 게 값이지만 손가락만한 조각이면 아무짝에도 쓸모없는 물건일 수도 있다네. 다행히 우리 수아가 특별한 용도를 생각해 내고 은자 열 냥을 쳐주었으니 자네로서는 가만히 서서 열 냥을 번 것 아닌가? 그걸 밑천 삼아 도박판에서 굴린다면 또 몇 배로 불어날지도 모르고."

노인은 더욱 짙은 미소를 떠올리며 진우청을 쳐다본 후 계속해서 걸음을 옮겼다.

진우청은 도박판이라는 노인의 말에 얼른 고개를 돌려 노인의 신색을 살폈다.

뜬금없이 도박판을 운운하지는 않았을 것이다. 아마도 비무대회 중간에 자신이 도박을 하고 있는 모습을 본 때문이란 생각이 들었다.

"알고 계셨습니까?"

진우청은 눈 사이를 좁히며 물었다.

"자네하고 어울리는 놈들을 보고 짐작했지. 조심하게나. 그놈들은 막판에 가서 뒤통수를 잘 치는 놈들이라고 알고 있네."

노인은 도종대 일행의 전력을 넌지시 일러주었다.

"그 정도야 예상하고 있습니다. 그리고 뒤통수를 벌써 한 번 세차게 맞았으니……."

진우청은 노인의 손녀를 힐끔 쳐다보았다.

"할아버지 말씀 못 들었어요? 한철 가격은 다른 물건처럼 정해진 것도 아니니 이런 곳에서 찾는 사람이 없으면 동전 열 문 가치도 없을 수 있고, 그걸 녹여 무얼 만드는 데 오히려 그 가격보다 더 많은 돈이 들 수도 있어요. 우연히 주운 물건 덕분에 오늘 저녁 숙식 걱정까지 안 하게 되었으니 그만한 횡재가 어디 있어요?"

소녀는 진우청을 향해 쏘아붙이고는 노인의 옆에 바짝 붙었다.

진우청은 소녀의 말에 더 이상 토를 달지 않고 입을 다물었다. 쉰 냥 짜리를 열 냥에 후려칠 정도로 암팡진 계집애라면 말로써는 당할 수 없을 것이라는 생각이 절로 든 것이다.

진우청은 노인에게로 눈길을 돌렸다.

'꽤 눈썰미가 있는데 뭐 하는 노인일까?'

그때 노인의 목소리가 다시 들려왔다.

"다 왔네. 저곳이 내 지인의 집일세."

노인은 턱짓으로 목적지를 가리켰다.

그리 크지 않은 집이었지만 먼지 한 올 없이 깨끗하게 닦인 대문에서부터 집주인의 성품이 엿보였다.

'음식도 정갈하겠군.'

진우청은 노인에게 가졌던 관심을 얼른 다른 곳으로 돌리며 배를 쓰다듬었다.

비무장에서 도종대가 대충 챙겨온 음식으로 점심을 때운 탓에 공복감이 심하게 느껴졌다.

'정갈하기보다는 양이 푸짐한 것이 정말 좋은 음식인데…….'

내심 중얼거린 진우청은 노인의 지인 집 대문 안으로 발을 들여놓았다. 그곳에 어떤 운명이 기다리고 있는지도 모른 채…….

*　　　*　　　*

유가검보는 안휘성 제일의 무가답게 앞뒤로 넓은 정원을 소유한 여러 채의 전각으로 이루어져 있었다.

누대에 걸쳐 이곳에서 무가의 길을 걸어왔으며, 오늘에 이르러 검보의 규모로 성장했다.

유가검보의 독문검법인 표풍검법은 표홀하면서도 때로는 태풍이 몰아치는 듯 장중한 힘이 실려 있어 그 검법 아래로 많은 인재들이 모여들어 지금은 네 개의 검대로 유가검보를 구성하고 있었다.

표풍검법을 창안한 육대조 유중술(柳中述)은 화산파의 속가제자였기에 지금까지도 유가검보는 화산파와 친분을 가지고 있다. 특히 금지옥엽인 유화경은 어릴 때부터 화산파에 속가제자로 입문하여 표풍검법보다는 화산파의 매화검법에 더 익숙했다.

표풍검법은 표홀한 면에 있어서는 매화검법과 많이 닮아 있었지만 태풍과 같은 강맹하고 장엄한 기운은 여인으로서는 제대로 뿜어낼 수 없어 유화경은 애초부터 가문의 절기인 표풍검법보다 화산의 매화검법을 익혔다.

"아름답군요!"

매화검법 몇 초식으로 몸을 푸는 유화경을 보며 백봉령주는 감탄사를 쏟았다.

"언니의 무공도 만만치 않다고 하던데 뭘 그러세요?"

유화경은 이마에 흐른 땀을 닦으며 미소를 지었다.

"난 내 몸 하나나 겨우 지킬 정도예요. 전통 깊은 문파의 무공들과 비교하면 잡기에 불과해요."

백봉령주는 미소를 지으며 말하다가 멀리서 들리는 웅성거리는 소리에 고개를 돌렸다.

노을을 뿌리던 태양도 서쪽 하늘 아래로 완전히 넘어가 버리자 후원에는 어스름이 성큼성큼 잰걸음으로 다가오고 있었다.

그 어스름 속을 헤집고 유가검보 안채에서 작은 소란의 기색이 느껴졌다.

"무슨 일이지?"

유화경도 검을 검갑에 넣고는 안채 쪽의 소란에 눈길을 돌렸다.

"가봐야겠어요. 언니는 먼저 숙소에 가 계세요. 곧 따라갈게요."

유화경은 급히 안채 쪽으로 달려갔다.

유화경이 사라진 후 잠시 의문스런 표정으로 유가검보 안채 쪽을 응시하던 백봉령주는 귓전으로 날아드는 전음에 흠칫 신형을 굳히다 서둘러 걸음을 옮겼다.

"어찌 된 일이죠?"

백봉령주는 며칠 만에 모습을 드러낸 현기조장 묵시량을 보며 어이없는 표정을 지었다.

며칠째 연락이 두절된 묵시량 때문에 그동안 좌불안석이던 백봉령주였다. 때로는 그런 기색이 유화경에게도 드러나 그때마다 자신을 공격했던 자들 때문에 걱정이 되어서 그렇다는 변명으로 얼버무렸지만 초조한 마음에 속이 타 들어갔었다.

"동방회에 포섭되었던 이곳 삼검대 소속의 향주 나지강은 처치했습니다. 그리고 그 인피면구도 확보했습니다."

그건 듣지 않아도 알 수 있었다. 묵시량은 나지강으로 완벽히 변신해 있었다. 그러나 인피면구 위로 어딘지 모르게 위축되고 불안한 기운이 먹구름처럼 드리워져 있었다. 급하게 만들어져 아직 완전하지 못한 상태 때문만은 아니었다.

그건 매우 위험한 징조였다.

아무리 유가검보의 삼검대가 검보 내의 일보다는 대외 업무를 전담하며 밖으로 나가 있는 일이 많다 하더라도 이런 상태로는 역용이 발각될 위험이 있었다.

"그런데 안색이 왜 그런가요?"

백봉령주가 더욱 낮은 소리와 함께 빠르게 묻자 묵시량의 표정이 자신도 모르게 일그러졌다.

잠시 후, 묵시량은 나지강을 해치운 이후부터 진우청과 강변에서 대결한 과정까지를 최대한 요약해서 백봉령주에게 설명했다.

묵시량의 설명을 듣는 백봉령주의 커다란 눈이 훨씬 더 크게 뜨여졌다.

"어떻게 그런 일이? 현기조장이 어떻게 그렇게⋯⋯?"

묵시량의 설명이 끝나고 한동안 믿을 수 없다는 표정을 짓던 백봉령주는 묵시량이 내민 빙백마조의 파편들을 보고서야 불신 가득한 눈빛을 애써 거두어들였다.

"그럼 마지막 순간에 동전을 던져 표창을 튕겨낸 것도 그 청년의 소행이란 말이죠?"

묵시량은 대답 대신 고개를 끄덕거렸다.

그 순간부터 그날 새벽까지 이어진 기억들은 되도록 되살리고 싶지 않았다. 할 수만 있다면 십 년의 수명을 줄여서라도 깨끗이 지워 버리고 싶었다.

맡은 임무가 막중했기에 이를 악물고 여기까지 왔지만 이미 한 번 죽었다는 기분이 들었다.

"동방회 쪽의 사람인가요?"

복잡한 머리 속을 잠시 정리할 시간을 갖던 백봉령주는 가장 궁금한 사항을 물었다.

"그건 아닌 것 같습니다."

묵시량은 강하게 고개를 흔들었다.

"어떻게 확신하나요? 그만한 실력을 갖춘 자라면……."

백봉령주는 불안한 기색이 고스란히 묻어나는 음성으로 물었다.

재차 쏟아지는 백봉령주의 질문에 묵시량은 가슴이 답답해짐을 느꼈다.

대결을 할 때 내렸던 그 천둥벌거숭이 같은 놈에 대한 평가는 지금도 변함이 없었다.

동방회 쪽과 관련이 있는 고수라 보기에는 너무 날건달 같았고, 그렇다고 단순한 날건달이라고 단정 짓기엔 그 기묘한 움직임과 힘이 이해가 가지 않았다.

묵시량은 그런 평가를 백봉령주에게 제대로 전달할 수 없음이 갑갑할 따름이었다.

"어쨌든 동방회 쪽의 인물은 아닙니다. 절대로!"

"쉿! 목소리가 너무 높아요."

묵시량의 고함에 백봉령주가 얼른 손가락을 입에 갖다 대고는 사방을 두리번거렸다.

"다른 사람들은?"

묵시량의 강한 어조에 백봉령주는 진우청에 대한 평가를 일단 유보했다. 그것 외에 받아야 할 보고가 많았다.

"계획대로 움직이고 있습니다."

그 말과 함께 묵시량은 빠르게 다른 사항들을 보고했다.

다른 것들은 모두 차질없이 진행되고 있었다. 백봉령주는 짧은 한숨을 내쉬었다.

전혀 예상치 못한 변수 때문에 큰 위기감을 느꼈지만 진우청이 동방회의 인물이 아니라는 것은 불행 중 다행이었다.

동방회나 인가장, 그리고 자신들의 일과 전혀 무관한, 그야말로 갑자기 하늘에서 뚝 떨어진 변수라면 꼭 불리한 방향이 아닌 유리한 방향으로도 작용할 수 있는 것이다.

지금 현재로서는 다분히 자신들에게 불리한 방향으로 작용했지만 변수의 무게를 인식한 이상 충분히 고려해 유리한 방향으로 이끌 수도 있는 것이다.

"어깨뼈가 탈골되었으니 반간계(反間計)는 포기해야 할 것 같군요."

백봉령주는 무거운 목소리로 말했다.

묵시량을 나지강으로 변신시킨 가장 큰 목적이 반간계를 쓰고자 함인데 이렇게 다쳤으니 그건 포기해야 할 것 같았다.

백봉령주는 빠르게 주위를 두리번거렸다.

더 이상 지체하는 것은 위험했다.

"반간계는 포기하고 이곳 내부 사정에 대해 조사해 보세요. 대체 동방회가 노릴 만한 것이 어떤 것인지. 그리고 이곳에서는 되도록 큰공자와 마주치지 않도록 하세요."

"알겠습니다."

나무 막대기 하나로 동료들 셋을 간단히 해치우는 유화성의 무위를 지켜보았기에 묵시량은 아무 이의 없이 답하고는 연기처럼 어스름 속으로 사라졌다.

유가검보 안채 쪽에서 일었던 작은 소란은 예전처럼 유가검보를 대표해 비무대회에 참석했던 젊은 향주 양사원이 인사불성이 되어 들것에 실려 들어온 때문이었다.

인장호에게 무참하게 당한 후 한참 동안 응급조치를 취하다 겨우 위험한 고비를 넘기고 이제야 검보로 돌아온 것이다.

잠시 소란이 일었던 장내에는 바위같이 무거운 정적이 내리깔려 있었다.

최근 인가장의 도발에 유가검보는 눈썹 하나 까닥하지 않는 모습을 보였다. 그리고 현성비무대회에도 의도적으로 관심을 보이지 않으며 평소처럼 한 명의 향주만 출전시켰다.

쥐새끼 한 마리가 발 아래에서 먼지를 일으킨다고 하여 사자가 일일이 포효를 터뜨리며 뛰어오를 수는 없는 일이라는 식의 반응을 보인 것이다.

그러나 그 쥐새끼가 이제는 발뒤축을 물어뜯어 상처까지 입힌 격이다.

포효를 터뜨리며 덮쳐들기까지는 하지 않더라도 작은 경고음 정도는 발해야 하는 상황이다.

그것마저도 하지 않는다면 더 이상 사자가 아니든지, 사자로서의 위엄은 바닥에 떨어진 종이 사자가 되고 마는 것이다.

유가검보주 유상목(柳常木)은 눈살을 찌푸렸다.

그것만으로도 유가검보 내의 분위기는 한겨울처럼 경직되었다.

"치료해 주거라. 그리고 화결이는 나를 따라 들어오너라."

유상목의 한마디에 돌처럼 굳어 있던 보 내 무사들이 신속히 움직였다.

"놈은 네가 비무대회에 출전하기를 바라고 있다. 그건 알고 있겠지?"

유상목은 앞에 앉은 아들을 쳐다보며 물었다.

"알고 있습니다."

유화결은 짤막하게 답했다.

"어떻게 처신을 했기에 그런 놈 따위가 널 상대하겠다고 걸고넘어진단 말이냐?"

유상목은 아들 유화결에게 먼저 책망의 말을 던졌다.

인가장의 목적이 아들 유화결을 꺾는 것만이 아니라는 것은 짐작하고 있었다. 그러나 유상목은 시침을 떼고 아들 유화결이 지금의 상황을 얼마나 제대로 꿰뚫어 보고 있는지 시험을 해보는 것이다.

"놈들이 우리 검보의 검을 막을 만큼 돈더미를 쌓아 올린 모양입니다."

유화결의 대답에 유상목은 찌푸렸던 눈 사이를 조금 풀었다.

아들은 사태를 정확히 파악하고 있는 것이다. 지금 상황은 유화결과 인가장의 아들 인장호의 대결이 아니라 인가장의 돈과 유가검보의 검이 대결을 하는 것이다. 더 나아가서는 동방회의 서진(西進)에 유가검보가 휩쓸리는 극단적인 상황까지도 생각해 보아야겠지만 유상목은 그것까지는 너무 비약이라는 생각을 하고 있었다.

유가검보는 화산파와 밀접한 관계를 맺고 있었다. 동방회가 유가검보를 친다면 화산파까지도 염두에 두어야 하는 것이다. 화산파가 움직인다면 구대문파도 가만있지는 않을 것이다. 이해타산이라면 머리카락을 몇 조각으로 가를 만큼 정확한 장사꾼들이 그런 무모한 짓까지는 벌이지 않을 것이다. 지금의 상황은 동방회의 힘을 업은 인가장이 유가검보가 누리고 있던 이권을 좀 더 확보하려는 것이다. 그것이 유상목의 결론이었다.

"어떻게 할 생각이냐?"

미미하게 고개를 끄덕인 유상목이 다시 질문했다.

"내일은 나가보겠습니다. 그래서 유가검보를 상대하려면 돈을 좀 더 벌어와야 한다는 걸 가르쳐 주겠습니다."

유화결은 번거로움이 묻어나는 표정으로 답했다.

"자신있느냐?"

"자신 따위는 필요없습니다. 인장호 그놈은 태생적으로 제 상대가 아닙니다. 족제비는 영원히 살쾡이의 상대가 될 수 없으니까요."

유화결은 담담히 말했다.

유상목은 유화결의 표정을 찬찬히 살폈다.

아들은 인장호를 조금도 신경 쓰는 것 같지 않았다. 그리고 그 표정 속에서도 부모로서 우려되는 자만심 같은 것이 전혀 느껴지지 않았다. 말 그대로 아들은 인장호를 자신의 상대로 생각지 않는 것 같았다.

"저놈만 제정신을 차려도 걱정이 덜 되련만."

유화결의 말투나 태도를 보며 안심한 유상목은 마지막 당부를 생략하고 유화성의 거처 쪽으로 고개를 돌렸다.

"형의 오랜 방황에는 아버님의 책임도 큽니다! 형이니까 저렇게라도 견디지 저 같았으면 미쳐 버렸을 겁니다!"

유화결은 언성을 높였다.

"네 형 얘기만 나오면 네놈은 아비 앞에서도 쌍심지를 돋우는구나!"

유상목의 눈매가 매서워졌다. 그러나 언제나 형의 입장을 강변하는 유화결의 모습에 유상목의 말투는 그 눈빛만큼 경직되지 못하고 누그러져 있었다.

"나가보겠습니다."

유상목의 질문이 더 이상 이어지지 않자 유화결은 고개를 숙인 후 의자에서 몸을 일으켰다.

"일검대주를 들라고 일러라!"

유상목은 아들이 나간 후 방문 앞에 있는 무사에게 지시를 내렸다.

"부르셨습니까?"

유화결이 나간 후 유가검보 일검대주 유상기(柳常其)가 문을 열고 들어왔다.

유상기는 유가검보주 유상목의 셋째 남동생이었다.

사십대 중반인 그는 벌써 사 년째 유가검보의 핵심 세력인 일검대의 대주 직을 맡아오고 있었다.

유가검보주 유상목에게는 세 명의 남동생이 있었다.

바로 아래의 두 명은 각각 오 년씩 일검대주 직을 맡고 있다가 분가했다.

첫째 동생은 강소성에서 유가검보의 제일지부를 열었고, 둘째 동생은 호북성에서 제이지부를 열었다.

이제 막내동생 유상기도 벌써 사 년째 일검대주 직을 맡고 있으니

일 년 정도만 더 기다렸다가 유가검보 제삼지부를 열어 분가시키면 유가검보는 본가와 함께 세 개의 지부를 거느린, 어느 곳에 못잖은 문파가 되는 것이다.

첫째 동생 유상부(柳常府)가 부주로 있는 제일지부는 이제 어느 정도 자리를 잡았다. 그러나 둘째 동생 유상곤(柳常崑)이 맡고 있는 제이지부는 아직은 시간이 더 필요했다. 그건 본가의 지원이 한동안은 더 필요하다는 얘기도 되었다. 그리고 막내동생 유상기도 분가시켜 지부를 열려면 유가검보는 한층 더 큰 힘을 축적해야 했다.

유가검보의 제일 큰 수입원은 휘주 인근의 채석장과 옥 광산이다.

인근의 가장 질 좋은 채석장과 광산은 거의 유가검보 소유라 해도 과언이 아니었다.

그걸 요즘 차츰 세를 불린 인가장에서 탐을 내는 것 같았다. 그래서 사사건건 부딪쳐 오고, 동방회의 주최로 열린 비무대회에서까지 시비를 걸어오는 것이라는 생각이 들었다.

"요즘 채석장과 광산 근처의 동향은 어떠하냐?"

유상목은 곧바로 본론으로 들어갔다.

"아직까지는 별다른 이상 없는 것 같습니다."

유상기는 잠시 생각하다 짤막하게 답했다.

그 역시 그쪽으로 각별히 주의를 기울이고 있던 터였다. 그래서 일꾼들의 동정은 물론 광산과 채석장을 지키는 무사들의 행동까지 세세히 살폈으나 아직까지는 인가장이 어떤 수작을 부린 낌새는 보이지 않았다.

"다행이긴 하지만 놈들이 어떤 흉계를 꾸밀지 모르는 일이다."

유상목은 묵직한 한숨을 내쉬었다.

오래전에도 인가장은 유가검보 소유의 광산과 채석장 몇 개에 눈독을 들이고 큰 금액으로 흥정을 해온 적이 있었다. 그러나 조상 대대로의 터전이나 마찬가지인 광산과 채석장을 전표 몇 장에 넘길 수는 없었다. 당장은 목돈이 커 보이지만 이곳을 버리고 떠나지 않을 생각인 이상 긴 세월의 물줄기 앞에서 돈은 언젠가는 녹아버릴 눈송이에 불과했다.

그런 생각과 함께 단호히 거절한 후로부터는 다시는 그런 제안을 해오지 않았다.

대신 얼마 전부터 알게 모르게 전 방위적 압박을 가해오고 있다는 느낌을 받았다.

동방회와 손을 잡아 훨씬 더 막대한 금력을 얻고 아들 인장호를 내세워 무력시위도 하고 있었다. 아직 심각한 수준은 아니었지만 언젠가는 좀 더 강한 압박과 함께 두 번째 제안을 해올 것이다.

그것이 그놈들의 수법이었다.

앞으로 한두 해 뒤면 셋째 동생도 분가시켜야 할 상황에 목돈을 받고 한두 개 정도 처분하는 것이 어떨까 저울질도 해보았지만 결론은 똑같았다.

당장은 그게 이익일 것 같았지만 장기적으로는 지키는 것이 훨씬 득이었고 그것이 인가장과 충돌을 일으킬 수밖에 없는 가장 큰 요인이란 생각이 들었다.

"너무 큰 걱정은 마십시오. 평소보다 경비를 훨씬 튼튼히 하고 있으니까요. 그보다 저는 화결이가 걱정입니다."

유상기는 검보주이자 큰형인 유상목의 눈치를 살피며 말했다.

장남 유화성이 폐인처럼 변해 버린 지금 유화결이 검보의 다음 대를 이어갈 대들보나 마찬가지이다. 누구도 그걸 입 밖으로 내어 말하지는 않았지만 계속 이런 상황으로 흘러간다면 그럴 수밖에 없었다.

그런 차에 인가장과 동방회가 유화결에게 무슨 수작을 벌여 유화성처럼 스스로 무너지게 만든다면 그건 옥 광산이나 채석장을 빼앗기는 것보다 훨씬 큰일이다.

재산이란 건 결국 사람이 모으고 지켜가는 것이다. 사람이 무너지면 재산은 뜬구름일 뿐이다. 유화결은 마음이 여린 유화성과 달라서 큰 걱정은 안 하지만 대신 유화성보다 성미가 급했다. 그 급한 성미가 젊은 혈기와 어우러져 어이없는 실수를 유발시킬 수도 있는 것이다.

"그래서 너를 부른 것이다. 그 문제를 좀 의논해 보자."

유상목은 다시 한숨을 내쉬었다.

"지금 보 내에 있는 인원은 얼마나 되느냐?"

"일검대는 전원 검보 내에 있고 이검대와 사검대의 반은 채석장과 광산에, 반은 검보 내에 있습니다. 그리고 삼검대는……."

"됐다."

유상기의 말끝을 자른 유상목은 고개를 끄덕거렸다.

삼검대는 대외적으로 가장 많은 활동을 하는지라 보 내에 있는 사람들보다는 밖에서 각 문파나 가문들을 돌며 활동하는 인원이었기에 언제나 그 숫자는 유동적이었다.

"이검대와 사검대 인원의 삼분지 일만 보 내에 남기고 광산과 채석장에 투입하거라. 그리고 일검대 소속에서 고수 열 명만 차출해라."

"화결이를 호위하게 하실 생각입니까?"

"그놈은 펄쩍 뛰겠지만 그렇게 해야 할 것 같다."
유상목이 근심 어린 목소리로 답했다.
"알겠습니다."
유상기가 고개를 숙였다.

第
九
章

천상(天上)의 춤

천상(天上)의 춤

진우청은 두 노인과 마주 앉아 식사를 거의 끝내가고 있었다.

진우청을 이리로 데려온 노인은 백운(白雲)이란 호를 썼고, 백운 노인의 지기인 이 집의 주인은 해천(海天)이란 호를 썼다.

해천 노인은 이곳에서 손녀와 단둘이 지내는데 손녀는 몸이 아파 자신의 방에서 잘 나오지 않는다고 했다. 낮에만 이곳에 와서 일을 도와주는 소녀도 저녁이 되자 자기 집으로 돌아가 집 안에는 정적이 감돌았다.

진우청의 코를 베어간 백운 노인의 손녀는 조수아(曹受兒)라고 했는데 해천 노인의 손녀 방에서 식사를 하겠다고 나가 진우청은 두 노인과 함께 식사를 했다.

음식은 정갈할 뿐만 아니라 양도 푸짐해서 진우청에게는 더없이 완벽한 저녁이었다.

은자 오십 냥을 벌 수 있었던 기회를 열 냥으로 날리고 뒤틀려 오던 위장은 이젠 완전히 정상으로 돌아온 것 같았다.

"자네의 손실이 은자 마흔 냥에서 서른여덟 냥 정도로 줄어든 것 같네."

진우청의 심정을 헤아렸는지 백운 노인이 빙그레 미소를 지으며 말했다.

"정말 잘 먹었습니다. 십 년 사이 이렇게 맛있는 음식은 처음입니다."

진우청은 계면쩍은 미소를 지으며 인사를 했다.

"그 인사는 나보다 집주인에게 하게."

노인의 말에 진우청은 자신을 이리로 데려온 노인의 지인이자 이 집의 집주인에게 다시 고개를 숙였다.

"변변치 않은 음식을 맛있게 들었다니 고맙구먼. 더 필요한 것이 있으면 부담없이 말하게. 오랜만에 이 집에도 사람 사는 느낌이 들어 기쁘구먼."

"아닙니다. 되도록 포식을 삼가라는 사부님의 말씀이 있어서 그만 먹도록 하겠습니다."

절제의 미덕을 설파하는 진우청의 말에 두 노인은 잠시 할 말을 잃었다.

잠시 후, 진우청을 데려온 백운 노인의 눈빛이 진지하게 빛났다.

"사부는 어떤 분이신가?"

백운 노인은 진우청의 손을 한 번 쳐다보며 물었다. 그 투박한 손에 속절없이 마조 조각을 낚아채인 사실이 못내 신기한 모양이었다.

"그러고 보니 자네에 대해서도 이름밖에 모르고 있군."

백운 노인은 입맛을 다셨다. 그런 것들은 식사를 하면서 천천히 얘기하는 것인데 진우청이 말할 틈도 없이 식사에만 열중했기에 기회가 없었던 것이다. 진우청도 그것을 깨닫고 얼른 사과의 말을 했다.

"괜찮네. 그런 격식이야 천천히 차려도 무방하지. 우리 역시 자세하게 소개를 하지 않은 건 마찬가지가 아닌가?"

진우청이 미안해하자 집주인인 해천 노인이 손을 저었다.

"전 하남에서 나긴 했는데 어쩌다 보니 이곳까지 오게 되었습니다."

진우청은 자신이 하남진가 진장월의 둘째 아들임은 숨기고 대강 끼워 맞춰 설명했다.

노인들 역시 진우청에게 자신을 간단히 소개했다.

백운 노인은 인근 둔계에서 백운무관이라는 무도관을 운영하는 사람이라 했다. 지금은 아들에게 물려주고 노년을 한가롭게 보내고 있었다.

그리고 백운 노인의 지인인 해천 노인은 이곳 휘주에서 꽃 속에 파묻혀 사는 세상에서 제일 행복한 노인이라 했다.

'그러고 보니……'

진우청은 주위를 둘러보았다.

대문을 들어설 때부터 주변으로 꽃들과 분재들이 많이 놓여 있었다. 또한 실내 역시 잘 손질된 분재들이 여러 개 놓여 있었다.

그런 것들에는 애초에 관심이 별로 없는 데다가 황산 암벽에 솟아난 기묘한 모양의 소나무에 이미 만성이 되어버린 진우청은 그제야 대문 앞 편액에서 언뜻 본 꽃 화(花) 자를 떠올리며 집주인이 이곳에서 화원을 운영하고 있음을 짐작했다.

서로 소개가 끝나고 백운 노인은 처음 했던 질문을 다시 했다.

진우청은 눈을 끔벅거렸다.

'고약한 노인네.'

진우청은 입속으로 중얼거렸다.

처음 만났을 때도 가르쳐 주지 않았고 동굴 생활 중간에도 가르쳐 주지 않았다. 물론 쫓겨날 때도 마찬가지였다.

숨 돌릴 틈도 없이 춤만 추게 했고, 정말 드물게 몇 년에 한 번 꼴로 숨 돌릴 틈이 있어 사부의 내력에 대해 여쭤보았을 땐 그 모든 것들을 공부를 빼먹고자 하는 제자의 수작으로 간주하시고는 춤의 강도를 높였다.

그래서 사부님의 함자는 그냥 '사부' 그 자체였다.

진우청은 사부의 함자를 모른다는 말을 빼고 사부에게서 십 년 동안 배운 춤과 그 고생스러웠던 생활들을 간단히 얘기했다.

"춤이라면 어떤 춤을 말하는가?"

진우청의 설명에 백운 노인은 진우청의 사부에 대한 궁금증을 접고 춤으로 궁금증을 전이시켰다.

처음에는 백운 노인만큼은 관심을 갖지 않던 해천 노인도 춤이란 말에 안광을 빛냈다.

"말로 설명하기엔 어려운 춤이었습니다. 사부께서는 그걸 천룡신무라 명명하셨는데… 그냥 용무라 부를 때가 더 많았습니다."

진우청은 용무의 특징 몇 가지만 짤막하게 설명하고는 바깥의 인기척에 고개를 돌렸다.

문이 열리며 진우청의 코를 베어간 조수아가 찻잔을 들고 들어왔다.

"여옥이와는 밀린 정담을 많이 나눴느냐?"

백운 노인이 조수아를 보고 말하자 조수아는 환하게 웃으며 빠르게 입술을 움직였다.

"오늘밤을 꼬박 새워도 모자랄 거예요. 여옥 언니가 식사가 다 끝나 갈 테니 차를 좀 부탁한다고 해서 제가 가져왔어요."

조수아는 얼른 찻잔을 두 노인과 진우청 앞에 놓아주고는 빠르게 사라졌다.

일을 도와주는 소녀도 돌아가고 집주인의 손녀는 몸이 불편하니 조수아가 직접 차를 내온 모양이었다.

"역시 자네 손녀가 만들어주는 차는 일품일세. 특별한 것도 아닌 꽃 잎만으로 이런 차를 만들어내다니……."

차를 따라 한 모금 마신 백운 노인은 감탄사를 토하며 향기를 음미 했다.

진우청은 멀뚱히 찻잔을 응시했다.

차는 이따금씩 사부에게서 얻어 마셔보았다.

사부 역시 이름난 차가 아닌 여러 가지 풀잎이나 나무뿌리로 직접 만든 차를 마셨다.

그러나 사부의 차는 쓴맛이 너무 강했다.

밥을 굶길 때마다 먹게 한 가루약만큼 쓴맛이 느껴졌기에 진우청은 차란 말에 적잖은 거부감이 일었지만 끝까지 사양하는 것도 예의가 아 닌지라 찻잔을 입으로 가져갔다.

다액을 한 모금 들이킨 진우청은 백운 노인이 감탄한 이유를 알 것 같았다.

찻잔 속에서는 세상의 모든 꽃 향기가 한꺼번에 뿜어져 나오는 것 같았다.

코를 가까이 갖다 대어야 맡을 수 있을 정도로 은은하게 풍겨 나왔지만 그 작은 찻잔 속에는 세상에 있는 모든 꽃 향기가 한꺼번에 녹아 들어 있는 듯했다.

진우청은 천천히 다액을 삼켰다.

진우청에 비해 훨씬 미각이 발달한 듯 백운 노인은 진우청이 반 이상 마실 때까지도 코로 다향을 음미하기만 하며 마시지 않고 있었다.

"어서 들게나. 다 식겠네."

해천 노인이 빙그레 웃으며 백운 노인을 보고 재촉하자 백운 노인이 고개를 끄덕이고는 아쉬운 듯 조금씩 다액을 음미했다.

한 모금씩 마신 후 집주인인 해천 노인이 다시 입술을 움직였다.

"그래, 자넨 사부께서 가르친 그 춤에서 무얼 배웠나?"

이제껏 관심을 갖던 백운 노인이 아닌 해천 노인의 질문에 진우청은 잠시 눈을 굴렸다.

좀 전에도 말했다시피 사부의 춤은 말로 설명하기 어려운 점이 많았다. 그리고 형에 비해 말을 조리있게 하지 못해 할아버지께 안 맞을 매도 몇 대 더 맞았던 진우청으로서는 해천 노인의 질문에 선뜻 답을 하기 어려웠다. 어쩌면 진우청뿐만 아니라 다른 누구에게라도 그런 단순한 질문이 가장 포괄적이고 가장 어려운 질문일지도 몰랐다.

해천 노인도 그걸 느꼈는지 계면쩍은 미소를 지었다.

"내가 너무 뜬금없는 질문을 했나 보구먼. 미안하이. 차나 들게."

해천 노인은 더 이상 관심을 갖지 않고 차를 마셨다. 그러나 십 년 동안 쉴 틈도 거의 없이 춘 춤에서 무얼 배웠는지 한마디도 제대로 답변하지 못했다고 생각한 진우청은 서서히 얼굴이 뜨거워짐을 느꼈다.

진우청은 그런 무안함을 감추고자 서둘러 찻잔을 당겨와 후욱 하고 다향을 음미하며 다액을 삼켰다.

찻잔 안의 꽃 향기가 다시 온 뇌리로 은은하게 전해졌다.

그 순간 진우청은 사부께서 가르쳐 준 춤에서 무얼 배웠는지 유창하게 설명하진 못해도 해천 노인의 질문에 옹색하나마 한 가지쯤은 답을 할 수 있을 것 같았다.

"제가 미욱하여 노인장의 질문에 만족할 만한 대답은 드릴 수가 없고… 사부께서 가르쳐 주신 춤을 추며 가장 크게 느낀 점 한 가지 정도는 말씀드릴 수 있겠습니다만……."

"경청하겠네."

이번에는 백운 노인이 재촉하듯 말을 받았다.

"이 차 향기를 깊이 들이키다 보니 떠올랐는데… 사부께서는 항상 그걸 강조했습니다."

"차 향기를 강조했다니, 그게 무슨 말인가?"

백운 노인은 이해를 못하겠다는 표정을 지었다.

"그게 아니라… 춤을 추며 사부께서 제일 강조한 것은 들이마시고 내쉬는 숨과 동작의 일치였습니다."

다시 한 번 다향을 후욱 하고 들이킨 진우청은 설명을 계속했다.

"처음에는 용무의 동작을 몸에 익히는 것도 힘들었습니다. 제 스스로는 뱀춤이라고 생각할 만큼 정말 이상한 춤이었으니까요. 몇 년 고생 끝에 겨우 동작을 일치시키고 나자 사부께서는 그 개개의 동작과 들숨, 날숨의 호흡을 철저하게 일치시키도록 하셨습니다. 용무의 동작보다 그건 수십 배는 더 힘들었습니다."

진우청은 거기까지 말하며 내심 진저리를 쳤다.

사부의 호통과 함께 죽을 고생을 하여 겨우 그걸 일치시켰는데 사부의 표정은 조금도 누그러지지 않았다. 동작에 따른 들숨, 날숨은 일치시켰지만 그 숨결들의 깊이가 문제였다.

무수한 동작 변화에 맞게 겨우 들숨, 날숨을 일치시켰지만 그 들숨, 날숨들의 깊이는 천차만별이었다.

사부께서는 눈 깜짝할 순간을 백 개로 쪼갠 만큼이라도 더 내뱉거나 더 들이쉬어도 호통을 치셨다.

처음에는 도저히 어디가 틀렸는지 구별이 되지 않았다.

아무리 거듭해도 맞게 춘 것 같았다.

그러나 사부는 그 차이를 정확히 집어내셨다.

수백 번, 수천 번을 거듭하고 나서야 진우청 자신도 그걸 집어낼 수가 있었다. 그러자 호흡의 색깔이 눈에 보였다.

"처음에는 도저히 구별하지 못했던 그 불일치를 스스로 느끼며 일치시키고 용무의 동작을 하나하나 완성시켰을 때, 전 한 가지 사실을 느낄 수 있었습니다."

진우청의 설명이 막바지에 이르자 해천 노인이 마른침을 삼켰다.

"이제까지 머리카락만큼 가늘고 짧았던 제 숨결이 용무를 춘 이후부터는 자금성(紫禁城) 대전의 나무 기둥만큼 굵고 깊어졌다는 것을 느꼈습니다."

진우청은 뒤죽박죽된 설명을 겨우 끝내고 차를 한 잔 더 따라 마셨다.

말을 많이 하면 배가 고프다고 했다.

전혀 소질없는 말을 두서없이 길게 하고 나니 포만감이 반으로 줄어든 것 같았다.

그나마 두 노인이 자신의 설명을 곡해없이 알아들은 것 같아 다행이란 생각이 들었다.

"잘 들었네."

잠시 정적이 흐른 후 해천 노인이 나지막한 소리로 말했다.

"언젠가 자네 사부께 차를 한 잔 대접하고 싶다는 생각이 드는군."

해천 노인은 진한 갈망이 새어 나오는 눈빛과 함께 말하고는 진우청에게 손짓을 했다.

"피곤할 테니 쉬도록 하세나."

해천 노인은 진우청을 데리고 나와 숙소로 안내했다.

화단 옆 어느 방으로 안내한 해천 노인은 진우청의 잠자리를 손수 만들어주었다.

진우청은 얼른 해천 노인의 손에서 이불을 받아 들며 자리를 깔았다.

검소하지만 깔끔한 이부자리였다.

이 정도면 서른여덟 냥에서 서른 냥 정도까지 감해주어도 억울하지가 않을 것 같았다.

해천 노인이 나가고 나자 진우청은 벌러덩 자리에 누웠다.

"자네가 날 초청을 다 하다니 무슨 일이 있는가?"

진우청의 잠자리를 마련해 주고 온 해천 노인이 자리에 앉자 백운 노인이 의아한 표정으로 물었다.

오랜 지기인 두 사람이기에 초청 같은 것은 필요없었다. 언제고 생각이 나면 들렀고, 술 한잔이나 차 한잔을 같이 마셨다. 그런데 이번에는 해천 노인이 인편을 통해 초청장을 보내온 것이다.

백운 노인은 문득 아무래도 무슨 일이 있는 것 같은 불길한 예감이 들어 해천 노인의 얼굴을 조심스레 쳐다보았다.

"우리 여옥이 때문일세."

잠시 후 해천 노인이 무거운 한숨과 함께 답했다.

"그 아이에게 무슨 문제라도 있는 것인가?"

여옥이란 말에 백운 노인이 안쓰러운 표정으로 해천 노인을 쳐다보았다.

"여옥이에게 문제가 있는 것이 아닐세."

"그럼?"

해천 노인은 잠시 표정을 굳혔다가 백운 노인을 부른 이유를 설명했다.

"얼마 전에 인가장의 망나니가 이상한 요구를 해왔네. 자신들이 무슨 일을 추진하고 있는데 그 일에 우리 여옥이의 힘이 꼭 필요하다며 동참해 달라고 말일세."

"인가장의 망나니라면 인장혼가 뭔가 하는 그놈 말인가?"

백운 노인이 눈살을 찌푸리며 해천 노인을 쳐다보았다.

"그렇다네."

해천 노인이 고개를 끄덕였다.

"더더구나 그놈은 우리 여옥이가 자신들의 일을 도와주기만 한다면 여옥이의 체질을 고쳐 줄 수도 있다는 말도 안 되는 조건까지 제시했다네. 허허."

해천 노인은 지금 생각해도 인장호 그놈이 제시한 조건이 어처구니없다는 듯 헛웃음을 토했다.

"알 수 없는 일이군. 그 뱀 같은 놈이 무슨 꿍꿍이로 자네 손녀를……."

백운 노인은 말끝을 흐리며 해천 노인의 눈치를 살폈다.

과년한 손녀를 인장호란 놈이 관심을 두고 있다는 것만으로도 해천 노인에게는 모욕이 될 것이었다.

여옥이란 아이는 친손녀는 아니지만 부모에게 버림받았을 때부터 해천이 맡아 기른 친손녀 이상의 아이였다.

"나나 여옥이가 그동안 아무리 생각해 봐도 그 이유를 알 수가 없었네. 그놈이 평소에 우리 여옥이에게 관심을 가지고 있던 놈이었다면 모르겠지만 알다시피 우리 여옥인……."

이번에는 해천 노인이 말끝을 흐렸다.

그러나 해천 노인이 하고자 하는 말이 무엇인지 백운 노인은 충분히 짐작할 수 있었다.

해천 노인의 손녀 여옥은 태어날 때부터 다리를 잘 쓰지 못하는 아이였다.

처음에는 병에 걸려 그렇게 된 줄 알았는데 차츰 타고난 체질이거나 무슨 괴이한 절맥(絶脈) 같다는 말도 있었지만 이제껏 그런 예를 볼 수 없었기에 그 어느 것도 확실한 것은 없었다.

그녀는 이곳에서 인근 백 리 이상을 벗어나면 몸이 시퍼렇게 변하며 생명이 위험한 지경에 이르렀다. 그때는 백약이 무효했고 어떤 의원도 대책이 없었다.

그러나 이곳으로 다시 데려오면 거짓말같이 그런 증세가 사라졌다.

부모들이 그녀를 데리고 이곳을 떠날 때마다 항상 그랬다가 돌아오면 멀쩡했다.

무슨 현상인지 알 수 없었지만 결국 그녀는 이곳을 떠나서는 목숨을 부지할 수 없는 기구한 운명의 아이로 여겨졌다. 그 후 가세가 기운 그녀의 집안은 이곳을 떠날 수밖에 없었지만 이곳을 떠날 수 없는 운명을 타고난 아이는 해천 노인에게 맡겨져 오늘까지 친손녀처럼 키워졌다. 그리고 처음부터 잘 쓰지 못했던 다리는 더욱 힘을 잃어 이젠 몇 발짝 걷는 것도 어려웠다.

그런 여자에게 관심을 가질 남자는 없었다. 인장호 같은 놈이라면 더 더욱 그럴 것이다.

그런 놈이 불쑥 서찰을 보내와 그녀의 도움이 필요하고 동참해 달라고 하니 도저히 이해가 가지 않았다.

"그놈이 무슨 일을 꾸미고, 왜 우리 여옥이를 동참시키려는지 모르겠지만 그놈들이 획책하는 일이라면 결코 옳은 일은 아닐 것이야. 설사 그게 옳은 일이라 하더라도 난 한순간도 그런 놈과는 우리 여옥이를 같이 두게 하고 싶지가 않네."

해천 노인은 단호하게 말했다.

"그래서 우리 여옥이를 이젠 자네가 좀 맡아주었으면 해서 자네를 초청한 것이네. 자네 집에서라면 여옥이 발작하지 않을 테고, 지부대인과 친분도 있으니 인가장도 함부로 하지 못할 거란 생각이네."

해천 노인은 쓰디쓴 약사발을 들이키는 것과 흡사한 표정으로 말을 맺었다.

"허허!"

백운 노인은 허탈한 웃음을 흘렸다.

십오 년 가까이 친손녀처럼 보살핀 그녀를 떠나보낸다는 것은 해천 노인에겐 팔을 하나 잘라내는 것 같은 일일 것이다. 그런 심정을 잘 알기에 백운 노인은 한동안 입을 열지 못했다.

"자네의 용호곤(龍虎棍)이 인장호 같은 쥐새끼를 처치하지 못할 만

큰 녹이 슬었단 말인가?"

백운 노인은 허허로운 표정으로 해천 노인을 쳐다보았다.

그의 눈빛에서 무상한 세월의 기운이 묻어 나왔다.

"꺾어버린 몽둥이 얘긴 해서 뭐 하겠나?"

"그건 처음부터 두 동강으로 꺾여 있지 않았던가?"

백운 노인은 무거운 분위기를 가라앉히려는 듯 농담을 건넸다.

"사람, 실없기는. 그놈이 무서운 것이 아닐세. 그놈이 이렇게 설치는 것은 그놈 가문과 손잡은 동방회의 흉계가 도사리고 있을 것이라는 생각이 드네. 아직까지는 그런 사실을 드러내 놓지 않았지만 그건 공공연한 비밀이지."

해천 노인이 말했다.

"자네 말대로 이것이 동방회가 획책하는 일이라면 나로서도 무슨 힘이 되겠나. 그놈들은 유가검보조차 우습게 알고 설치고 있지 않나? 그러니 우리 집 같은 작은 무도관은 조족지혈이 아니겠나?"

백운 노인은 가라앉은 목소리로 해천 노인의 말을 받았다.

"그래도 자네라면 무슨 방법이 있을 것이네. 난 지금 당장 우리 여옥이에게 달여줄 약도 살 수가 없다네."

해천 노인은 언뜻 분기가 섞인 눈빛으로 허공을 응시했다.

"그건 무슨 말인가? 가세가 기울었다는 말은 듣지 못했는데……."

백운 노인은 의아한 표정으로 해천 노인의 표정을 살폈다.

해천 노인이 꽃을 다루는 솜씨는 탁월했다. 또한 그 솜씨를 배운 양손녀 여옥은 오히려 해천 노인을 능가했다. 그래서 여옥화원이 장사가 안 된다는 말은 들은 적이 없었다.

"그런 게 아니라 놈의 요구에 우리가 응하지 않자 놈이 손을 써서 나에게는 약을 팔지 못하게 압력을 넣은 모양일세. 비무대회가 끝나는 모레까지 시한을 주며 최후통첩을 해왔는데 그 이후부터는 음식조차 살 수가 없을지 모르겠네."

"정말 독사 같은 놈이로세."

해천 노인의 설명을 들은 백운 노인은 혀를 찼다.

단순히 비무대회 구경이나 하자고 초청한 줄 알고 느긋이 방문했는데 사연은 전혀 생각지도 못하게 심각하고 복잡했다.

백운 노인은 몇 번 긴 한숨을 토했다.

"조금 생각을 해봄세. 모레까지면 시간이 있으니 좋은 방법이 떠오를 수도 있겠지."

백운 노인은 확답을 주지 않고 생각하는 표정을 지었다. 그러나 오랜 지기인 해천 노인은 그것이 승낙의 표현임을 익히 알고 있었다.

"고맙네, 백운."

해천 노인은 백운 노인의 손을 굳게 잡았다.

*   *   *

십 년 만에 처음으로 포근한 잠자리에 누웠지만 오히려 잠이 오지 않았다.

그동안 동굴 안 돌 침대와 노숙에 익숙해진 몸이 갑작스런 호사를 받아들일 수 없는 모양이었다.

전전반측(輾轉反側)하며 이불과 씨름하던 진우청은 마침내 이불을 걷어찼다.

"울고 싶자 뺨 때린다더니……."

진우청은 인상을 쓰며 창문 쪽으로 고개를 돌렸다.

창문 사이로 애절한 호금(胡琴) 소리가 스며들었다.

인근 홍루나 청루에서 들려오는 소리인 것 같았다.

애절하게 울려 퍼지던 호금 소리가 중간에 뚝 멈추더니 이번에는 경쾌한 곡조로 바뀌었다.

손님 중 누군가 청승스런 곡조는 집어치우라고 고함이라도 지른 모양이었다.

진우청은 찌푸렸던 표정을 풀었다.

"어떤 인간인지 마음에 드는군."

진우청은 경쾌한 곡조로 바꾸어 연주하게 한 누군가에게 찬사를 보냈다. 그러나 잠이 오지 않기는 매한가지였다.

"그동안 너무 무심했었나?"

중얼거린 진우청은 방문을 열었다.

산을 내려온 후부터 한 번도 용무를 연습하지 않았다.

이상한 손톱을 팔목에 끼우고 있던 자와 싸우며 얼떨결에 용무의 동작을 몇 가지 취했지만 동굴에서처럼 추어본 적이 없었다.

십 년 동안 진절머리가 나도록 반복하던 춤이었기에 의식적으로 멀리했는지도 모르겠다.

사부께서 아셨다면 한 끼 아니라 족히 사흘은 굶겼을 것이다.

진우청은 적당한 장소를 찾아 어슬렁거리다 숙소 뒤쪽 마당에서 발길을 멈추었다.

조금 비좁은 감이 있긴 했지만 용무 한 자락을 추기에는 별 무리가 없어 보였다.

한 자락 집중해서 추고 나면 잠도 잘 올 것이다.

진우청은 천천히 발을 움직였다. 그리고 손을 들어 올려 한 마리 용이 구름 위로 날아오르는 자세를 잡았다.

용무의 시작 자세는 각각 달랐지만 지금은 이것이 가장 어울릴 것 같았다.

느긋이 호흡을 가다듬으며 온몸의 긴장을 풀었다.

그것만으로도 몸이 구름 위에 오른 듯 가볍게 느껴졌다.

진우청은 왼발을 축으로 신형을 부드럽게 회전시켰다.

모든 움직임들이 순식간에 머리 속으로 떠오르며 사부의 목소리도 함께 떠오르는 것 같았다.

본격적인 용무 속으로 빨려들던 진우청은 신속히 몸을 움직여 어둠 속으로 신형을 숨겼다.

그리 높지 않은 담장 뒤쪽에서 인기척이 들렸다.

진우청은 아랫배에 모여 있던 들숨을 천천히 내뿜으며 목을 쭉 뺐다.

방문이 열리고 한 인영이 달빛 아래로 모습을 드러냈다.

방 안의 누군가에게 들키지 않으려는 듯 인영은 조심스럽게 마당으로 내려왔다.

진우청은 그렇게 조심스런 움직임은 처음 본다는 생각이 들었다.

'도둑인가?'

좀도둑이라면 조심성이 너무 과해 싹수가 노래 보였다.

두어 발자국 움직이는 데 일 다경은 걸리는 것 같다는 느낌이 들었다.

'엇!'

진우청은 내심 외마디 소리를 삼켰다.

조심스럽게 움직이던 인영이 어느 순간 헝겊 인형이 무너지듯 풀썩 쓰러진 것이다.

진우청은 그 순간 인영의 정체가 여인이라는 것을 알았다. 그리고 좀도둑이 아니라는 것도 잠시 후에 알 수 있었다.

여인이 그렇게 조심스럽게 움직이는 것은 다리에 문제가 있는 것 같았다.

제대로 걸을 수 없었기에 그렇게 조심스럽게 움직였고, 그래도 결국 바닥으로 쓰러진 것이다.

담장을 잡고 간신히 일어선 여인은 다시 조심스럽게 몸을 움직여 정원 중앙으로 걸어갔다.

'뭘 하려는 것이지?'

진우청은 고개를 갸웃거렸다.

불편한 다리로 움직이려면 담장에 의지하는 것이 나을 텐데 여인은 담장에서 손을 떼고 자꾸만 정원 중앙으로 걸어갔다.

벽에서 겨우 몇 발짝 이동한 여인은 정원 중앙까지 가는 것을 포기했는지 그곳에서 신형을 멈추었다.

호흡을 가다듬던 여인은 천천히 팔을 들어 올려 허공을 향해 몇 번 휘젓다가 아까처럼 바닥으로 풀썩 쓰러졌다.

진우청은 무의식적으로 자리를 박차고 달려나가 여인을 부축하고 싶은 마음에 움찔 상체가 움직였다.

다시 여인이 그 자리에서 힘겹게 일어섰다. 그리고 한 발짝 발을 움직이고 허공을 향해 팔을 휘젓다가 재차 무너졌다.

'대체 왜 저러는 것일까?'

진우청은 그렇게 팔과 다리를 움직이다 두 번이나 더 쓰러지는 여인을 보고 갈피를 잡을 수 없는 심정이 되었다.

오밤중에 어둠 속에 숨어 여인의 행동을 지켜보는 불미스런 상황이었지만 여인의 이상한 행동에 진우청은 그것도 느끼지 못하고 시선만 고정시키고 있었다.

'그러고 보니…….'

어느 순간 진우청은 의구심을 자아내게 했던 여인의 행동을 언뜻 이해할 수 있었다.

여인의 손놀림과 발놀림은 휘영청 밝은 달빛 속을 타고 흐르는 호금 소리에 맞추어 움직이고 있었다.

여인은 자신처럼 춤을 추려 하고 있었다.

꽃 향기가 온 사방을 그윽하게 감싸고 달빛마저 그 꽃 향기에 녹아 부드럽게 정원을 비추는 밤이었다.

멀리서 들려오는 경쾌한 호금 소리는 봄밤의 향취를 더욱 진하게 느끼게 해주었다.

어떤 밤이든 다 똑같은 밤이라고 생각하는 진우청마저도 뭔지 모를 흥취에 용무를 떠올리게 하는 밤.

여인은 그 밤의 정취 속에서 춤을 추려 하고 있었다.

달빛 아래에서 몇 번을 더 쓰러지고 일어나며 같은 동작을 반복하는 여인의 모습이 진우청의 가슴 한구석을 아리게 파고들었다.

춤이란 것은 진절머리나는 것이었다.

진우청은 지금껏 그렇게 생각했다.

그러나 세상 한구석에서는 자신과는 정반대로 처절하게 춤을 추고 싶어하는 사람도 있는 것 같았다.

"아악!"

아무런 기척도 없이 다가와 석상처럼 서 있는 진우청을 보고 여인은 비명을 질렀다.

너무 놀란 나머지 비명 소리마저 얼어붙어 바닥으로 떨어져 내렸다.

"춤을 출 수 있게 도와드리겠습니다."

여인의 창백한 표정이 조금 풀어졌을 때 진우청은 여인을 향해 불쑥 손을 내밀었다.

"누구신지……?"

여인은 경계심이 가득한 표정으로 진우청을 쳐다보았지만 목소리는 어느새 진정되어 있었다.

무척이나 침착한 여인이란 생각이 들었다.

"우연히 오늘 이 집에서 저녁과 잠자리를 대접받은……."

이여옥은 그제야 경계심을 풀었다.

백운 노인의 손녀 조수아에게서 은자 오십 냥짜리를 열 냥에 사들인 얘기를 들으며 같이 웃었던 기억이 떠올랐다.

그와 함께 도둑이 아니란 안심은 들었지만 한밤중에 여인의 처소 앞에 소리없이 나타난 행동은 도둑이나 마찬가지였다.

"춤을 추도록 도와드리겠습니다."

이여옥의 귓속으로 사내의 목소리가 다시 울렸다.

이여옥은 고개를 들었다.

사내는 마치 그것이 이 순간 자신의 유일한 사명이라도 되는 것처럼 돌탑같이 서서 손을 내밀고 있었다.

이여옥의 머리 속으로 수많은 생각들이 스쳐 지나갔다.

새장의 새처럼 이 거처에서만 지내며 남자라고는 할아버지밖에 대면하지 못하고 지금까지 살았다.

그런데 대낮도 아닌 한밤중에 자신의 처소에서 생면부지의 남자와 같이 있었다.

머리 속에 담겨 있던 모든 법도와 모든 규범들이 서로 상충되고 있는 것 같았다.

그러나 저 손.

이상하게도 저 손을 잡으면 오랜 소망이 이루어질 것 같았다.

이상하게도 저 손은 한순간이나마 새장 속에서 자신을 꺼내줄 수 있을 것 같았다.

어린 시절부터 이 지방을 떠날 때마다 이 지점 이상 더 벗어나면 자신은 숨이 막히고 온몸이 얼음장처럼 차가워져 파랗게 변한다는 것을 본능적으로 느끼듯 그렇게 느껴졌다.

하얗게 탈색된 의식 속에 커다란 한 개의 손만이 가득 찼고, 이여옥은 최면에라도 걸린 듯 그 손을 잡았다.

둥실!

천근 같은 몸뚱이가 너무도 가볍게 일으켜 세워지며 사내의 가슴 언저리가 눈에 들어왔다.

사내의 눈을 쳐다보려면 목이 아플 것 같았다.

"추고 싶은 대로 춤을 춰보십시오."

머리 위에서 사내의 목소리가 울려왔다.

'어떻게……?'

이여옥은 의문 가득한 눈으로 고개를 들었다.

"날 믿고 아까처럼 한 번 춰보십시오."

부축하던 손을 놓은 사내의 눈빛과 음성에서 한 점 거짓도 느껴지지 않았다.

어쩌면 사내의 말대로 춤을 출 수 있을 것 같았다.

왠지 모르겠지만 그런 생각이 들었다.

이여옥은 천천히 발을 움직였다. 고맙게도 경쾌한 호금 소리는 아직까지 흘러오고 있었다.

호금 소리에 맞춰 이번에는 손을 움직였다.

휘청!

상체의 흔들림을 감당할 수 없는지 다리가 뒤틀렸다. 이제껏 수없이 그랬던 것처럼 넘어지고 있었다.

'아!'

이여옥은 불식간에 터져 나오는 신음을 삼켰다.

앞에 서 있던 사내의 신형이 사라지는가 싶더니 어느새 자신의 왼쪽에 서 있었다.

철탑 같은 사내의 상체가 자신의 어깨를 슬쩍 밀자 쓰러지던 신형이 거짓말처럼 바로 세워졌다.

진우청의 상체에서 느껴지는 힘에 자신감을 얻은 이여옥은 조금 더 크게 팔을 휘저었다. 동시에 상체는 좀 더 큰 각도로 기울어졌다.

어느새 반대편으로 돌아온 진우청의 무릎이 이여옥의 허벅지를 건드렸다.

이상한 일이었다.

분명히 쓰러지는 것은 상체였는데 사내는 허벅지 어림을 무릎으로 툭 건드렸고, 그걸 느끼는 순간 상체는 어느새 바로 세워져 있었다.

언제 사내가 왼쪽에서 오른쪽으로 돌아갔는지도 궁금했지만 아주 작은 한 점을 찍어 이렇게 간단히 자신의 중심을 유지시키는 것은 경이롭기까지 했다.

호금 소리가 좀 더 빨라졌다.

이여옥은 저 호금 소리가 밤새 이어졌으면 좋겠다는 생각을 하며 호금 소리에 맞춰 손과 발을 동시에 움직였다.

이번에는 사내의 손목이 슬쩍 허리를 건드렸다.

힘이 실리지 않고 비틀 뒤틀리던 다리가 누가 위에서 끌어 올리기라도 하는 듯 바로 세워졌다.

춤을 출 수 있을 것 같았다.

아니, 추어지고 있었다.

무너지듯 쓰러지는 것이 두려워 동작이 굳어지고, 제대로 된 춤의 모습은 아니었지만 자신감을 갖고 춤을 춘다면 다른 여인들처럼 아름다운 춤을 출 수 있을 것 같았다.

언젠가 할아버지의 등에 업혀 가극단의 춤을 구경했을 때 화려한 옷을 입고 선녀처럼 춤을 추는 여인들의 모습은 얼마나 아름다웠던가?

많은 사람들의 시선을 받으며 그렇게 춤을 추는 여인들은 얼마나 행복할까 하고 생각하며 무한한 상상의 나래를 펼쳤었다. 오랜만에 찾아온 백운 노인의 손녀 조수아를 통해 바깥 세상의 얘기를 듣고는 그런 마음이 더 더욱 간절해졌다.

다리를 쓰지 못한다고 가슴까지 얼어붙은 건 아니었다.

그러기에 가슴은 오히려 더 뜨거웠다.

조수아가 깜박 잠이 들고 바깥 세상에 대한 그리움이 호금 소리와 함께 참을 수 없을 정도가 되었을 때 이여옥은 무작정 밖으로 나왔다. 그리고 춤을 추려고 했다.

그런 간절한 염원이 담긴 춤을 어쩌면 지금 출 수 있을 것 같았다.

이여옥은 좀 더 자신감을 갖고 춤을 추기 시작했다.

팔과 다리가 점점 더 큰 동작으로 움직이며 중심 또한 크게 흔들렸다.

짧은 순간, 이러다 쓰러지면 정말 볼썽사나운 모습으로 바닥에 처박히겠다는 생각과 함께 무의식적으로 몸이 굳어지려 했다.

그러나 그 생각이 끝나기도 전에 사내의 발등이 무릎을 슬쩍 쳐 올렸다.

자신의 모든 무게가 무릎에 있지 않았나 싶은 착각이 들 정도로 무릎에서부터 전해져 온 사내의 힘이 온몸을 바람에 날리는 깃털처럼 가볍게 만들어주었다.

이여옥은 자신의 몸이 점점 깃털이 되어간다고 느꼈다. 그리고 자신의 중심이 무너지는 곳에 반드시 존재하는 사내는 바람 같다는 생각이 들었다.

보이지는 않지만 온 세상을 가득 채우고 있는 바람.

그 바람은 깃털이 무게를 느낄 즈음이면 어김없이 불어와 둥실 허공으로 날려 올렸다.

두려움이 사라져 갔다.

온 세상을 가득 채운 사내의 존재감이 가슴 밑바닥에 층층이 쌓여 있던 두려움을 한 겹 한 겹 벗겨냈다.

남들은 돌만 지나면 자연스럽게 일어서고 걸었지만 자신은 단 한 번도 혼자서는 제대로 걸어본 적이 없는 운명에 가슴 저 밑바닥까지 켜켜이 쌓여 있던 탄식마저도 한 겹 한 겹 벗겨졌다.

어느덧 이여옥의 춤은 시든 꽃이 단비를 마시고 피어나듯 화려하게 피어나기 시작했다.

주춤거리며 한 발 내딛기도 힘들었던 발이 사뿐히 땅을 밟고 맴돌기도 하고, 휘젓는 손을 따라 겁없이 옆으로 이동하기도 했다.

꿈이런가?

그래, 꿈인 것이야.

너무도 오랫동안 간절히 소망했던 꿈.

그 꿈을 지금 꾸고 있는 것이야.

이여옥은 천천히 눈을 감았다.

어둠이 사라지고 두려움도 사라졌다.

어둠과 두려움이 사라진 눈앞으로 기화요초가 만발한 들판이 펼쳐졌다.

이여옥은 그 꽃들 사이를 마음껏 누비며 춤을 추었다.

나비가 날아오르고 옷깃에 스친 꽃잎들도 사방으로 날아올라 꽃비가 되어 흩날렸다.

봄밤의 향취를 돋우던 호금 소리는 멈추었지만 이여옥의 춤은 멈출 줄 모르고 이어졌다.

날지 못하는 한 마리 새가 날개를 단 듯 선녀처럼 춤을 추는 이여옥의 모습은 해천 노인의 눈에도 환상처럼 느껴졌다.

뒤틀리는 걸음걸이로 한 발짝 움직이는 것마저 위태롭고 안쓰럽게 느껴지던 손녀가 선녀처럼 아름답게 춤을 추는 모습에 해천 노인은 그 자리에 못 박힌 듯 서 있었다.

진우청을 처음 보았을 때 이여옥이 내지른 짤막한 비명을 듣고 같이 달려나왔던 백운 노인도 망연자실한 표정으로 이여옥의 춤을, 그리고 그 춤을 탄생시키고 있는 진우청의 춤을 바라보고 있었다.

밤을 새워도 끝나지 않을 것 같던 춤이 어느 순간 끝이 나고, 이여옥의 몸은 허공을 맴돌던 깃털처럼 가볍게 바닥에 내려앉았다.

"후우~"

진우청은 호흡을 고르며 이여옥의 상태를 살폈다.

비록 자신의 부축과 함께 춘 춤이었지만 여인의 몸 상태로 보아 이런 격한 움직임은 평생 처음이었을 것 같았다.

다행히 여인은 춤 때문에 신체적인 이상이 있는 것 같지는 않았다.

한숨을 내쉬던 진우청은 여인의 볼에서 흘러내리는 눈물을 보곤 얼른 숨을 도로 들이마셨다.

가늘게 한줄기 흘러내리던 눈물은 어느새 폭포수처럼 쏟아져 내리다가 급기야는 오열이 함께 터져 나오기 시작했다.

"으흐흑……."

주체할 수 없는 듯 어깨를 들썩이던 이여옥의 오열은 어느덧 통곡처럼 흘러나왔다.

"소, 소저!"

이여옥을 부축하려 손을 뻗던 진우청은 문득 움직임을 멈추었다.

가슴에 맺힌 울혈을 토해내듯 울음을 토해내는 이여옥의 모습은 왠지 그냥 두는 게 나을 것 같았다.

달래거나 부축을 하면 오히려 불상사가 생길 것 같았다.

이여옥은 울음을 멈출 수가 없었다.

난감해하는 진우청을 보며 이제 그만 울음을 멈추어야 한다는 생각이 들었지만 가슴 밑바닥에서부터 봇물처럼 터져 나오고 있는 울음은 도무지 멈추어지지가 않았다.

작은 몸뚱어리 어느 곳에 이런 통곡이 자리잡고 있었는지 궁금할 정도로 오열은 계속해서 터져 나왔다. 그런 이여옥의 오열에 두 노인과 피로에 지쳐 담소 도중 깜박 잠이 들었다 깨어난 조수아마저도 진우청과 마찬가지로 우두커니 서서 지켜보기만 했다.

'내가 지금 무슨 짓을 한 것인가?'

두 노인과 조수아의 시선이 느껴지며 자신의 상황을 인식하게 된 진우청은 줄행랑이라도 치고 싶은 심정이 되었다.

아닌 밤중에 생면부지인 여인의 처소에까지 월장을 하여 그 여인을 통곡하게 해놓았으니 이거야말로 몽둥이찜질에 더해 창칼이 날아든다고 해도 할 말이 없는 일이 아닌가?

어쩌자고 월장까지 하며 이 여인 앞에 서게 되었고, 여인의 몸에 손을 대어가면서까지 춤을 추게 해주겠다고 했는지 지금 생각해 보니 도저히 이해가 가지 않았다.

여인의 한스런 움직임에 무엇에 홀린 듯 자신도 모르게 한 행동이었지만 상황은 마찬가지였다.

'이젠 죽었다!'

진우청은 천천히 발길을 돌렸다.

두 노인 앞에 석고대죄라도 하며 용서를 빌 생각이었다.

"고, 공자님!"

진우청의 모습이 멀어지려는 순간 겨우 울음을 멈춘 이여옥이 땅을 짚고 있던 손을 뻗으며 절박한 목소리로 고함을 질렀다.

우뚝 걸음을 멈춘 진우청은 고개를 돌려 이여옥을 쳐다보았다.

울음은 그쳤지만 온 얼굴을 타고 흐르는 눈물은 그대로였다.

달빛에 드러난 여인의 눈이 몇 해 전 빙판 용무를 연습하던 심연만큼 맑고 깊다는 생각이 들었다.

"부탁을… 아니, 약속을 한 가지 해주실 수 있겠는지요?"

그칠 줄 모르고 울다가 겨우 울음을 그친 여인의 입에서 대뜸 나온 약속이란 말에 진우청은 잠시 두 눈을 끔벅거렸다.

"무슨……?"

진우청은 겨우 말했다.

"언젠가… 다시 한 번만 더 오늘 같은 춤을 추게……."

이여옥은 말끝을 흐리며 간절한 눈빛으로 진우청을 쳐다보았다.

"그거야 뭐 어려울 게 있겠소."

고개를 끄덕거린 진우청은 등을 돌렸다.

'이곳에서 살아 나간다면 말이오.'

속으로 중얼거린 진우청은 도축장에 끌려가는 소처럼 두 노인을 향해 걸어갔다.

第 十 章

신선무(神仙舞)

신선무(神仙舞)

"**벌**써 아침인가?"

새벽까지 뒤척이다 자신도 모르는 사이에 깜박 잠이 든 진우청은 벌떡 몸을 일으키며 창밖을 응시했다.

아직 완전히 해가 뜨지는 않았지만 창문 밖이 희뿌옇게 밝아오고 있었다.

"매도 먼저 맞는 게 낫다는 말이 딱 맞군."

진우청은 가볍게 한숨을 내쉬며 허공을 쳐다보았다.

어제저녁의 일들이 떠올랐다.

신들린 듯 춤을 추다 정신을 차린 후 난감한 기분과 함께 석고대죄라도 할 양으로 두 노인 앞으로 다가갔지만 해천 노인은 '그만 들어가서 주무시게'라는 짤막한 말만 남기고 백운 노인과 함께 등을 돌렸다.

숙소로 들어온 진우청은 새벽까지 잠을 이루지 못했다.

처음에는 당연히 떨어져야 할 불호령이 떨어지지 않는 데 대한 불안감 때문이었다.

그러나 '까짓거, 때리면 맞고 구르라면 구르고… 몸으로 때우면 될 것 아닌가'라는 생각을 하자 불안감은 사라졌다.

그래도 여전히 잠은 오지 않았다.

불안감이 사라진 자리를 이여옥에 대한 생각이 빠르게 메워왔기 때문이다.

일어섰다가 넘어지고, 그러면서도 기를 쓰며 일어서서 춤을 추어보려고 하던 여인의 모습이 자꾸만 눈에 밟혔다.

어쩌다 그런 몹쓸 병에 걸렸을까?

아무 생각 없이 덜컥 약속을 하긴 했지만 언젠가 다시 이곳에 와서 한 번 더 춤을 추게 해줄 수 있을까?

자신이 이곳에 사는 사람이라면 모르겠지만 가출을 결심하며 잠시 스쳐 가는 곳이기에 다시 들를 수 있을지는 장담할 수 없다.

거지 꼴로 돌아다니다가 중원 십팔만 리 곳곳에 퍼져 있는 가솔들 눈에라도 띄고, 할아버지 손에 잡혀서 집 안에 가두어진다면 어림없는 일이 될지도 몰랐다.

그런 저런 생각들 때문에 뒤척거리다 겨우 잠이 든 모양이었다.

진우청은 심호흡을 하며 상념들을 지웠다.

앞날이야 누구도 알 수 없는 것. 머리 복잡하게 벌써부터 과도하게 신경 쓸 필요는 없었다.

"공자님, 할아버지께서 부르세요."

좀 더 날이 밝자 인기척과 함께 조수아의 목소리가 문밖에서 들렸다.

'올 것이 왔구나.'

진우청은 벌떡 자리에서 일어났다.

"부르셨습니까?"

노인들의 숙소로 안내되어 온 진우청은 두 노인 앞에 서서 가볍게 목례를 했다.

"앉게나."

해천 노인이 자리를 권했다.

탁자에는 어제의 그 꽃잎으로 만든 차가 놓여 있었고, 두 노인의 잔은 이미 반이나 비워져 있었다.

코로 음미하며 최대한 천천히 마시는 두 노인의 습관으로 보아 제법 오랫동안 앉아 있었던 것 같았다.

진우청이 자리에 앉자 백운 노인이 진우청의 찻잔에 물을 따라주었다.

'먹고 죽은 귀신은 때깔이라도 좋다고 했던가?'

진우청은 찻잔을 코앞으로 갖다 댔다.

탁자에 놓여 있을 때는 아무런 향기도 맡을 수 없었지만 코앞으로 찻잔을 가져오자 은은한 꽃 향기가 온 사방에서 밀려오는 듯했다.

진우청은 자신도 모르게 눈을 감으며 다향을 음미했다.

잠시 후면 두 노인에게서 어떤 호통이 떨어질지 모른다는 생각도 이 순간만큼은 깨끗이 사라지고 꽃 향기만이 온 뇌리에 가득한 채 시간의 흐름조차 망각하게 했다.

어제저녁에 맡은 향기와는 뭔가 또 다른 것 같았다.

진우청은 언뜻 그런 느낌을 받으며 다시 한 번 다향을 음미했다.

찻잔 속에서는 어제처럼 수백 가지의 꽃 향기가 한꺼번에 풍겨 나오는 듯했지만 뭔지 모르게 어제와 다른 느낌이 들었다.

어제보다 향기가 훨씬 깊은 듯도 했고, 종류가 더 많아진 것 같기도 했다.

딱히 말로 표현하거나 집어낼 수는 없지만 그런 느낌이었다.

"그 차는 우리 여옥이가 자네를 위해 특별히 만든 것이라네."

생각에 잠긴 진우청의 귓전으로 해천 노인의 목소리가 울렸다.

진우청은 문득 다향 속에 파묻힌 의식을 일깨우며 해천 노인을 쳐다보았다.

해천 노인의 눈빛에는 진우청이 우려해 마지않고 있는 노기 같은 것은 보이지 않았다.

"고맙네."

진우청의 느낌대로 해천 노인은 노갈 대신 감사의 말을 전했다.

"무슨……?"

예상했던 것과는 전혀 다른 상황에 진우청은 해천 노인을 멀뚱히 쳐다보았다.

"그 아이를 맡아 기르며 이제껏 한 번도 해주지 못한 일을 어제저녁 자네가 해주었네."

감사의 말과 함께 다시 입을 연 해천 노인은 이여옥의 기구한 운명과 그로 인해 자신이 이여옥을 맡아 기른 얘기들을 들려주었다.

짤막한 얘기였지만 그 얘기 속에 담긴 기구한 사연에 진우청은 잠시 동안 할 말을 잃고 듣고만 있었다.

다리를 쓰지 못하는 것도 모자라 이 지방을 떠나서는 살 수 없는 기이한 체질 때문에 가족으로부터도 버림을 받은 여인의 신세는 그야말로 새장에 갇힌 새 신세나 마찬가지라는 생각이 들었다.

'그래서 어젯밤 그렇게 춤을 추고 싶어했던 것인가?'

진우청은 어디선가 들려오는 호금 소리에 맞춰 몇 번을 거듭해서 쓰러지면서도 다시 일어나 춤을 추려던 이여옥의 모습을 떠올리며 내심 혀를 찼다.

"한순간이나마 내 손녀에게 삶의 기쁨을 느끼게 해준 자네에게 보답의 뜻으로 선물을 한 가지 하고 싶네."

해천 노인은 말을 끝냄과 동시에 진우청이 말할 틈도 주지 않고 몸을 움직여 벽장 속에서 작은 상자 하나를 가져와 탁자 위에 올려놓았다.

"그러지 않으셔도……."

몽둥이찜질을 당하지 않은 것만으로도 다행이란 생각이 든 진우청이 뒤늦게 사양했지만 해천 노인은 손을 들어 진우청의 말을 막았다.

"그냥 내 약소한 성의이니 거절하지 말게."

해천 노인은 진우청이 더 이상 사양할 수 없게 한 다음 가장자리 부분에는 아직도 먼지가 자욱이 쌓인 상자 뚜껑으로 손을 가져갔다. 아마도 오랫동안 손을 대지 않아 다 털어내지 못한 가장자리에는 먼지가 그대로 쌓여 있는 것 같았다.

탁!

해천 노인은 상자를 열었다.

상자 안에는 거무튀튀한 색깔의 몽둥이 두 개가 가지런히 놓여 있었다. 그 두 개의 몽둥이를 본 진우청은 흠칫 놀라며 해천 노인과 백운 노인을 번갈아 쳐다보았다.

몽둥이찜질을 피했다고 생각했는데 선물이라고 내놓은 것이 공교롭게도 몽둥이란 말인가?

아니면 이 노인이 선물이란 그럴듯한 말과 함께 정말 몽둥이찜질을 할 생각이란 말인가?

그런 생각으로 진우청이 잠시 갈피를 못 잡고 있는 사이 진우청만큼이나 갈피를 못 잡는 표정을 하고 있던 백운 노인이 입술을 움직였다.

"자네 정말……?"

짧게 내뱉은 백운 노인은 쉽게 납득이 안 간다는 표정으로 해천 노인을 뚫어져라 쳐다보았다.

"이건 용호곤(龍虎棍)이라 불리는 물건일세."

백운 노인의 표정이야 어떻든 상관하지 않은 해천 노인은 두 개의 몽둥이를 들어 올리며 설명을 이어갔다.

"이놈이 용, 그리고 이놈은 호랑이, 그래서 용호곤일세."

해천 노인은 두 개의 똑같이 생긴 몽둥이를 각각 들어 올려 이름을 가르쳐 주며 옷소매로 몽둥이의 표면을 쓱 닦았다.

나무 상자의 틈 사이로 스며들었는지 두 개의 몽둥이에도 먼지가 앉아 있었지만 해천 노인의 옷소매가 한 번 스쳐 지나가자 검은색 몽둥이는 범상치 않은 묵광을 드러냈다.

두 개의 몽둥이는 똑같이 생긴 듯했지만 자세히 보면 한쪽 끝 부분이 약간 다르게 생겼다는 것을 알 수가 있었다.

끝 부분에는 톱니 같은 이빨이 새겨져 있었는데 용이라 불린 몽둥이의 이빨이 조금 컸고 호라 불린 몽둥이의 이빨이 좀 작았다.

진우청은 그 끝 부분의 이빨 모양은 상대를 공격할 때 좀 더 강한 타격을 주기 위해 만들어진 것이라 생각했다. 그러나 해천 노인의 손이 움직이며 두 개의 이빨이 맞물리는 순간 자신의 판단이 틀렸음을 느꼈다.

쨍!

해천 노인이 용곤과 호곤의 이빨을 맞추자 머리 속까지 상쾌하게 울리는 금속성과 함께 두 개의 몽둥이는 하나의 긴 몽둥이로 합쳐졌다. 하나로 합쳐지고도 여운이 남아 있는 그 금속성으로 미루어보아 몽둥이의 재질은 나무가 아니라 쇠임을 알 수 있었다.

두 개의 이빨을 맞물린 해천 노인은 몽둥이를 잡은 손에 내력을 불어넣었다.

우웅 하는 소리와 함께 용호곤이 진동했고, 두 개의 맞물린 이빨이 빙글 돌아가며 완벽히 하나로 결합됐다.

두 개의 몽둥이는 그렇게 하나의 곤이 되기도 하고 분리하면 두 개의 단곤이 되기도 하는 모양이었다.

"분리되어 있으면 용곤과 호곤의 단곤이 되지만 이렇게 합치면 용호곤이라는 하나의 제미곤(齊眉棍)이 된다네."

설명과 함께 노인은 용호곤을 세웠다.

한 개로 이어진 용호곤은 보통 사람의 눈썹 어림에 닿을 길이로 제미곤이라 일컬을 수도 있을 것 같았다.

"강호인이셨습니까?"

제미곤으로 변한 용호곤을 아무렇게나 들었지만 그런 해천 노인의 자세가 조금도 어색하지 않고 잘 어울리는 모습에 진우청은 해천 노인을 새삼스럽게 쳐다보며 물었다.

"이미 인연을 끊은 까마득한 옛날의 일이라네. 그때 강호와 인연을 끊으며 이놈 역시 깊은 강물 속에 버려야 했으나 한 가닥 미련 때문에 가지고 있었는데 자넬 보니 문득 선물로 주고 싶은 생각이 들었네."

해천 노인은 천천히 용호곤을 진우청에게 내밀었다.

진우청은 묘한 표정을 지으며 자신에게로 내밀어지는 용호곤을 바라보았다.

산을 내려오며 애타게 배우고 싶었던 것이 몽둥이 후리기 기술이 아니었던가?

최소한 그거라도 하나 배워가야 조부님 손에 맞아 죽지 않을 것이라 생각했다.

그 몽둥이가 전혀 뜻하지 않은 노인에게서 자신에게로 건네졌다.

'몽둥이라……'

진우청은 용호곤을 잡은 손에 전해지는 묵직한 중량감을 느끼며 쓴웃음을 삼켰다.

전생에서부터 자신과 몽둥이는 무슨 특별한 인연이 있는 것 같았다.

그렇지 않고서야 어찌 이런 뜻하지 않는 곳에서까지 몽둥이를 선물받을 수 있겠는가?

진우청은 한 손으로 용호곤을 빙글 돌려보았다.

자신의 눈썹에 도달하기에는 좀 짧고 무게 역시 약간 가벼운 기분이 들었지만 한 번 휘두르면 바위라도 박살 낼 수 있을 것 같은 단단함이 느껴졌다.

"한 번 분리시켜 보게."

용호곤을 건넨 해천 노인은 진중한 눈빛으로 진우청을 쳐다보며 말했다.

진우청은 두 손으로 용호곤의 양쪽 중간 부분을 잡고 힘을 불어넣었다.

해천 노인이 했을 때처럼 우웅 하는 소리가 들리며 용호곤의 중간

부분이 돌아가기 시작했다. 해천 노인은 그럴 줄 알았다는 표정으로 용호곤을 분리하는 진우청을 쳐다보고 있었다.

쨍!

예의 그 금속성과 함께 용호곤이 용곤과 호곤으로 분리되었다.

"가지고 다닐 땐 그렇게 분리해서 이 가죽 조끼에 꽂아 다니면 편할 걸세. 나에겐 그렇게 분리해도 길었지만 자네 등에 꽂아 넣으면 가지고 다니는지도 모르겠구먼."

해천 노인은 단곤 두 개를 꽂을 수 있는 가죽 조끼를 같이 넘겨주었다.

그 가죽 조끼는 보통의 조끼와 비슷하게 생겼지만 등 뒤에는 용곤과 호곤을 꽂을 수 있는 두 개의 긴 주머니가 있고, 아래쪽은 막혀 있었다.

그곳에 용곤과 호곤을 꽂고 앞쪽의 끈을 당겨 묶으면 위에서 잡아 뽑기 전에는 아무리 심한 요동에도 빠지지 않게끔 만들어져 있었다.

진우청은 겉옷을 벗고 가죽 조끼를 상체에 걸친 후 용곤과 호곤을 등 뒤로 꽂아 넣었다. 그런 다음 윗옷을 다시 걸치니 해천 노인의 말대로 용곤과 호곤은 진우청의 상의 속에 파묻혀 버렸다.

해천 노인은 진우청의 상체를 쳐다보며 보일 듯 말 듯 미소를 지었다. 그 미소에서는 이젠 완전히 강호와 인연을 끊은 노고수의 탈속한 기운이 흘러나왔다.

휘익!

휙!

진우청은 등에 꽂힌 용곤과 호곤을 다시 꺼내 양손으로 가볍게 휘둘러 보았다.

하나로 합쳐 제미곤으로도 훌륭한 무기가 된 것 같았지만 이렇게 두 개의 쌍곤으로 휘둘러도 좋을 것 같았다.

이젠 이 용호곤에 어울리는 절기 몇 가지만 배우면 조부님 앞에서도 최소한의 할 말은 있을 것 같았다.

진우청은 조수아에게서 손해 본 마흔 냥을 모두 탕감해 주어도 오히려 이익일 것 같다는 생각과 함께 해천 노인의 입술만 쳐다보았다.

용호곤을 선물한 해천 노인은 홀가분한 표정으로 진우청을 쳐다보다가 아침 준비가 되었으니 식당으로 가자는 말과 함께 몸을 일으켰다.

"노인장, 잠시만……."

진우청은 어리둥절한 표정으로 해천 노인을 바라보았다.

"왜 그러나?"

해천 노인은 진우청의 목소리에 일으키던 신형을 다시 의자에 앉혔다.

"더 주실 것은 없으신지요? 설마 이것만 선물하신다는 말씀은……?"

진우청은 용호곤이 들어 있던 상자 안과 해천 노인의 손을 번갈아 쳐다보았다.

이런 범상치 않은 무기를 선물했다면 당연히 그 사용법도 같이 넘겨주어야 하는 법이었다.

다시 말해, 곤술이나 봉술 그런 것도 같이 넘겨주어야 하는 것이 마땅했다. 그런데 해천 노인은 용호곤 두 개만 달랑 넘겨주고 일어나려 한 것이다.

"선물이 너무 약소한가?"

해천 노인은 잠시 진우청을 쳐다보다 말했다.

"아니, 그렇지 않습니다. 과분한 선물입니다."

진우청은 황급히 손을 저으며 말을 이었다.

"저로서는 생각지도 못한 과분한 선물입니다. 그런데 이런 선물을 주셨으면 이것을 사용하는 법도 가르쳐 주셔야 하지 않겠습니까?"

진우청은 사용하는 법이란 말이 단순히 이것을 조립하고 분리하는 법이 아니라 곤술을 말하는 것이라는 뜻으로 용호곤을 이리저리 움직였다.

해천 노인 역시 그 뜻을 알아들은 모양으로 고개를 가볍게 끄덕였다.

"비급 같은 것은 없다네. 그리고 이미 훌륭하신 사부를 모신 자네에겐 내 잔재주가 필요치도 않을 것이네. 단지 내가 해줄 수 있는 말은… 세상 모든 무기의 근본은 바로 이 곤일세. 검이나 도를 만들기 이전에 인간은 제일 먼저 몽둥이를 무기로 삼았을 테니까 말일세. 언젠가 그걸 버리지 않고 사용하려고 생각한다면 그걸 자네 팔이라고 생각하게. 이젠 자네가 주인이니 버린다고 해도 나로서는 무방한 일이네. 더 이상은 할 말이 없다네."

진우청의 기대를 여지없이 무너뜨린 해천 노인은 입을 굳게 닫은 후 그만 나가자는 손짓을 했다.

진우청은 어이없는 심정이 되어 할 말을 잃고 해천 노인을 한참 쳐다보았다.

사부를 모시긴 했지만 배운 건 춤밖에 없다. 그러니 곤술 몇 가지 정도를 해천 노인에게서 전수받는다 하더라도 무리가 없을 것이다. 그러나 이 노인 역시 사부처럼 어이없는 기분만 잔뜩 들게 하고는 추방을 하려 하고 있었다.

'어째 난 이런 노인들하고만 꼬이는 것인가?'

진우청은 백운 노인에게로 눈길을 돌렸다.

같이 하룻밤을 지냈으니 무슨 곡절을 알고 있지나 않을까 하는 생각이 든 것이다.

그러나 백운 노인 역시 지기인 해천 노인의 행동이 수긍하기 힘들다는 표정을 짓고 있었다.

백운 노인은 해천 노인이 처음 용호곤을 내어놓을 때부터 그런 표정이었고 지금까지 그러고 있었다.

진우청은 허탈한 기분이 들었지만 입을 다물 수밖에 없었다.

해천 노인의 굳게 다문 입술이나 백운 노인의 표정에서 더 이상 뭘 기대하기는 힘들 것 같았다.

말 그대로 쇠몽둥이 하나를, 아니, 두 갠가? 그걸 선물받은 것으로 만족할 일이었다.

그러나 뭔가 어이없는 기분은 계속 머리 속을 떠나지 않았다.

쓰는 법도 익히지 못한 몽둥이 두 개로 뭘 하란 말인가?

차라리 검이라면 모양이라도 좀 더 나을 게 아닌가?

'내 팔자에 선물이라고 별 게 있을까.'

마침내 진우청은 모든 미련을 버렸다.

이젠 해천 노인 자신의 것이 아니라 버려도 무방하다 했으니 정 귀찮으면 팔아서 노잣돈에 보탤 수도 있다는 생각을 하며 방문을 나섰다.

"자넬 이해할 수가 없구면."

아침을 먹고 난 후 둘만 있게 되자 백운 노인이 해천 노인을 보고 말했다.

"언젠가는 끊어내야 할 인연이었으나 기회가 없었지. 그런데 그 기회가 온 것일 뿐이라네. 저런 아이에게 넘겼으니 지하에 계신 사부께서도 서운해하시지만은 않을 것이네."

해천 노인은 마당에서 꽃을 구경하는 진우청을 창문 너머로 쳐다보며 한 점 미련이 담기지 않은 목소리로 답했다.

"내 말은 그게 아닐세."

백운 노인이 고개를 흔들었다.

해천 노인은 백운 노인의 궁금증을 이해한다는 듯 옅은 미소를 지으며 고개를 돌렸다.

"용호곤만 물려주고 용호십육곤술(龍虎十六棍術)은 정말 물려주지 않을 생각인가?"

백운 노인은 속에 있던 궁금증을 직접적인 표현으로 질문했다.

"허허, 굳이 그럴 필요가 있을까?"

"그게 무슨 말인가?"

해천 노인의 공허한 웃음에 백운 노인은 입맛을 다셨다.

"나라고 왜 욕심이 없겠나. 강호에 대한 미련을 끊었다고 했지만 용호곤을 아직 가지고 있었던 것은 그게 아니라는 반증이겠지. 인연이 닿는다면 누군가에게 불완전한 내 절기일망정 모두 물려줄 수도 있다는 생각을 이따금씩 하곤 했지. 하지만 이젠 정말 미련을 끊을 수 있을 것 같네."

해천 노인의 알 듯 말 듯한 말에 백운 노인은 마침내 미간을 찌푸렸다.

오랜 지기로 누구보다 해천을 잘 안다고 생각했지만 지금은 전혀 이해가 되지 않는 것이다.

"어젯밤 저 아이의 움직임을 보지 않았나? 혼자서는 세 발짝도 제대로 못 걷는 여옥이를 손끝 하나만으로 가볍게 일으켜 세우고 발끝 하나만으로 선녀처럼 춤을 추게 하는 모습을……."

해천 노인은 어젯밤을 회상하는 듯 시선을 허공으로 돌렸다.

"자신의 몸이 아닌 남의 몸에서 일어나는 동작을 한순간이나마 완벽히 읽어내는 것도 쉬운 일이 아니지. 그렇게 본다면 온몸 전체로 허물어지려는 여옥이의 모든 동작을 하나도 놓치지 않고 읽어내어 제 몸처럼 통제한다는 것은 상상이 안 가는 일이지. 더더구나 저 아이는 모든 움직임의 중심이 되는 한 점을 정확히 찾아내고 그 한 점을 가볍게 찍어 온몸 곳곳으로 흐트러지는 여옥이의 몸을 바로 세워놓았지."

"솔직히 그런 점에서는 깜짝 놀랐다네."

백운 노인은 고개를 끄덕였다.

"무공 같은 건 배운 적 없고 이상한 춤만 배웠다고 하지만 저 아이의 무공에 대한 신체 적응력은 극한에 도달해 있는 상태인 것 같네. 어떤 고인인지는 모르겠지만 저 아이의 사부가 저 아이에게 가르치지 않은 것은 초식뿐이었을 것이네."

해천 노인은 고개를 끄덕이며 계속 말을 이었다.

"어쩌면 그런 것은 굳이 가르칠 필요가 없다고 생각했을지도 모르지. 그건 맞지 않는 옷을 억지로 입히는 것이나 마찬가지일 테니까 말일세. 뻗는 대로 초식이 되고 내지르는 대로 개산장(開山掌)이 되는 힘을 물려준 이상 초식이니 검식이니 하는 것들은 사족이나 마찬가지겠지. 저 아이는 결국 다른 사람이 만들어준 옷이 아닌 자기 몸에 가장 잘 맞는 옷을 스스로 만들어 입듯이 그렇게 초식을 익힐 것이야. 그리고 그 옷이 작아지면 자연스럽게 벗어버리고 다시 더 잘 맞는 옷으로 바꿔 입게 되겠지."

"그래서 자네 역시 초식을 가르쳐 주지 않은 모양이군."

백운 노인은 이제야 모든 궁금증이 풀렸다는 눈빛으로 해천 노인을 바라보았다.

"용호곤을 버리지만 않는다면 언젠가는 무서운 초식과 힘으로 휘두르게 될 걸세. 내 능력이 모자라 결국 다 깨우치지 못한 불완전한 초식을 고집하는 것보다 오히려 그게 나은 일이지. 사부님께서도 기뻐하실 것이야. 절기는 사라졌지만 애병은 남아서 이름을 떨칠 테니까."

해천 노인은 긴 한숨과 함께 말을 마쳤다. 그러던 어느 순간 해천 노인은 고개를 번쩍 들었다.

"설마?"

해천 노인은 뒤통수를 한 대 얻어맞은 것처럼 벌떡 일어섰다. 그리고는 방 옆면을 가득 채운 책장으로 다가갔다.

"왜 그러는가, 해천?"

대화가 끝나갈 무렵 그답지 않게 서두르며 급히 책장에 있는 책들을 찾아보는 해천 노인의 행동에 백운 노인은 의아한 눈길로 해천 노인을 쳐다보았다.

해천 노인은 한참 동안 넓은 책장 이곳저곳을 뒤지며 뭔가를 찾았지만 자신이 찾는 것이 없는지 결국은 머리를 저으며 책장 앞에서 물러났다.

"예전엔 이 구석 어디엔가 꽂혀 있었는데 책장을 정리하면서 버렸나 보구먼."

"뭔데 그러는가?"

백운 노인은 해천 노인의 표정을 살피며 물었다.

"기담록(奇談錄)이라는 책일세."

"기담록?"

"그렇다네. 오래전에 우연히 손에 넣은 책인데 그냥 이곳저곳 떠도는 도깨비 얘기나 귀신 얘기, 반인반수(半人半獸)의 괴물 등 허황된 전설 등을 적어놓은 책이었는데 심심풀이로 한 번쯤 읽어볼 만한 가치밖에 없는 것이라 구석에 처박아놓았다가 버린 모양일세. 개똥도 약에 쓸려면 없다더니 원."

해천 노인은 아쉬운 표정으로 입맛을 다셨다.

"그런 책을 지금 왜 그렇게 찾으려 하는가?"

"저 청년이 자신이 배운 춤에 대해 어제 해준 얘기가 떠오르며 그것과 함께 그 기담록이란 책 속에 있던 어떤 내용이 생각났네. 어제 저 청년이 자신의 춤을 뱀춤이라 한 말 기억하는가?"

"뱀춤? 글쎄, 용무라 하지 않았나?"

백운 노인은 기억이 잘 안 나는 모양이었다.

"그건 자기 사부가 명명한 것이고… 저 아이는 뱀춤이라 했네. 그 말을 생각하니 불현듯 아주 오래전에 읽은 내용이 떠올랐네."

해천 노인은 오랜 기억을 떠올리는 모양으로 눈을 가늘게 떴다.

"어떤 내용인데 그러는가?"

"아주 오래전에 읽은 것이라 정확하진 않지만… 자네 혹시 하북성에 있었다던 호양문(互暘門)이란 검파를 기억하는가?"

"호양문? 글쎄, 기억이 안 나는구먼."

백운 노인은 고개를 저었다.

"그럴 걸세. 이미 수백 년도 더 된 얘기니까. 그 얘긴 다른 여러 내용들과 달리 내가 알고 있던 호양문이란 문파의 이름도 나오고 조금은 더 사실적이어서 기억에 남는다네."

해천 노인은 호양문을 잘 알고 있는 듯 설명을 해 나갔다.

"그러니까 그 얘기의 배경이 되는 곳은 해동(海東)이라는 작은 나라에 있는 장백산이라네."

"장백산이라면… 장백파가 있다는 그곳 말인가?"

"그렇다네. 바로 그곳일세. 당시 호양문의 문주 상천행(上天幸)은 장백파의 문주 을지선민(乙支宣旼)과 깊은 교분이 있었다고 하네. 그래서 그는 을지선민의 회갑을 맞아 호양문의 여러 호법들과 고수들을 데리고 장백파로 갔다네. 장백산에 도달했을 때의 계절이 장마철이었던지라 그들은 많은 고생을 하며 험한 행군을 할 수밖에 없었지. 그러던 어느 날 야영을 하던 중 큰 산사태를 만났다고 하네. 잠을 자던 새벽에 갑자기 당한 일이라 고수들인 그들도 어쩔 도리 없이 모두 매몰되고 말았지."

해천 노인은 마치 자신의 얘기인 듯 침을 한 번 꿀꺽 삼켰다.

"매몰되어 황천길로 갈 뻔했던 그들은 어느 낯선 계곡에서 정신을 차렸다네. 그 큰 산사태에도 불구하고 자신들이 죽지 않았다는 사실을 믿지 못하고 처음에는 그곳이 저승이라 생각했다고 하네. 하지만 곧 그들은 그곳 계곡에 사는 사람들에게 구조되어진 것을 알았지."

"그곳 계곡 사람들이라면 해동국 사람들 말인가?"

"그렇겠지. 우리가 부르기로는 동이족(東夷族)이라고도 하고 해동인들이라고도 하지. 그리고 그 산을 그들은 불함산(佛咸山)이라 불렀지."

해천 노인은 기담록의 내용을 계속 설명했다.

"그 책에 적힌 내용으로는 그들은 흰옷을 즐겨 입고 예(禮)와 도(道)를 숭상하며 한 마리 학처럼 고고하게 살아가는 사람들이라 했네. 그들은 구원의 은혜에 감사하며 그곳에서 며칠을 머물며 험로에 지치고 산사태로 다친 육신을 다스렸지. 그들이 주는 음식과 탕약은 웬만한 영약보다 효력이 좋아 며칠이 지나지 않아 그들은 몸을 추스를 수가 있었고 오히려 처음 출발할 때보다 더 기력이 충만함을 느꼈다고 하네."

"허허, 점점 흥미로운 얘기가 되어가는구면."

백운 노인은 너털웃음을 흘렸다.

"그렇게 며칠을 그곳에서 지내는 동안 호양문의 문주 상천행은 그들을 구한 계곡 마을 사람들이 동이 트는 새벽이면 모두 일어나 태양을 바라보며 춤을 춘다는 걸 알았지. 호기심이 인 상천행은 그 장면을 유심히 지켜보았는데 남녀노소 모두 모여 추는 그 춤은 무척이나 이상하게 보였다고 적혀 있었네. 시작할 때는 어깨부터 먼저 들썩거리며 추는 것이 어찌 보면 우리 중원 사람들이 행하는 도인술(導引術) 같기도 하고 어찌 보면 전혀 다른 춤 같기도 했는데, 무슨 연체동물이나 뱀처럼 유연하게 온몸을 움직여서 고수인 상천행도 쉽게 따라 할 수 없었다고 했네."

"뱀이나 연체동물의 움직임 같은 춤이라……. 그래서 저 아이가 말한 춤과 연관을 지은 모양이구면? 어떤 춤인지 점점 재미있어지는군."

해천 노인은 그 춤이 어떤 것인지 쉽게 짐작이 안 간다는 얼굴로 말했다.

"잠시 그 춤을 따라 추던 상천행은 피식 웃고 그 자리를 떴다고 했네. 그렇게 끝났으면 죽을 뻔한 목숨을 건진 것으로 그에게는 더없이 다행한 일이었을 것인데……."

"무슨 다른 일이 일어났는가?"

백운 노인은 꿀꺽 침을 삼켰다.

"호기심이 강한 상천행은 떠나기 전날 그 계곡 이곳저곳을 돌아다니다 계곡의 깊은 곳에서 노인들이 새벽에 본 그 춤을 추고 있는 것을 목격했지. 처음에는 젊은이들이나 아이들이 태양을 바라보며 추는 춤과 똑같았는데 그 노인들의 춤은 서서히 새벽에 본 그 춤과 달라져 갔다네."

"어떻게 말인가?"

백운 노인은 이젠 완전히 해천 노인의 얘기 속으로 빨려들었다.

"처음에는 연체동물의 춤처럼 이상하던 것이 어느 순간부터는 마치 연기가 하늘로 퍼져 가듯, 구름이 허공에 떠가듯 그런 움직임을 보여주었다더군. 상천행은 문득 그 춤에서 그동안 자신을 지독히 괴롭히던 무리(武理) 한 가지를 깨닫게 되었다고 했네. 그래서 완전히 그 노인들의 춤에 정신을 빼앗기고 말았지. 노인들의 춤이 끝날 때쯤 상천행은 그 춤 속에 숨겨진 묘리를 제대로 깨우친다면 자신의 무공이 한 단계 높아짐은 물론이고 호양문이 중원제일문으로 거듭날 수 있을 것 같다는 판단과 함께 그 이상한 춤이 혹시 무공이 아닐까 의심하는 마음이 들게 되었지. 당시 하북팽가와 치열하게 패권 다툼을 하던 호양문의 문주로서는 뿌리칠 수 없는 유혹이기도 했겠지. 상천행은 장백파로 출발할 날짜를 하루 늦추며 그들의 춤을 살폈다네. 그들은 자신들의 춤을 신선무(神仙舞)라 부르며 속세의 삶 동안 그 춤으로 육신의 무게를 떨쳐 내고 신선이 되고자 추는 춤이라고 했다네. 그리고 그 춤으로 그들은 육체적 능력은 물론이고 영적인 능력까지 높인다고 했다더군."

"육체는 물론 영적인 능력까지 키우는 신선무라……. 세상에 그런 춤이 실제로 있는 모양이구먼. 허허!"

"그건 모르지. 허구일 수도 있으니까. 호양문 문주 상천행 역시 신선이 되는 춤이란 말을 믿을 수 없었고 욕망으로 인해 콩깍지가 씌인 그의 눈에는 그 춤이 점점 무공으로 보였지. 어느덧 그 춤을 무공으로 확신까지 하게 된 그는 급기야는 그 춤을 가르쳐 주기를 간청하였다네. 그런 것일수록 비인부전(非人不傳)의 원칙이 엄격하다는 걸 모를 리 없는 사람이건만 욕심이 그의 의식을 마비시킨 것이지. 그렇게 욕심에 눈이 먼 상천행은 계속해서 가르쳐 줄 것을 요구했지만 그 계곡의 사람들은 자신들의 춤은 말 그대로 대대로 내려오는 신선무일 뿐 절대로 무공이 아니며 모두 배우는 데는 평생이 걸린다는 설명과 함께 상천행의 요구를 들어줄 수 없다고 했지. 비극은 그때부터였다네."

해천 노인은 잠시 말을 멈추었다.

"계속하게, 이 사람아."

출처도 의심스런 전설 같은 이야기였지만 이미 그 속에 푹 빠진 백운 노인은 잠시 동안의 끊김도 참을 수 없다는 듯 채근했다.

"욕심이란 마귀에 완전히 정복당한 상천행은 그들의 말을 믿지 않고 그들 마을 아이 하나를 잡아 핍박하며 비급을 내어놓으라 다그쳤지. 외인들의 욕심이 생각보다 크고 그 때문에 아이가 희생될 수 있겠다고 생각한 마을 사람들은 모두 몰려나와 애를 풀어달라고 애원했지만 상천행은 더 더욱 아이를 핍박했고, 어느 순간 그 아이는 숨을 거두고 말았다네."

"허허, 인간의 욕심이 모든 비극의 근원이야. 쯧쯧."

백운 노인은 혀를 찼다.

"그때부터 상황은 걷잡을 수 없었다네. 하나같이 검을 소지한 호양문 고수들에게 두려운 눈빛과 함께 순한 양처럼 애원만 하던 그들은 아이가 죽자 모두 일어서서 온몸으로 부딪쳐 왔다네. 하지만 맨몸인 그 마을 사람들은 검으로 무장한 호양문 고수들을 당할 수 없어 밀렸지. 처음에는 그랬지."

"처음에는?"

"그렇다네. 처음에는 그 마을 사람들이 상처를 입기도 하고 밀렸지. 하지만 그건 단 반 시진뿐이었다고 하네."

"그 다음은?"

"반 시진 정도 후부터 계곡 깊은 곳에 있던 노인들까지 가세하여 부딪쳐 오자 서서히 호양문 고수들은 자신들의 공격이 통하지 않음을 느꼈다고 하더군."

"역시 그들은 무공을 익힌 고수들이었단 말이지?"

백운 노인은 고개를 끄덕이며 말했다.

"아닐세."

해천 노인이 고개를 저었다.

"그럼?"

백운 노인의 눈 사이가 좁혀졌다.

"그들의 동작은 극히 단순하고 일반적인 움직임이었다네. 무공 초식에서 볼 수 있는 허초나 변초도 없었고 급소를 골라 공격하는 살초도 없었다네. 그런데 그 단순한 동작이 그들이 추는 신선무 속에 녹아들자 호양문의 어떤 초식보다 무서운 위력을 띠게 되고, 조금 더 시간이 지나자 상천행은 물론 호양문의 여러 호법들과 고수들이 급급히 밀리기 시작했다네."

"허허, 무공도 아닌 춤이 절세 초식을 누르다니, 그게 가능한가?"

"그야 모르지. 하지만 호랑이도 무공은 안 배웠지 않은가? 그러나 바로 앞에서 호랑이가 후려치는 앞발을 막을 수 있는 고수가 얼마나 될까?"

해천 노인은 계속 설명을 이어갔다.

"시간이 갈수록 점점 더 밀리게 된 호양문 고수들은 마치 귀신에 홀린 기분이었지. 무공이라 볼 수 없는 이상한 춤, 그러나 그 춤과 어우러진 단순한 동작은 어떤 무공보다 위력적이었으니까 말일세. 결국 호양문의 고수들은 두 시진이 채 지나기 전에 그 신선무를 추는 사람들에게 모두 제압당하고 말았지."

"믿을 수 없는 기담이로구먼."

백운 노인이 고개를 저었다.

"해동이란 나라는 그런 곳이지. 땅은 중원과 비교가 안 될 정도로 작지만 골짜기마다 흘러내리는 기운은 그곳이 신선들의 고향이 아닌가 하고 착각했다는 글을 읽은 적도 있다네."

"그래서 어떻게 되었나? 모두 죽었다면 이런 기담이 전해지지도 않았을 테고……. 몇 명 살아남은 모양이군."

"그들에게 제압당한 호양문 사람들은 하나도 죽지 않았다네."

"그럴 수가?"

백운 노인은 의아한 표정을 지었다.

"그들은 준엄한 목소리로 호양문 사람들을 꾸짖고 어떤 수법을 썼는지 모르겠지만 모조리 무공을 쓸 수 없게 만들어 내쫓았다고 하더군."

"바보들 아닌가?"

"내 생각도 그렇다네. 우리 같으면 단 한 사람도 살려 보내지 않았을 텐데 말일세. 그렇게 추방당한 호양문 사람들은 그 뒤 어떤 노력으로도 무공을 회복하지 못하고 호양문은 패망의 길을 걸었지. 훗날 그때의 잘못을 뉘우친 상천행 문주 이하 그 자식들이 참회하는 심정으로 신선무를 추는 사람들을 찾아 몇 달을 헤매었지만 그 계곡은 거짓말같이 찾을 수 없었다는 말과 함께 기담은 끝을 맺었다네."

긴 얘기를 끝낸 해천 노인은 차를 몇 모금 마셨다.

백운 노인은 나비를 잡아 손등에 올려놓고 장난을 치고 있는 진우청을 잠시 바라보았다.

"그럼 자네 생각으로는 저 아이의 사부가 그 계곡의 사람이란 말인가?"

"그럴 수도 있고… 아니면 저 아이의 사부가 어떤 인연으로 그 신선무를 익히게 되어 저 아이에게까지 전해졌을 수도 있겠지. 저 아이가 자신의 춤을 뱀춤 같다고 한 것과 그들의 춤 역시 뱀이나 연체동물의 움직임처럼 유연했다는 말도 그렇고. 또 무공은 절대 아니라고 하지만 춤 속에 녹아든 동작은 어떤 무공보다 위력적인 점 등을 보면 그 기담록 속의 얘기와 너무 흡사하다는 생각이 드네. 수련 과정의 얘기를 미루어보면 중원의 무학이 어느 정도 스며든 것 같기는 하지만 말일세."

"정말 기담이로구먼. 믿을 수도 없고 안 믿을 수도 없게 느껴지는."

백운 노인이 긴 한숨을 토했다.

"나 역시 어느 것 하나 확신할 수 없기는 마찬가지라네. 그 책에는 모두 허황된 얘기들뿐이었으니까. 하지만 아까도 말했듯이 저 아이는 비록 초식 같은 건 전혀 몰라도 무공에 대한 신체 적응 능력은 극한의 경지에 도달해 있다는 것 하나만은 장담할 수 있네."

해천 노인은 확신에 찬 목소리로 말했다.

"그럼 저 아이는 그걸 얼마나 알고 있는 것 같은가?"

"글쎄, 저 아이 말을 들어보아서는 자신의 사부가 춤의 근원이나 능력에 대해서 전혀 알려주지 않은 것 같구먼. 그러나 그건 가르쳐 주었다고 해서 알 수 있는 것도 아니고 가르쳐 주지 않았다고 언제까지 모를 것도 아니지. 조금 더 시간이 흐르면 스스로 깨달아 나가겠지."

"저 아이의 능력이 어느 정도인지 점점 더 궁금증이 이는구먼. 설령 저 아이가 배운 춤이 동이족의 신선무라 하더라도 그것의 한계가 어디까지이고 신선무 속에 녹아든 평범한 동작들이 깨알같이 많은 중원의 고수들 사이에서 얼마나 효력을 발휘할지 알 수가 없으니 말일세."

백운 노인의 말에 해천 노인도 호기심 가득한 표정과 함께 진우청을 쳐다보며 고개를 끄덕거렸다.

"어쨌든 무공 초식이라고는 일 초 반 식도 모르는 이상한 고수 한 명이 탄생한 것은 확실하구먼. 허허허."

백운 노인의 웃음소리가 실내를 감돌았다.

〈2권에 계속〉